10
18

12, AVENUE D'ITALIE. PARIS XIIIe

Sur l'auteur

Josephine Tey est née en 1896 en Écosse. Elle est l'auteur de nombreux romans policiers, notamment *La Fille du temps*, le plus célèbre et le plus controversé du fait de ses prises de position historiques. Dramaturge reconnue, elle a écrit une douzaine de pièces sous le pseudonyme de Gordon Daviot, dont *Richard of Bordeaux*, qui connut un véritable succès. Josephine Tey meurt à Londres, le 13 février 1952.

JOSEPHINE TEY

LE MONOGRAMME DE PERLES

Traduit de l'anglais
par Anne d'Aurier et Dominique Chambron

Édition revue et corrigée
par Carole Hanna

Préface d'Anne Perry

10
18

Grands détectives

créé par Jean-Claude Zylberstein

Du même auteur
aux Éditions 10/18

LA FILLE DU TEMPS, n° 1559

Titre original :
The Man in the Queue

ISBN 978-2-264-06059-4

À Brisena
véritable auteur de ce livre

PRÉFACE D'ANNE PERRY

Interrogez n'importe quel amateur éclairé de l'Âge d'or des « mystery », demandez-lui s'il aime Josephine Tey et vous verrez son visage s'illuminer. Pourquoi ? Parmi les nombreuses raisons, parce qu'elle possède une voix extrêmement personnelle, un regard unique sur la vie.

Tout est à la fois tranchant et doux, comme éclairé par une lumière d'un genre particulier. Et si parfaitement réel. Le vent mord encore, les belles rivières noient les gens, la perte et la douleur font terriblement souffrir, l'échec ne connaît pas toujours la rédemption. Nous savons que cela est vrai. Les mensonges ne nous consolent pas.

Et pourtant ces villages, ces gens ou leurs semblables ont certainement existé, existent peut-être encore. Et si ce n'était pas le cas, ils auraient dû. Ils représentent des territoires qui appartiennent non seulement à notre imagination, mais d'une certaine façon à notre mémoire.

Les descriptions de Josephine Tey sont lyriques comme un souvenir à moitié enfoui et drôles aussi, parfois même douloureuses, familières à en pleurer. Nous avons arpenté ces routes boueuses avec un caillou dans la chaussure ! Et nous avons senti s'épanouir l'éblouissante et douce odeur de l'aubépine.

Nous ne connaissons pas tous un Alan Grant, malheureusement ! Mais comme nous le regrettons. Nous entendons dans ses pensées des échos des nôtres. Nous aimons la romancière Miss Fitch et son chapeau qui semble être tombé de la fenêtre d'un second étage ! Ou l'auteur de romans « intellectuels », l'enragé et profondément abattu Giles pour lequel tout va forcément à vau-l'eau excepté la vapeur de ses tas de fumier fréquemment mentionnés. Et même eux, il les ferait aller à vau-l'eau s'il savait comment s'y prendre.

Josephine Tey est capable de représenter la dépression avec des mots qui vous font rire alors même que vous cherchez à y échapper de toutes vos forces.

Elle peut être sinistre aussi comme dans ses descriptions de la calme et lugubre Rushmere River qui engloutit ses cadavres sous la boue, ne les relâchant parfois que des années plus tard, dissimulant toutes sortes de choses sous sa surface brillante, lisse et impénétrable.

Josephine Tey est un écrivain en compagnie duquel on se sent extraordinairement bien, non pas en raison de ses certitudes, mais pour son amour de la vie sous toutes ses formes, belle et laide, drôle, heureuse ou extrêmement usante. Des formes trop claires et trop réelles pour qu'on les ignore.

Par-dessus tout, il y a ses intrigues. Elle n'hésite pas à briser toutes les règles y compris celles dont on pense que personne ne peut les contourner et y survivre. Si je les mentionnais, je gâcherais l'effet de surprise et le plaisir. Il ne s'agit que de détails, imposés par la convention. Et pourtant, quand le tableau d'ensemble apparaît à la fin, c'est parfaitement évident et satisfaisant non seulement d'un point de vue intellectuel mais, bien au-delà, émotionnel.

Son dernier roman, dans une œuvre trop courte, *Le Plus Beau des Anges*, fonce au point que la fin a surgi bien avant que je ne sois prête à quitter ses personnages ou son village. Je suis restée assise, le livre entre mes mains, triste de le quitter.

Le Grand Départ de Miss Pym est un classique. Je ne connais personne d'autre capable de réussir un tel tour de passe-passe en vous laissant totalement satisfait. *Elle n'en pense pas un mot* a beau avoir fait l'objet de plusieurs films, il fonctionne toujours. Chaque fois, je me retrouve au bord de mon fauteuil, à attendre avec impatience que justice soit faite, que l'énigme soit résolue alors que j'ai lu le livre et vu plusieurs versions du film.

Je crois que c'est la puissance des personnages qui me captive. J'ai l'impression d'avoir croisé ces gens dans ma vie même si je ne peux me souvenir exactement quand.

Bien sûr, il y a son chef-d'œuvre, *La Fille du temps*, peut-être encore plus pertinent aujourd'hui qu'on a retrouvé, sans aucun doute possible, les ossements de Richard III sous un parking de Leicester ! Il a eu droit à de belles obsèques comme il convient à un roi, mais pour ce qui est de sa réputation, on se déchire encore à son sujet, violemment.

Si vous aviez été aimé, étiez mort jeune, vous étiez retrouvé vilipendé pendant des siècles après votre décès et dépeint par Shakespeare lui-même comme une créature méprisable, qui choisiriez-vous pour examiner votre vie, prendre votre défense après avoir contemplé un de vos portraits ?

Imaginez-vous allongé dans un lit d'hôpital lors d'une convalescence ennuyeuse, et explorant l'Angleterre du dernier Plantagenêt comme s'il s'agissait d'une enquête de police. Oui, Richard III est mort en 1485 ! Pourtant, la passion de la justice, le besoin de vérité brûlent toujours autant que si cet homme se trouvait à portée de blâme ou d'éloge.

C'est du grand art, une passion, une joie pour l'esprit. Que demande-t-on de plus à un roman de Grands Détectives ?

1

LE CRIME

C'était un soir de mars, entre 7 et 8 heures. Dans tous les théâtres de Londres, on commençait à ôter les barres des portes donnant accès aux parterres et aux balcons. Coups secs, grincements, cliquetis annonçaient, lugubres, le divertissement du soir. Mais rien, pas même la trompette du Jugement dernier, n'aurait pu galvaniser davantage les fidèles de Thespis et Terpsichore qui attendaient, patients, devant les portes du paradis. Ici et là, bien sûr, c'était plus désert. Cinq personnes s'étalaient sur les deux marches de l'Irving, sacrifiant en chaleur ce qu'elles gagnaient en confort ; la tragédie grecque n'était pas populaire. Il n'y avait personne devant le Playbox, un théâtre élitiste ignorant l'existence du parterre. À l'Arena, qui présentait une saison de ballet de trois semaines, dix personnes attendaient pour le balcon et une queue interminable pour le parterre. En revanche, au Woffington, deux cordes humaines semblaient serpenter jusqu'à l'infini. Il y avait un bon moment qu'un responsable du théâtre avait remonté la file pour le parterre et, le bras tendu dans un mouvement qui parut décapiter tout espoir, avait déclaré d'un ton hautain : « À partir de là, plus de places assises. » Ayant ainsi, d'une simple contraction du deltoïde, séparé le bon grain de l'ivraie, il regagna d'un pas olympien l'entrée du théâtre où, par-delà les portes de verre, régnaient chaleur et convivialité. Personne ne quitta la file. Ceux qui étaient condamnés à rester debout trois heures supplémentaires semblaient indifférents à leur martyre. Ils riaient, bavardaient et s'offraient des morceaux de chocolat pour tenir. Plus de places assises ? La belle affaire ! Que ne pouvait-on supporter, et avec le sourire, pour assister aux dernières de *Didn't You Know?* Cette comédie musicale très londonienne tenait l'affiche depuis presque deux ans, c'était son chant du cygne. Les fauteuils d'orchestre et le balcon étaient réservés depuis des semaines et un bon nombre de novices peu habitués à faire la queue étaient venus grossir les rangs de la foule qui patientait devant les portes closes, passe-droits et pots-de-vin s'étant révélés inopérants. On aurait dit que tout Londres s'était donné rendez-vous au Woffington pour applaudir une dernière fois le spectacle ; pour voir si Golly Gollan avait trouvé un nouveau gag pour son rôle triomphant de comique, Gollan qui avait été sauvé des tournées en province par un directeur audacieux et qui avait su saisir sa chance ; pour s'éblouir, une fois encore, du charme de la belle Ray Marcable, comète inconnue deux ans auparavant qui avait grimpé jusqu'au zénith, éclipsant dans son ascension les plus brillantes étoiles. Ray dansait avec la légèreté d'une feuille au vent et son petit sourire réservé avait ruiné, en six mois, la mode des publicités pour le dentifrice. Les critiques qualifiaient son charme d'« indéfinissable », mais ses admirateurs trouvaient les mots les plus fous pour le décrire et lorsque les superlatifs se révélaient impuissants à traduire sa perfection dans sa totalité, ils avaient recours aux mimiques et au langage des mains. Comme toutes les bonnes choses, elle partait pour l'Amérique. Après ces deux années, Londres sans Ray Marcable allait ressembler à un inconcevable désert. Qui ne resterait pas des heures debout pour la voir une dernière fois ?

Il bruinait depuis 5 heures et, de temps à autre, un petit vent glacial soulevait le crachin et en balayait la file d'attente d'un grand coup de pinceau. Cela ne décourageait personne ; les intempéries elles-mêmes ne pouvaient être prises au sérieux, ce soir-là ; bien au contraire, elles ajoutaient le piquant qui manquait au cocktail délicieux qui les attendait. Dans la file d'attente, on tapait la semelle, mais la sagesse légendaire des cockneys les poussait à tirer le meilleur parti possible du spectacle qui s'offrait à eux dans le sombre tunnel de la queue. Les crieurs de journaux étaient apparus les premiers ; petites silhouettes frêles aux visages impassibles et aux regards circonspects, ils avaient descendu la queue comme une traînée de poudre, puis disparu en laissant derrière eux un panache de bavardages et de papiers volants. Vint ensuite un homme qui avait les jambes plus courtes que le torse. Il déposa un morceau de tapis usé sur le pavé mouillé et se contorsionna de telle sorte qu'il finit par ressembler à une araignée saisie par surprise ; ses yeux tristes de crapaud luisaient à des endroits si inattendus, dans cette masse mouvante, que même le spectateur le plus indifférent ne pouvait retenir un frisson. Le suivit un violoneux qui jouait des airs populaires en ignorant joyeusement que le *mi* de son violon était accordé un demi-ton trop bas. Ensuite apparurent simultanément un chanteur de ballades sentimentales et un trio versé dans la musique syncopée.

Après avoir échangé avec ses rivaux un regard menaçant, le soliste tenta de défendre son territoire en attaquant un plaintif *Because you came to me*. Le chef du groupe tendit alors sa guitare à l'un de ses lieutenants et interpella le ténor, les poings levés. Le chanteur essaya un temps de l'ignorer en regardant au-dessus de lui, mais comme le musicien le dépassait d'une demi-tête et semblait par ailleurs doué d'ubiquité, la position se révéla inconfortable. Il persévéra néanmoins pendant deux portées, avant que la ballade ne se désagrège pour laisser place à des protestations amères. Deux minutes plus tard, le chanteur disparaissait dans une ruelle sombre en alternant menaces et lamentations, tandis que le trio entamait la dernière danse à la mode. Cette musique étant plus du goût des jeunes que la résurgence peu appropriée d'un sentiment désuet, la foule oublia bien vite la pauvre victime de ce cas de *force majeure**[1] et se mit à taper du pied pour marquer joyeusement la cadence. Se succédèrent ensuite un prestidigitateur, un prêcheur et un homme qui se laissa ficeler avec des cordes aux nœuds impressionnants pour s'en libérer de façon tout aussi impressionnante.

Chacun fit ainsi son tour de piste et, avant de s'en aller donner son spectacle ailleurs, parcourut la file d'attente en glissant un couvre-chef avachi dans les rares interstices laissés par la foule, en disant : « Merci, merci », afin d'encourager la générosité. Pour clore ce spectacle improvisé, il y eut des vendeurs de sucreries, des vendeurs d'allumettes, des vendeurs de jouets, et même des vendeurs de cartes postales. Et les gens se dessaisirent avec

1. Les mots en italique suivis d'un astérisque sont en français dans le texte. *(N.d.T.)*

bonhomie de leur monnaie, satisfaits de l'intermède.

Soudain, un frémissement parcourut la foule, un frémissement que les initiés reconnurent aussitôt. Pliants et provisions disparurent, on sortit les porte-monnaie. Les portes étaient ouvertes. Le jeu excitant des paris commençait. Serait-on gagnant, placé ou perdant, en arrivant à la caisse ? Tout devant, là où la disposition des rangs avait été moins respectée qu'à l'arrière, l'énervement produit par l'ouverture des portes avait bousculé la discipline légendaire de l'Anglais – je dis « Anglais » en connaissance de cause ; les Écossais ne l'ont pas – et il y eut une légère poussée, quelques réajustements avant que la file ne s'immobilise à nouveau en une masse compacte qui retenait son souffle devant le *guichet** se trouvant dans le hall.

Le tintement des pièces à la caisse témoignait de la rapidité du trafic qui assurait aux élus leur part de paradis. Ce simple bruit incitait à pousser involontairement ceux qui étaient au bout de la file, tandis que les gens en tête protestaient, aussi bruyamment que le leur permettaient leurs poumons comprimés. Un policier parcourait les rangs pour rappeler tout le monde à l'ordre :

— Voyons, voyons, reculez un peu ! Ça ne sert à rien de pousser, vous avez le temps !

Parfois quelques favorisés s'éloignaient rapidement de la tête de la file, leurs billets à la main comme des perles s'échappant d'un collier cassé et toute la colonne gagnait quelques pouces en piétinant. Mais la foule cessa d'avancer : une grosse dame arrêtait le mouvement, en cherchant dans son sac un appoint introuvable. Derrière elle, ses voisins pestaient :

— A-t-on idée de faire attendre ainsi les gens ? Ne pouvait-elle préparer à l'avance la somme voulue ?

Comme si elle avait eu conscience de leur hostilité, elle se retourna vers son voisin et lui dit, hargneuse :

— Vous, d'abord, je vous serais reconnaissante de ne pas pousser ! Si maintenant on ne peut plus sortir son porte-monnaie tranquillement...

Mais l'homme ne répondit pas, le menton enfoncé dans sa poitrine. Le regard indigné de la femme ne rencontra que le fond de son chapeau mou. Elle soupira bruyamment et s'écarta de lui pour se retourner face à la caisse, où elle aligna posément les pièces qu'elle avait cherchées. À ce moment, l'homme s'écroula lentement sur les genoux, de sorte que ceux qui se trouvaient derrière lui faillirent perdre l'équilibre. Il resta ainsi un instant, puis bascula encore plus doucement en avant.

Une voix s'écria :

— Quelqu'un se trouve mal !

Pendant quelques secondes, personne ne bougea. S'occuper de ses affaires aujourd'hui, dans une foule, tient autant de l'instinct de conservation que de la souplesse du caméléon. Quelqu'un l'accompagnait peut-être. Mais ce n'était pas le cas.

Enfin, un homme plus charitable que les autres – ou plus désireux de se faire remarquer – s'avança pour relever le malheureux. Il se pencha au-dessus du corps inerte, mais s'arrêta brusquement et recula d'un bond. Une femme jeta, par trois fois, un cri perçant, horrible, et la foule tumultueuse se figea soudain.

Éclairé par la lumière blanche des plafonniers, le corps de l'homme, isolé par le recul de la foule, apparut dans tous ses détails. Fiché obliquement dans le tweed gris de son vêtement, un petit objet d'argent luisait méchamment sous le halo sinistre.

C'était le manche d'un poignard.

L'agent qui tentait de ramener le calme, à l'autre bout de la file, était revenu avant même qu'on eût crié : « Police ! » Au premier hurlement de la femme, il s'était retourné . nul ne crie de la sorte, à moins de se trouver face à face avec la mort. Il observa un instant la scène, se pencha vers l'homme, lui tourna doucement la tête du côté de la lumière, puis s'adressa à l'employé du *guichet** :

— Appelez les secours et la police !

Il regarda la foule, l'air choqué :

— Personne, ici, ne connaît ce monsieur ?

Personne, en effet, ne prétendait connaître la chose inerte qui gisait sur le sol.

Un couple de banlieusards prospères avait fait la queue derrière le mort. La femme ne cessait de gémir d'une voix monocorde :

— Oh ! rentrons chez nous, Jimmy ! Rentrons chez nous !

Clouée sur place par cette scène d'horreur inattendue, la grosse dame serrait son billet dans ses gants de coton noir, sans chercher à s'assurer une place, maintenant que la voie était libre devant elle.

Dans la foule, la nouvelle s'était propagée comme une traînée de poudre. Un homme avait été assassiné !, et ce fut soudain, dans l'entrée du théâtre, une confusion indescriptible, certains cherchant à fuir ce qui venait de gâcher toute perspective de plaisir, d'autres poussant pour essayer de voir, tandis que d'autres encore, indignés, luttaient pour conserver la place qu'ils s'étaient assurée par leur longue attente.

— Oh ! rentrons chez nous, Jimmy ! Rentrons chez nous !

Pour la première fois, la voix de Jimmy se fit entendre :

— Je ne crois pas que nous puissions partir tant que la police ne nous y aura pas autorisés : ils peuvent avoir besoin de nous !

L'agent l'entendit :

— Vous avez raison, confirma-t-il. Vous ne pouvez pas partir. Les six premières personnes resteront où elles sont… et vous aussi, madame, dit-il à l'imposante commère. Les autres, avancez !

Et il étendit le bras, comme pour régler la circulation autour d'une voiture en panne.

La femme de Jimmy fut prise d'une crise de nerfs, et la grosse dame protesta énergiquement. Elle était venue voir la pièce et ne savait rien de cet homme. Les quatre personnes qui suivaient le couple exprimèrent la même répugnance à être mêlées à une affaire dont elles ignoraient tout, et dont nul ne pouvait deviner les résultats.

— Possible, dit l'agent, mais vous expliquerez cela au poste. Il n'y a pas de quoi avoir peur, ajouta-t-il pour les tranquilliser, ce qui ne sembla pas les convaincre beaucoup, étant donné les circonstances.

Le portier alla chercher un rideau vert et en recouvrit le corps. La foule avança. Le cliquetis métallique des pièces reprit, aussi indifférent que la pluie. Le portier, rappelé sur terre des hauteurs de son indifférence olympienne par le triste sort des sept abandonnés, ou par l'espoir d'un pourboire, offrit de garder les places auxquelles ils avaient droit.

L'ambulance et la police du poste de Gowbridge arrivèrent immédiatement. L'inspecteur eut un court entretien avec chacun des sept témoins, prit leur nom et leur adresse, et les renvoya, en leur recommandant de demeurer disponibles.

Jimmy entraîna dans un taxi sa femme sanglotante, et les cinq autres se faufilèrent sans bruit jusqu'aux places que le portier leur gardait jalousement tandis que le rideau se levait sur le premier acte de *Didn't You Know?*

2

L'INSPECTEUR GRANT

L'inspecteur général Barker appuya un index soigneusement manucuré sur le bouton de sonnette en ivoire placé sous le plateau de son bureau et l'y laissa jusqu'à ce qu'un de ses hommes apparût.

— Prévenez l'inspecteur Grant que je veux le voir, dit-il au subordonné qui faisait tout son possible pour paraître obséquieux en la présence du grand homme, mais se sentait freiné dans son entreprise par un *embonpoint** naissant qui l'obligeait à se tenir légèrement en arrière afin de préserver son équilibre, ainsi que par l'arête de son nez qui était le triomphe de l'impudence.

Amèrement conscient de son échec, il se retira pour aller délivrer le message et pour noyer le souvenir de sa gêne dans le rangement sinistre des papiers et des dossiers dont on l'avait tiré.

Peu après, l'inspecteur Grant entra dans la pièce et, avec bonne humeur et cordialité, il salua son chef, dont le visage s'éclaira aussitôt en le voyant. Grant avait un atout en plus de son sens du devoir, de son intelligence et de son courage supérieurs à la moyenne : il ne ressemblait pas du tout à un inspecteur de police. Il était d'une taille moyenne, mince, élégant, mais rien à voir avec un mannequin dans une vitrine, parfait et sans âme. Grant n'était certainement pas cela. Imaginez plutôt un raffinement qui n'est pas celui d'un mannequin précisément, alors, vous saisirez ce qu'est Grant. Depuis des années, Barker essayait sans succès de rivaliser de chic avec son subordonné. Il ne parvenait qu'à s'habiller de manière trop recherchée : il manquait de discernement en matière vestimentaire, comme dans beaucoup d'autres domaines, d'ailleurs. C'était un travailleur acharné, et il faut lui rendre justice : lorsqu'il poursuivait quelqu'un, ce quelqu'un en venait toujours à regretter d'avoir eu affaire à lui.

Barker contempla Grant avec une admiration dépourvue de toute rancœur, appréciant son air frais et dispos – lui-même était resté éveillé une partie de la nuit avec une sciatique – avant d'en venir aux affaires sérieuses.

— Le commissariat de Gowbridge est sur les dents : le crime d'hier soir est la cinquième histoire importante dans leur district, depuis trois jours, et ils en ont assez. Ils veulent qu'on s'en occupe.

— Duquel ? Celui du théâtre ?

— Oui, et vous êtes chargé de l'enquête. Ne perdez pas de temps. Vous pouvez prendre Williams. Je veux que Barker descende dans le Berkshire pour le cambriolage de Newbury. Il se débrouillera mieux que Williams. Je crois que c'est tout. Allez donc tout de suite à Gow Street. Bonne chance !

Une demi-heure plus tard, Grant interrogeait le médecin légiste de Gowbridge. Il apprit que l'homme était déjà mort lorsqu'il était arrivé à l'hôpital. L'arme était un stylet fin, extrêmement aiguisé ; on l'avait enfoncé dans le dos de la victime, à gauche de la colonne vertébrale, avec une force telle que les vêtements avaient fait tampon sous la pression du manche du poignard, empêchant le sang de s'écouler. De l'avis du médecin, l'homme avait déjà été poignardé depuis un bon moment, dix minutes ou plus, lorsqu'il s'était effondré, alors que les gens devant lui s'étaient écartés. La foule compacte l'avait maintenu debout et poussé en avant. Il ne s'était sans doute même pas rendu compte qu'on le frappait. Au milieu de la bousculade, un choc brusque, pas trop douloureux, pouvait passer inaperçu.

— Que pouvez-vous me dire sur l'assassin, et sur sa façon de frapper ?

— Rien. Sinon que c'est un individu vigoureux et gaucher.

— Ce n'est pas une femme ?

— Une femme n'a pas la force nécessaire pour enfoncer un poignard de cette manière. Il n'y avait pas de place pour prendre de l'élan. Il fallait porter le coup presque sans bouger. C'est du travail d'homme, et d'un homme bien décidé, encore !

— Que pouvez-vous me dire de la victime elle-même ? demanda Grant, qui appréciait l'opinion d'un spécialiste pour chaque domaine.

— Pas grand-chose ; bien nourri, je dirais même en excellente forme physique.

— Intelligent ?

— Oui, très intelligent, je crois.

— Et de quel type ?

— Vous voulez dire : quel genre de situation ?

— Non, je peux trouver cela tout seul. Quel type de tempérament, pour employer vos termes ?

— Oh, je vois. (Le médecin légiste réfléchit un instant et regarda, perplexe, son interlocuteur.) Personne ne peut avoir de certitudes à ce sujet, mais je le classerais volontiers parmi les déçus de la vie.

(Il leva les sourcils d'un air interrogateur et, assuré que l'inspecteur suivait son raisonnement, ajouta :) Son visage est celui d'un homme pratique, mais il a des mains de rêveur. Regardez.

Ensemble, ils observèrent le corps. C'était celui d'un jeune homme de vingt-neuf ou trente ans, blond, aux yeux brun clair, mince et de taille moyenne. Comme le docteur l'avait fait remarquer, ses mains, longues et effilées, ne semblaient pas habituées au travail manuel.

— Il était probablement souvent debout, affirma le légiste en montrant les pieds de l'homme. Et il marchait avec le gros orteil tourné en dedans.

— Croyez-vous que l'assassin avait des connaissances en anatomie ? demanda Grant, qui avait peine à croire que la vie d'un homme pût s'échapper par une aussi petite blessure.

— Il n'a pas agi avec une précision de chirurgien, si c'est ce que vous voulez dire. Vous savez, quasiment tous ceux qui ont traversé la guerre ont une certaine connaissance de l'anatomie. La précision de son coup a pu n'être qu'une affaire de chance ; c'est ce que je crois, d'ailleurs.

Grant le remercia, puis s'entretint avec les policiers de Gow Street. On avait étalé sur une table le contenu des poches de la victime. Grant se sentit un peu découragé devant un aussi maigre butin. Un mouchoir de coton blanc, un tas de petite monnaie et, chose inattendue, un revolver d'ordonnance. Le mouchoir, très usé, ne portait ni initiale ni marque de blanchissage. Le revolver était chargé.

Grant considéra le tout en silence.

— Y avait-il des marques sur ses vêtements ? demanda-t-il.

— Non, aucune.

— Et personne n'est venu le réclamer ? Personne ne s'est présenté à l'accueil ?

— Non, à part la vieille folle qui vient réclamer tous les corps trouvés par la police.

Grant examina les vêtements, les passant méticuleusement en revue, pièce après pièce. Les chaussures étaient si usées que le nom du bottier, sur la doublure, avait disparu. Le chapeau provenait d'une maison possédant de nombreuses succursales, dans Londres et en province. Le tout paraissait de bonne qualité malgré l'usure. Le costume bleu était élégant, bien que d'une coupe un peu excentrique, et l'on pouvait en dire autant du pardessus gris. La chemise présentait une nuance en vogue. En somme, il était vêtu comme un homme qui s'intéresse à la toilette par goût ou par nécessité professionnelle. Il travaillait peut-être comme vendeur chez un tailleur. Aucune marque de blanchissage : il désirait dissimuler son identité, ou faisait laver son linge à domicile, ce que semblait confirmer l'absence de toute trace d'oblitération. Par ailleurs, l'étiquette du tailleur avait été enlevée volontairement. Ce fait, joint à la rareté des objets trouvés en la possession de l'homme, indiquait certainement son désir de ne pas être reconnu.

Enfin, Grant examina le poignard. C'était une méchante petite arme, fine et dangereuse. Le manche d'argent, long de trois pouces, représentait un saint à grande barbe et tunique portant par endroits des traces d'émaux aux brillantes couleurs. En somme, un type d'arme assez commun en Italie et dans le sud de l'Espagne. Grant le manipula délicatement.

— Combien de gens l'ont-ils déjà touché ? demanda-t-il.

La police s'était saisie de l'arme dès l'arrivée de la victime à l'hôpital, aussitôt qu'elle avait été retirée de la plaie. Personne n'y avait touché depuis. Mais l'expression de contentement qui éclairait le visage de Grant s'effaça vite lorsqu'on lui apprit que les recherches n'avaient permis de trouver aucune empreinte digitale. Aucune trace, même effacée, ne ternissait la surface du manche ciselé.

— Eh bien, dit Grant, je prends tout cela, et je m'en vais.

Il chargea Williams de relever les empreintes digitales de l'homme et de faire examiner soigneusement le revolver. Il lui semblait bien avoir affaire à un modèle d'ordonnance extrêmement courant en Angleterre, mais Grant voulait connaître l'avis de spécialistes autorisés. Il prit un taxi et employa sa journée à interroger les sept témoins qui avaient été proches de l'inconnu au moment où il s'était écroulé, la veille au soir.

Tandis que le chauffeur le menait à ses différentes destinations, Grant tournait et retournait le problème en tous sens. Il n'avait pas le moindre espoir d'obtenir un seul renseignement utile. Tous les témoins avaient affirmé qu'ils ne connaissaient pas la victime, et il y avait peu de raisons qu'ils changent d'avis maintenant. De plus, si l'un des témoins avait aperçu quelqu'un avec le mort, s'il avait remarqué quoi que ce fût de suspect, il n'aurait été que trop disposé à le dire tout de suite. Grant savait par expérience que pour une personne qui se tait, quatre-vingt-dix-neuf autres donnent des renseignements inutiles. D'autre part, le médecin légiste assurait que le malheureux avait été poignardé longtemps avant que l'on s'en aperçût, et un assassin ne reste pas dans les parages une fois son crime accompli. Même en admettant qu'il ait voulu donner le change, il risquait que l'on fît un rapprochement entre lui et sa victime. Non, l'assassin avait dû quitter la foule une fois son forfait accompli. Grant devait trouver une personne qui, ayant remarqué la victime avant sa mort, l'aurait vue parler avec quelqu'un dans la queue. Évidemment, il pouvait ne pas y avoir eu de conversation, l'assassin se postant simplement derrière sa proie et s'éclipsant après le crime. Dans ce cas, il faudrait trouver un témoin qui ait vu quelqu'un quitter la file d'attente. Cela ne devait pas être trop difficile avec l'aide de la presse.

Grant essaya de se représenter l'assassin. L'Anglais se sert rarement d'un poignard, lui préférant un rasoir pour couper la gorge de sa victime. Son arme habituelle est la matraque ou, à défaut de matraque, le fusil. Ce crime avait été planifié avec intelligence et exécuté avec une adresse qui ne paraissait pas très britannique mais plutôt étrangère, celle d'un homme habitué à la vie italienne, un marin anglais familier des ports de la Méditerranée, par exemple. Par contre, il était peu vraisemblable qu'un marin ait songé à un procédé aussi ingénieux que celui du coup de poignard au milieu d'une foule compacte. Il aurait plutôt attendu une nuit sombre et une rue déserte. Le côté pittoresque de l'affaire était d'origine latine : l'Anglais est obsédé par le désir de frapper, mais la manière ne l'intéresse généralement pas.

Grant en vint à songer aux causes ; il examina les plus simples : vol, vengeance, jalousie, peur. La première était à éliminer d'office : un spécialiste habile aurait pu vider vingt fois les poches de l'homme pressé de toutes parts sans avoir besoin de recourir à la violence. Vengeance ou jalousie ? Beaucoup plus probable, les Italiens étant d'une susceptibilité notoire. Une insulte que l'on ressasse pendant des années, un sourire que la bien-aimée adresse à un autre, et ils deviennent incontrôlables. L'homme aux yeux brun clair, qui avait sans aucun doute été joli garçon, s'était-il immiscé entre un Italien et sa belle ?

Mais Grant n'y croyait pas trop, sans savoir pourquoi. Restait la peur. Le revolver devait-il le protéger de l'homme qui l'avait poignardé ? la victime voulait-elle tuer l'Italien avec le revolver et, le sachant, celui-ci avait-il vécu dans la terreur ? Ou bien, au contraire, l'arme inutilisée du mort était-elle une arme défensive ? Ce désir de cacher son identité, ce revolver chargé feraient croire à un suicide. Mais, si l'homme avait eu l'intention de se tuer, pourquoi aller au théâtre ? Pour quelles raisons cherche-t-on généralement l'anonymat ? Par crainte d'un démêlé avec la police, d'une arrestation... Peut-être l'inconnu voulait-il tuer quelqu'un, et redoutant de ne pouvoir s'échapper, avait-il caché son identité ; c'était possible.

On pouvait supposer, tout au moins, que le mort et celui que Grant avait baptisé « l'Italien » se connaissaient déjà. Grant ne croyait pas qu'une société secrète pût être à l'origine d'un crime aussi extraordinaire. Les sociétés secrètes s'occupent de vols, de chantages et emploient les méthodes les plus malpropres pour se faire de l'argent. Il est rare qu'elles aient recours à des procédés originaux, il ne le savait que trop. De plus, il n'y avait pas alors de société secrète vraiment active à Londres, et il espérait bien que cela n'allait pas commencer. Le crime sur commande l'ennuyait à mourir. Ce qui l'intéressait, c'était la réaction d'un esprit sur un autre esprit, d'une émotion sur une autre émotion, l'histoire de l'Italien et de l'inconnu, par exemple. Il lui faudrait d'abord tâcher d'identifier l'inconnu, ce qui lui donnerait un fil conducteur pour retrouver l'Italien.

Pourquoi ne réclamait-on pas le mort ?

Il était encore tôt : on pouvait venir le reconnaître d'une minute à l'autre. Après tout, il n'avait « disparu » que depuis une nuit, et bien peu de gens se précipitent pour voir le cadavre d'un homme assassiné parce que leur fils ou leur frère n'est pas rentré la veille au soir.

Grant interrogea patiemment les sept personnes qu'il était venu voir sans espoir de recueillir des renseignements nouveaux, mais pour avoir une vision d'ensemble. Il les trouva se livrant à leurs différentes occupations, sauf Mrs James Ratcliffe, qui était au lit, souffrante, soignée par son médecin qui déplorait le choc nerveux qu'elle avait reçu. Sa sœur, une charmante jeune fille aux cheveux couleur de miel, s'entretint avec Grant. Elle était entrée dans le salon, visiblement décidée à lui refuser tout entretien avec sa sœur. Mais il était si différent de ce à quoi elle s'attendait qu'elle regarda involontairement sa carte à deux reprises, et Grant s'autorisa un franc sourire, contrairement à son habitude.

— Je sais que je ne suis pas le bienvenu, dit-il pour s'excuser (et le ton était sincère), mais je voudrais m'entretenir avec votre sœur deux minutes seulement : vous pourrez me chronométrer derrière la porte, ou assister à la conversation si vous le voulez. Je n'ai rien de personnel à dire à Mrs Ratcliffe, mais je suis chargé de l'enquête, et il faut que je voie les sept personnes qui entouraient la victime hier soir. Cela m'aiderait énormément de pouvoir les effacer toutes les sept de ma liste, et repartir demain sur de nouvelles pistes. Vous comprenez ? Ce n'est qu'une formalité, mais elle est indispensable.

Comme il s'y attendait, cet argument convainquit la jeune fille.

— Je vais aller voir si je puis décider ma sœur, fit-elle après une courte hésitation.

Sa description de cet inspecteur si séduisant dut être à ce point enthousiaste qu'elle revint en moins de temps qu'il n'avait osé l'espérer. Elle le conduisit à la chambre de Mrs Ratcliffe, qu'il trouva en larmes. Elle déclara ne pas avoir remarqué l'homme avant sa chute. Elle observait Grant avec une curiosité craintive en gardant son mouchoir pressé contre ses lèvres. Il aurait bien voulu qu'elle l'en retirât un instant : selon lui, les bouches sont plus expressives que les yeux, surtout chez les femmes.

— Vous étiez derrière lui lorsqu'il est tombé ?

— Oui.

— Qui était à ses côtés ?

Elle ne s'en souvenait pas. Comme tout le monde, elle ne pensait qu'à rentrer au théâtre, et elle ne regardait jamais les gens dans la rue.

— Excusez-moi, dit-elle d'une voix tremblante quand il prit congé. J'aurais aimé pouvoir vous aider. La vue de ce poignard me hante, je ferais n'importe quoi pour contribuer à l'arrestation de l'assassin.

Grant sortit et chassa Mrs Ratcliffe de sa pensée.

Son mari se révéla plus utile. Pour le voir, Grant préféra se rendre dans la City, plutôt que de le convoquer à Scotland Yard. Il voulait examiner les occupations des sept témoins au lendemain du crime. Il y avait eu beaucoup de bousculade dans la foule au moment de l'ouverture des portes, lui dit Mr Ratcliffe, de sorte que la position des gens avait été modifiée. Si sa mémoire était bonne, un homme qui faisait partie d'un groupe de quatre personnes placées devant lui attendait à côté du mort, et il l'avait vu partir avec ses compagnons. Mr Ratcliffe, pas plus que sa femme, n'avait remarqué la victime avant sa chute.

Grant trouva les cinq autres témoins tout aussi innocents et inutiles. Ce qui l'étonna un peu. Comment *personne* n'avait-il remarqué l'homme ? Il avait cependant bien dû faire la queue car on ne vient pas se placer aux premiers rangs d'une file sans attirer beaucoup plus d'attention qu'on ne le souhaiterait. Les gens les moins observateurs se rappellent d'infimes détails même lorsqu'ils n'ont pas eu conscience de remarquer quoi que ce soit sur le moment. Grant regagna son bureau, très intrigué.

Il envoya un communiqué à la presse, demandant à quiconque aurait vu un individu s'éloigner de la file d'attente, la veille au soir, de bien vouloir se mettre en rapport avec Scotland Yard. Suivait la description complète de la victime et quelques informations sur l'état actuel de l'enquête.

Il appela ensuite Williams pour lui demander son rapport. Williams lui apprit que l'on avait photographié les empreintes digitales du mort, et que l'on avait fait des recherches selon les instructions reçues ; mais l'homme était inconnu de la police. Aucune empreinte correspondant aux siennes n'avait été trouvée dans les dossiers. L'expert qui avait examiné le revolver ne lui avait rien trouvé de particulier, sinon qu'il avait sans doute été acheté d'occasion, avait beaucoup servi, et que c'était une arme très puissante. Puis Williams expliqua à Grant que, avant d'envoyer le revolver aux experts, il en avait fait relever les empreintes ; comme elles étaient nombreuses, il les avait fait photographier et attendait les épreuves.

— C'est très bien, dit Grant.

Il alla trouver Barker, emportant avec lui les empreintes digitales de la victime. Il lui détailla sa journée sans parler de ses propres théories sur l'Italien, se bornant à ajouter que c'était un crime bien peu anglais d'apparence.

— Autant dire que nous n'avons rien, se plaignit Barker, à part le poignard, et encore ! On le croirait sorti d'un roman policier.

— C'est bien mon avis, dit Grant. Je me demande combien de gens feront la queue au Woffington ce soir, ajouta-t-il en sautant du coq à l'âne.

Williams entrant, la conclusion de Barker à cette fascinante question fut perdue à jamais pour le genre humain.

— Les empreintes du revolver, dit-il brièvement en posant une enveloppe sur la table.

Sans enthousiasme, Grant s'en saisit et compara les deux jeux d'empreintes. Il s'immobilisa, soudain intéressé, comme un limier qui flaire une piste. Il y avait cinq empreintes nettes, et plusieurs incomplètes, mais ni les unes, ni les autres n'étaient celles de la victime ! Un rapport annexé aux épreuves : empreintes inconnues de la police.

De retour à son bureau, Grant s'assit et réfléchit. Que signifiait tout cela ? Le revolver n'était-il pas celui du mort ? L'avait-il emprunté ? Mais même si c'était le cas, on aurait dû trouver sur l'arme des traces prouvant qu'il l'avait eue en sa possession. À moins que le revolver n'ait été glissé dans sa poche par un tiers ? Mais comment dissimuler un objet aussi volumineux et aussi lourd qu'un revolver d'ordonnance dans la poche d'un homme, sans qu'il s'en aperçoive… Impossible si cet homme est vivant ; mais on aurait pu le faire après l'avoir tué. Dans quel but ? Aucune explication ne se présentait à son esprit. Il sortit le poignard, l'examina à la loupe et le reposa, découragé. Il se sentait désemparé. Il sortirait, marcherait un peu. 5 heures venaient de sonner : il irait jusqu'au Woffington et interrogerait le portier de service la veille.

C'était une belle soirée, et Londres se détachait sur le ciel d'un bleu délavé. Grant respira l'air avec délectation. Le printemps s'annonçait... Dès qu'il aurait arrêté le coupable, il essaierait d'obtenir un congé – même un congé de maladie s'il n'y avait pas d'autre choix – et irait pêcher quelque part. Mais où ? Rien ne valait les Highlands cependant la compagnie risquait d'y être terriblement ennuyeuse. Pourquoi pas dans le Test ? À Stockbridge. La pêche à la truite n'était pas la plus excitante néanmoins il y avait là-bas un petit pub confortable et très bien fréquenté. Il pourrait monter à cheval. Le Hampshire au printemps !...

Il marchait rapidement le long des quais en rêvant de la sorte, à cent lieues de l'affaire en cours. C'était sa façon de travailler. Barker, lui, avait pour devise : « Ruminez, ruminez sans arrêt, jour et nuit, et vous finirez par trouver la solution. » Mais cela ne marchait pas pour Grant qui lui avait répondu un jour qu'à force de tant ruminer il ne pouvait plus penser qu'à sa douleur aux mâchoires. Lorsqu'un problème le tracassait, Grant estimait qu'il perdait toute perspective s'il se laissait obséder. Aussi lorsqu'il en était au point mort, il se permettait de « fermer les yeux » pendant un moment ; quand il les « rouvrait », les choses lui apparaissaient sous un autre angle, qui lui révélait des aspects inattendus et transformait entièrement le problème.

Il y avait eu une matinée ce jour-là au Woffington, et le théâtre présentait un aspect de désordre lugubre. Le portier était dans l'établissement mais personne ne savait où exactement. En début de soirée, ses tâches semblaient nombreuses et variées. Après que plusieurs messagers revinrent essoufflés des entrailles du bâtiment, avec pour tout rapport : « Non, monsieur, je ne l'ai vu nulle part », Grant se résolut à se joindre à l'exploration et finit par dénicher l'homme dans un sombre couloir derrière la scène. Dès qu'il se fut présenté et qu'il eut expliqué ce qu'il voulait, l'homme, flatté et plein de zèle, se montra particulièrement volubile. Bien qu'accoutumé à approcher l'aristocratie de la scène, il n'avait pas tous les jours la chance de parler amicalement avec cet être supérieur que représentait un inspecteur du CID. Le visage épanoui, il ôtait et remettait sa casquette, tripotait le ruban de ses médailles, essuyait ses mains moites sur le fond de son pantalon. Il était clair que pour faire plaisir à l'inspecteur il aurait dit qu'il avait vu un singe dans la file d'attente. Grant soupira intérieurement, et gardant toujours du recul en toute situation – c'était son côté spectateur –, il pensa avec sympathie que le cher vieux était un vrai personnage. Il allait prendre amicalement congé de tant d'incompétence dévouée quand une voix charmante se fit entendre :

— Mais… c'est l'inspecteur Grant !

Il se retourna et découvrit Ray Marcable, en tenue de ville, se dirigeant vers sa loge.

— Vous cherchez un engagement ? Je crains que vous ne puissiez même trouver un rôle de figurant, à cette heure tardive !

Souriant à demi, malicieuse, elle le regarda d'un air amical de ses grands yeux gris aux paupières légèrement abaissées. Ils s'étaient connus un an auparavant, lors du vol d'un nécessaire de toilette de très grande valeur, cadeau d'un de ses plus riches admirateurs, et, bien qu'ils ne se fussent pas revus depuis lors, elle ne l'avait manifestement pas oublié.

Il en fut flatté malgré lui, conscient et amusé de sa propre faiblesse. Il lui expliqua ce qui l'amenait au théâtre, et le sourire disparut immédiatement du visage de l'actrice.

— Ah ! ce pauvre homme, dit-elle. Mais en voilà un autre, ajouta-t-elle aussitôt en posant sa main sur son bras. Vous avez passé l'après-midi à poser des questions ? Votre gorge doit être bien sèche ! Venez prendre une tasse de thé avec moi dans ma loge, ma femme de chambre y est, et elle va nous préparer cela tout de suite. Nous faisons nos bagages. C'est triste, après si longtemps !

Elle l'emmena jusqu'à sa loge, toute en glaces et en cintres, qui ressemblait plus à une boutique de fleuriste qu'à une pièce d'habitation. D'un geste, elle lui montra les fleurs.

— Mon appartement en est plein, je suis obligée de laisser tout cela ici. Dans les hôpitaux, on est très poli, mais on m'a nettement fait comprendre qu'on en avait plus qu'on ne pouvait en prendre. Et je ne puis guère dire : « pas de fleurs », comme pour un enterrement, sans froisser tout le monde.

— C'est la seule chose que la plupart des gens puissent offrir, remarqua Grant.

— Je le sais bien, dit-elle. Je ne suis pas ingrate, seulement submergée.

Lorsque le thé fut prêt, elle lui en versa une tasse et la femme de chambre sortit des gâteaux secs. Tandis que l'actrice se servait et qu'il tournait sa cuiller dans sa tasse, il s'aperçut soudain, sursautant intérieurement, qu'elle était gauchère !

« Juste Ciel ! se dit-il, découragé, tu ne mérites pas un congé, tu en as besoin. Pourquoi une constatation comme celle-là te fait-elle bondir ? Combien donc crois-tu qu'il y ait de gauchers à Londres ? Tu deviens drôlement nerveux, c'est bizarre. »

Pour rompre le silence et parce que c'était la première chose qui lui vint à l'esprit, il lui demanda :

— Vous êtes gauchère ?

— Oui, répondit-elle avec indifférence, avant de l'interroger sur son enquête.

Il lui raconta tout ce qui devait paraître dans les journaux le soir même et décrivit le poignard, indice le plus intéressant de l'affaire.

— Le manche représente un petit saint en argent, décoré d'émaux bleus et rouges.

Quelque chose troubla soudain le regard posé de Ray Marcable.

— Comment ? fit-elle involontairement.

Il allait lui dire : « Vous en avez déjà vu un semblable ? » mais se ravisa. Il savait qu'elle dirait aussitôt : « Non », et qu'il aurait laissé voir qu'il s'était aperçu de quelque chose. Il répéta la description, et elle dit :

— Un saint ! Comme c'est curieux ! Et tellement inapproprié ! Je suppose qu'on a besoin de la bénédiction de quelqu'un dans une affaire aussi grave qu'un crime.

D'un geste calme et charmant, elle étendit la main gauche pour prendre la tasse de Grant et, tandis qu'elle la remplissait de nouveau, il observa son poignet ferme, son sang-froid, et il se demanda si, là encore, il ne s'emballait pas trop vite.

« Mais non, se dit-il. Tu peux ressentir des intuitions subites hors de propos, mais tu n'en es pas encore au point d'avoir des hallucinations. »

Ils parlèrent de l'Amérique, que Grant connaissait bien et où elle se rendait pour la première fois, et, lorsqu'il prit congé d'elle, il la remercia chaleureusement pour son thé. Maintenant, peu importait à quelle heure il dînerait. En sortant, il demanda au portier du feu pour sa cigarette et provoqua un autre torrent de paroles, témoignant de la même bonne volonté. Il apprit que miss Marcable n'avait pas quitté sa loge la veille, de 6 heures jusqu'au moment où l'on était venu la chercher pour sa première entrée. « Lord Lacing était là », ajouta le portier avec un clin d'œil entendu.

Grant hocha la tête et s'en alla, mais son sourire disparut tandis qu'il retournait à Scotland Yard. Qu'est-ce qui avait troublé le regard de Ray Marcable ? Un sentiment de peur ? Certainement pas. Une impression de déjà-vu ? Oui, c'était bien cela. Elle avait reconnu quelque chose.

3

DANNY MILLER

Grant ouvrit les yeux et contempla le plafond de sa chambre avec perplexité. Il était réveillé depuis quelques minutes, mais son cerveau, encore dans les limbes du sommeil et conscient de la fraîcheur glaciale du matin, refusait de se mettre en route. Malgré sa faculté de raisonnement endormie, Grant éprouvait de plus en plus nettement une sensation de malaise moral. Quelque chose de désagréable l'attendait. Quelque chose d'extrêmement désagréable. Cette conviction grandissante dissipa sa somnolence. Alors qu'il fixait le plafond, sur lequel le soleil matinal projetait l'ombre découpée d'un platane, le souvenir de ses ennuis lui revint à l'esprit. Le troisième jour des recherches commençait, c'était le jour de l'enquête, et il n'avait rien à présenter au coroner. Pas la moindre piste.

Il repassa mentalement la journée de la veille. Le matin, la victime n'étant toujours pas identifiée, il avait remis à Williams la cravate du jeune homme, objet le plus neuf et le plus personnel qu'il possédât, et avait envoyé le sergent parcourir Londres. Comme tous les autres vêtements de l'inconnu, elle avait été achetée dans un des magasins d'une maison à succursales multiples, et il y avait peu de chances pour qu'un vendeur se rappelât le client auquel il avait vendu cette cravate. Chez Faith Brothers, on avait dû vendre, rien que dans Londres, plusieurs douzaines de cravates du même modèle. Mais Grant connaissait trop les caprices inattendus du hasard pour négliger une seule possibilité d'investigation. Une idée lui était venue au moment où Williams quittait la pièce. Dès le début, il avait supposé que le jeune homme était vendeur dans une boutique de vêtements : il aurait pu s'y fournir directement de tout ce dont il avait besoin. Peut-être était-il employé chez Faith Brothers.

— Tâchez de savoir, avait-il dit à Williams, si quelqu'un répondant à la description de la victime n'aurait pas travaillé récemment dans un de leurs magasins. Si vous voyez ou apprenez quelque chose d'intéressant, que vous le trouviez important ou non, faites-le-moi savoir.

Une fois seul, il avait parcouru la presse du matin. Il avait sauté les différents comptes rendus du crime du Woffington, mais avait examiné tout le reste avec soin, en commençant par les petites annonces. Rien, cependant, n'avait attiré son attention. Une photographie de lui, avec la légende : « L'inspecteur Grant, chargé de l'enquête dans l'affaire du théâtre Woffington », lui avait fait froncer les sourcils. « Quels idiots ! », s'était-il exclamé. Puis il avait réuni et étudié les listes des personnes disparues, signalées par tous les commissariats d'Angleterre. Cinq jeunes gens y figuraient, de différentes régions, et la description de l'un d'entre eux, qui avait disparu d'une petite ville du comté de Durham, se rapprochait de celle de la victime. Après une longue attente, Grant avait réussi à contacter la police locale par téléphone et il avait appris que le disparu était un ouvrier mineur, très mauvais sujet. Ce qui ne correspondait pas à la victime.

Il avait employé le reste de sa matinée à des travaux de routine, préparation de l'enquête et autres formalités indispensables. À l'heure du déjeuner, Williams lui avait téléphoné de la principale succursale de Faith Brothers, dans le Strand. Sa matinée avait été très remplie et improductive. Non seulement personne ne se souvenait du client en question, mais personne ne se rappelait même avoir vendu une cravate semblable. Elle ne faisait pas partie du stock actuel. Williams s'était donc renseigné sur la cravate elle-même. Il s'était rendu à la maison mère et avait demandé à parler au directeur, à qui il avait exposé la situation. Ce dernier proposait, si l'inspecteur voulait bien lui prêter la cravate pour un court laps de temps, de l'envoyer à leurs ateliers, à Northwood, qui pourraient fournir une liste des succursales auxquelles on aurait livré des articles du même modèle au cours de la dernière année, par exemple. Grant permettait-il à Williams de confier la cravate au directeur ?

Grant avait accepté. Tout en appréciant le bon sens de Williams – beaucoup de sergents auraient continué à faire des démarches dans Londres parce qu'on le leur avait dit –, il n'avait que peu d'espoir dans le résultat des recherches effectuées dans les cent et quelques succursales de Faith Brothers, à travers toute l'Écosse et l'Angleterre. Les chances de succès augmentèrent cependant lorsque Williams revint avec des renseignements plus complets. Les cravates de ce modèle se vendaient par boîtes de six, chacune des six étant d'une tonalité différente dans une même couleur de base. Il était peu probable qu'une succursale eût reçu plus de deux cravates de la même teinte que le modèle. Par conséquent, on pouvait davantage espérer qu'un vendeur se rappellerait l'acheteur de cette cravate que si elle avait fait partie d'une boîte de couleur uniforme.

En Grant, le détective écoutait avec intérêt pendant que le spectateur souriait de la dextérité du sergent à jongler avec les termes du langage commercial. Une demi-heure passée avec le directeur de Faith Brothers avait suffi pour truffer le parler simple du sergent d'étonnants joyaux appartenant au vocabulaire technique. Il parlait d'abondance de « rayures », de « répétitions de motifs », et autres choses mystérieuses, de sorte que, à travers le corpulent Williams, Grant percevait, par une curieuse transmission, l'image bien vivante du directeur lui-même. Mais il était content de Williams, et il le lui dit. C'était un des charmes de Grant : il n'oubliait jamais d'exprimer sa satisfaction.

L'après-midi, ayant abandonné tout espoir d'en apprendre davantage de ce côté, il avait envoyé le poignard au laboratoire pour le faire examiner. Et, la veille au soir, lorsqu'il était rentré chez lui, il attendait toujours la réponse.

Grant étendit le bras hors du lit dans l'air glacial et décrocha le téléphone pour appeler le commissariat.

Mais il n'y avait rien de nouveau. Deux personnes avaient examiné le corps hier – deux personnes venues séparément –, mais aucune ne l'avait reconnu. On avait pris leur nom et leur adresse, et laissé les indications sur le bureau ; elles l'attendaient, ainsi que le rapport du laboratoire.

— Bien, dit Grant en raccrochant.

Il sauta du lit, tout pressentiment pénible dissipé par la claire lumière de la raison. Il sifflota en prenant son bain froid et en s'habillant, de sorte que la logeuse déclara à son mari :

— Je crois qu'ils ne vont pas tarder à arrêter cet horrible anarchiste !

Anarchiste et assassin étaient des synonymes pour Mrs Field. Grant lui-même ne se serait sans doute pas exprimé avec autant d'optimisme, mais la pensée du paquet cacheté posé sur son bureau était pour lui l'équivalent d'une pochette surprise pour un enfant. Il pouvait ne rien contenir d'important comme il pouvait renfermer un trésor. Son regard croisa l'œil bienveillant de Mrs Field, tandis qu'elle lui servait son petit déjeuner, et comme un petit garçon, il lui demanda :

— Est-ce que j'aurai de la chance aujourd'hui ?

— Je ne m'y connais pas en fait de chance, Mr Grant, mais je crois en la Providence, et je suis sûre qu'elle ne permettra pas qu'un gentil jeune homme comme ça soit poignardé sans que le coupable soit jugé. Faut faire confiance au bon Dieu, Mr Grant !

— Et si les preuves sont à peu près inexistantes, au bon Dieu et au CID, dit Grant en lui retournant sa citation et en attaquant ses œufs au bacon.

Elle s'attarda un instant, hocha la tête en le regardant d'un air un peu sceptique, puis le laissa examiner les journaux tout en mangeant.

En se rendant en ville, il réfléchit au problème de l'absence d'identification de la victime qui devenait de jour en jour plus embarrassant. Il est vrai qu'il y a chaque année, à Londres, quelques malheureux qui se retrouvent enterrés dans la fosse commune parce que personne ne les a réclamés. Mais ce sont ou des vieillards, ou des pauvres, parfois les deux à la fois, la lie de la population, abandonnés bien avant leur mort par leurs connaissances et leurs amis ; et lorsque leur fin arrive, il n'y a plus personne pour raconter leur histoire. Pourtant il était impossible qu'un homme tel que la victime demeure anonyme. Grant n'avait jamais connu cela de toute sa carrière. Même s'il débarquait de sa province, ou de l'étranger – ce qui paraissait peu probable, tout dans sa tenue proclamant un vrai Londonien –, il aurait dû avoir un domicile à Londres, ou dans les environs : un hôtel, une chambre meublée, un club où l'on se serait aperçu de son absence. Et les communiqués de presse, demandant de signaler sans retard à Scotland Yard toute disparition auraient dû susciter une déclaration.

Alors, à supposer que l'homme fût de Londres – ce que Grant croyait fermement –, pourquoi sa famille ou son logeur ne venaient-ils pas le réclamer ? Sans doute parce qu'ils considéraient qu'il s'agissait d'un triste individu, ou qu'ils ne désiraient pas entrer en relation avec Scotland Yard. Une bande ? Une bande se débarrassant d'une brebis galeuse ? Mais les bandes n'attendent pas que leur victime soit occupée à faire la queue pour se passer de ses services... Elles préfèrent des méthodes plus sûres. À moins que... oui, il aurait pu y avoir là à la fois un châtiment et un avertissement. Ce crime avait tout ce qu'il fallait pour frapper l'imagination, servir d'exemple – l'arme, le choix d'un lieu où la victime pouvait se croire en sûreté, l'audace qui caractérisait toute cette affaire. Ce procédé éliminait toute trahison ultérieure et intimidait les survivants d'un seul et même coup. Plus il y réfléchissait, plus cela semblait à Grant l'explication logique du mystère. Il avait écarté l'hypothèse d'une société secrète, et il l'écartait encore. La vengeance d'une société secrète n'aurait pas empêché les amis d'un homme de signaler son absence et de le réclamer. Mais la disparition d'un membre dans une bande était une chose différente. Connaissant ou devinant le comment et le pourquoi de sa mort, aucun de ses camarades ne serait assez inconsidéré pour se présenter.

Alors qu'il regagnait Scotland Yard, Grant se remémora les différentes bandes qui sévissaient alors à Londres. Celle de Danny Miller était la plus célèbre, sans aucun doute, depuis un bon moment déjà. Cela faisait trois ans que Danny se tenait à carreau et à moins d'une faute grave de sa part, on n'allait pas le repincer de sitôt. Danny était revenu d'Amérique, après avoir purgé sa deuxième condamnation pour cambriolage ; il en avait rapporté des idées claires et une foi dans les systèmes d'organisation typiquement américaines – le professionnel anglais se montrant individualiste par nature –, ainsi qu'un respect salutaire pour les méthodes de la police britannique. Le résultat était que, bien que ses sous-fifres commissent des erreurs de temps à autre et se fissent condamner à des peines légères pour leurs imprudences, Danny demeurait libre et triomphant – beaucoup trop triomphant au goût du CID. Danny avait acquis la nature impitoyable de l'escroc américain vis-à-vis de son ennemi. Il était habitué au revolver, mais n'aurait pas eu plus de scrupule à planter un couteau dans le corps d'un homme qu'à écraser une mouche agaçante. Grant décida qu'il inviterait Danny à venir le voir. D'ici là, il devait examiner le paquet qui l'attendait.

Il l'ouvrit d'un geste impatient et passa rapidement sur les explications verbeuses du rapport – Bretherton, comme tout bon scientifique, péchait par un dogmatisme pompeux : si vous lui demandiez un rapport sur un chat persan, il consacrerait la première page du dossier à vous démontrer que son poil est gris et non fauve – pour entrer dans le vif du sujet.

« Juste au-dessous de la jonction du manche et de la lame, lui écrivait Bretherton, se trouvait une trace de sang qui n'était pas de même provenance que celui qui maculait la lame. Le manche ciselé était creux et avait été brisé sur le côté. Une simple fissure, rendue presque invisible par la tache de sang. Mais lorsqu'on serrait la surface, un des bords se soulevait et recouvrait légèrement l'autre. En saisissant son arme, l'assassin avait suffisamment élargi l'ouverture pour se blesser. Il devait présenter maintenant une coupure à l'index gauche, du côté du pouce, ou au pouce, du côté de l'index. »

« Très bien, pensa Grant, mais on ne peut tout de même pas passer la ville entière au crible pour trouver un gaucher blessé au doigt et l'arrêter. »

Il fit appeler Williams.

— Savez-vous où habite Danny Miller ?

— Non, dit Williams, mais Barber doit pouvoir nous aider. Il est revenu de Newbury hier soir, et il est au courant des habitudes de Danny.

— Très bien, envoyez-le-moi.

Lorsque Barber, un grand échalas à la démarche lente et au sourire inquiétant, entra, Grant lui posa la même question.

— Danny Miller ? fit Barber, oui, il habite Amber Street, dans Pimlico.

— Ah !… Il est bien sage depuis quelque temps, n'est-ce pas ?

— C'est ce que nous pensions, mais je crois que le vol de bijoux qui occupe en ce moment ceux de Gowbridge est un coup de Danny.

— Je pensais que les banques étaient davantage son rayon.

— Oui, mais il a une nouvelle maîtresse ; il a probablement besoin d'argent.

— Je vois. Vous avez l'adresse exacte ?

Une heure plus tard, Danny, qui se livrait à une toilette minutieuse dans sa chambre d'Amber Street, fut informé que l'inspecteur Grant serait heureux d'avoir un court entrctien avec lui, à Scotland Yard.

Danny Miller observait l'agent en civil qui lui apportait ce message de ses yeux gris pâle méfiants.

— S'il se figure qu'il m'aura comme cela, dit-il, il peut toujours courir !

L'inspecteur n'avait besoin que de quelques renseignements.

— Ah ! et qu'est-ce qu'il inspecte, en ce moment, l'inspecteur ?

Cela, l'agent en civil ne le savait pas, ou ne voulait pas le dire.

— Très bien, fit Danny, j'y vais tout de suite.

Lorsqu'un constable corpulent l'eut introduit auprès de Grant, Danny, qui était petit et mince, indiqua d'un mouvement de tête l'homme qui se retirait et déclara en clignant de l'œil :

— Ce n'est pas souvent qu'on se donne la peine d'annoncer ma visite !

— En effet, dit Grant en souriant à son tour, on s'aperçoit généralement de votre passage après votre départ !

— Vous avez de l'esprit, inspecteur. Je pensais bien d'ailleurs que vous n'aviez pas besoin qu'on vous apprenne à vous servir de vos méninges. Vous n'avez rien contre moi, n'est-ce pas ?

— Rien du tout. Mais vous pouvez peut-être me rendre service.

— Vous me flattez ?

Impossible de savoir quand Miller était sérieux ou plaisantait.

— Est-ce que cet homme vous dit quelque chose ?

Tandis qu'il lui décrivait en détail l'inconnu assassiné, Grant examinait Danny. Son regard s'arrêta sur ses gants. Comment pourrait-il lui faire enlever son gant gauche, sans avoir à le demander ?

Danny l'écouta avec attention avant de répondre poliment.

— Ça, c'est le macchabée du théâtre ; je regrette de vous décevoir, inspecteur. Je ne l'ai jamais vu.

— J'aimerais quand même vous le montrer.

— Bien sûr, si ça peut vous rendre service.

L'inspecteur glissa la main dans sa poche et la ressortit pleine de pièces, comme pour voir s'il en avait suffisamment avant de sortir. Un penny tomba sur la table, vers Miller, qui l'arrêta brusquement de la main, au moment où il allait tomber. Il le rattrapa maladroitement de sa main gantée, puis le reposa sur la table. Il avait arrêté la pièce de sa main droite.

Tandis qu'ils se rendaient en voiture jusqu'à la morgue, Danny se retourna vers l'inspecteur et affirma avec ce petit rire qui lui était familier :

— Si mes copains me voyaient avec vous, ils fileraient illico s'embarquer à Southampton, et sans prendre le temps de faire leurs paquets, encore !

— Nous nous chargerions bien de les retrouver et de les ramener ! dit Grant.

— Vous nous arrêteriez tous comme ça, hein ? Allez, je vous parie cinq contre un, en dollars, non, en livres, que vous ne pincerez pas un seul des nôtres d'ici deux ans. Vous ne voulez pas ? Eh bien, vous avez raison.

Miller se retrouva confronté au cadavre sans que son visage en lame de couteau trahisse la moindre émotion. Il l'examina avec attention de ses yeux gris et froids.

Frappé par cette indifférence, Grant songea que même si Miller avait connu l'homme, il eût été vain d'espérer le confondre.

— Non, dit Miller, je n'ai jamais vu ce type-là de ma... (Il s'arrêta ; il y eut une longue pause.) Eh ! Mais si, je l'ai vu, attendez, laissez-moi retrouver... Où était-ce ? Où ? Attendez une minute, ça va venir...

Il se martela le front de sa main gantée.

Jouait-il la comédie ? se demanda Grant. Si oui, il était doué ! Mais un homme comme Miller ne commettrait pas une telle erreur de débutant.

— Bon sang, je ne peux pas le retrouver. Je lui ai même parlé. Je ne connais pas son nom, mais je lui ai parlé.

À la fin, Grant renonça, l'enquête l'attendait, mais Danny Miller tint bon. Il refusait d'accepter cette défaillance de mémoire.

— Je n'oublie jamais les gens quand je les ai vus, dit-il, pas plus qu'un flic ne le fait.

— Eh bien, continuez à chercher, et vous me téléphonerez, proposa Grant. En attendant, voulez-vous faire quelque chose de plus pour moi ? Voulez-vous enlever vos gants ?

Les yeux de Danny se plissèrent en deux fentes luisantes.

— Qu'est-ce que c'est encore que cette idée-là ? dit-il.

— Vous n'avez pas de raison pour ne pas les enlever, n'est-ce pas ?

— Est-ce que je sais, moi ? rétorqua Danny.

— Écoutez, dit Grant avec bonne humeur. Tout à l'heure, vous vouliez faire un pari. Voilà une bonne occasion. Enlevez vos gants, je vous dirai si vous avez gagné ou perdu.

— Et si je perds ?

— Eh bien… je n'ai pas de mandat d'arrêt !

Danny quitta son air méfiant. Sa nonchalance habituelle lui revint. Il retira son gant droit et montra sa main. Grant l'examina, puis hocha la tête. Danny retira alors le gauche tout en glissant sa main droite dans la poche de son veston.

Sa main ne présentait aucune trace d'écorchure.

— Vous avez gagné, Miller, reconnut Grant. Merci de votre fair-play.

Le léger gonflement de la poche de Danny s'effaça.

— Quand ça vous reviendra, n'oubliez pas de m'appeler, insista Grant lorsqu'ils se séparèrent, et Miller le lui promit.

— Ne vous en faites pas, lui dit-il. Je ne laisse pas mon cerveau en paix lorsqu'il m'a joué de sales tours !

Là-dessus, Grant partit déjeuner avant de se rendre à l'ouverture de l'enquête par le coroner.

Le jury, ayant accompli le pénible devoir d'examiner le corps, avec cet air d'importance et de fausse modestie propres à ceux qui sont initiés à un mystère, reprit place. Le verdict ne réservait aucune surprise ; il n'y avait donc pas lieu de se tourmenter pour connaître les tenants et les aboutissants de l'affaire. On pouvait s'adonner tout entier à la délicieuse occupation de recueillir, de la bouche même des témoins oculaires, tous les détails du crime le plus populaire du jour. Grant observait les jurés d'un air sardonique et remerciait le ciel de ce que ni sa situation ni sa vie ne dépendissent de leur intelligence. Puis il les oublia et s'abandonna aux charmes de cette savoureuse comédie :

l'audition des témoins. Il compara, déconcerté, les sinistres propos qui tombaient de leurs bouches avec le joli portrait qu'ils traçaient d'eux-mêmes. Grant qui les connaissait bien maintenant s'amusait de leur voir jouer leur rôle avec une telle fidélité. Il y avait le constable qui assurait le service d'ordre au Woffington, tout brossé et reluisant, son front moite plus brillant que tout le reste de sa personne ; il fit son rapport avec une grande précision, dont il semblait particulièrement fier. James Ratcliffe, le parfait chef de famille, lui succéda, désolé de cette publicité inattendue, indigné de se voir mêlé à une affaire aussi désagréable, mais décidé à remplir son devoir de citoyen. L'inspecteur songea que c'était le genre d'individu en qui la loi trouve toujours un allié précieux et il le remercia mentalement de cette disposition, bien que, dans le cas présent, il ne lui fût d'aucune utilité. Faire la queue l'ennuyait au plus haut point, déclara Ratcliffe, et il avait lu tant que la lumière du jour le lui avait permis. La bousculade à l'ouverture des portes l'avait empêché de continuer.

Il y avait sa femme, que l'inspecteur se rappelait sanglotant dans sa chambre. Elle pétrissait toujours son mouchoir, et semblait s'attendre à être consolée et encouragée après chaque question. Elle fut soumise à l'interrogatoire le plus long : elle se tenait immédiatement derrière la victime.

— Devons-nous comprendre, madame, interrogea le coroner, que vous avez fait la queue pendant deux heures, juste à côté de cet homme, et que, cependant, vous ne vous rappelez ni lui ni ses compagnons, s'il en avait ?

— Mais je n'étais pas près de lui tout le temps ! Je vous dis que je ne l'ai vu que lorsqu'il est tombé à mes pieds !

— Alors, qui donc est resté devant vous tout le temps ?

— Je ne me souviens pas. Je crois que c'était un jeune homme.

— Et qu'est devenu ce jeune homme ?

— Je ne sais pas.

— L'avez-vous vu quitter la queue ?

— Non !

— Pouvez-vous le décrire ?

— Oui : il était brun, et avait plutôt l'air d'un étranger.

— Est-ce qu'il était seul ?

— Je ne sais pas. Je ne crois pas, cependant. Il me semble qu'il parlait avec quelqu'un.

— Comment se fait-il que vous ne vous rappeliez pas plus nettement ce qui s'est passé il y a seulement trois jours ?

L'émotion lui avait fait perdre complètement la tête.

— En outre, ajouta-t-elle en se redressant devant le mépris non dissimulé du coroner, on ne remarque pas, dans une queue, les gens qui sont à côté de soi. Mon mari et moi, nous avons lu presque tout le temps.

Et elle s'effondra en sanglotant.

Puis ce fut le tour de la grosse femme en robe de satin, le visage luisant et bien astiqué. Remise maintenant du choc nerveux qu'elle avait subi, elle semblait tout à fait disposée à raconter son histoire. Elle remplissait son rôle avec un plaisir morbide, qui transparaissait sur sa figure rougeaude, et dans ses yeux bruns en boutons de bottine. Elle parut désappointée lorsque le coroner la renvoya au milieu d'une phrase.

Il vint aussi un petit homme effacé, précis comme le constable, et visiblement persuadé de l'intelligence limitée du coroner. Lorsque ce patient fonctionnaire lui eut dit : « Oui, je sais bien que l'on fait généralement la queue deux par deux », et que le jury se fut esclaffé, le petit homme timide eut l'air très offusqué. Comme ni lui ni les trois autres témoins n'étaient en mesure de fournir le moindre détail utile, on les renvoya sans leur prêter plus d'attention.

Le portier, gonflé de plaisir à la pensée de son importance, informa le coroner qu'il avait vu la victime plusieurs fois auparavant au Woffington. C'était un des habitués du théâtre. Mais le concierge ne savait rien de plus : le jeune homme, toujours bien habillé, venait généralement accompagné, mais le témoin ne pouvait se rappeler qui étaient ces personnes.

La futilité de cette enquête découragea Grant. Un individu que personne ne connaît, frappé dans le dos par quelqu'un que personne n'a vu ! Quelle charmante perspective ! Aucun indice pour retrouver l'assassin, excepté le poignard, et le fait que l'assassin s'était écorché l'index ou le pouce. Aucun autre espoir, pour identifier le mort, que celui de voir un employé de Faith Brothers reconnaître le client qui lui avait acheté une cravate marron, mouchetée de rose pâle !

Lorsque le verdict inévitable d'assassinat perpétré par une ou plusieurs personnes inconnues fut rendu, Grant alla téléphoner, tout en réfléchissant à la déposition de Mrs Ratcliffe au sujet du jeune homme d'apparence étrangère. Inventait-elle cela à cause du poignard ? Ou bien devait-il voir là réellement une corroboration de sa théorie sur l'Italien ? Le jeune étranger de Mrs Ratcliffe n'était plus là lorsque la victime s'était écroulée. Il avait donc quitté la queue, et était très certainement l'auteur du crime.

Grant voulait joindre Scotland Yard pour savoir s'il y avait du nouveau. Dans le cas contraire, il irait prendre un thé pour se réconforter. Il en avait besoin. Déguster un thé favorisait la réflexion ; non cette laborieuse classification d'indices à laquelle se livrait Barker, le prince des superintendants, mais la revue théorique des faits que lui, Grant, trouvait beaucoup plus fertile. Parmi ses relations, il comptait un poète et essayiste qui sirotait son thé à un rythme monotone et régulier, celui-là même qui lui était indispensable pour donner naissance à ses chefs-d'œuvre. Son système digestif était dans un état choquant mais lui pouvait se flatter de jouir d'une très bonne réputation auprès des plus précieux *littérateurs** modernes.

4

RAOUL LEGARDE

Or Grant apprit un fait qui écarta de son esprit toute idée de thé : une lettre écrite en majuscules l'attendait. Grant savait très bien ce que cela voulait dire, car, à Scotland Yard, on était habitué à ce genre de missives. Il héla un taxi en souriant. Les gens croyaient ainsi masquer leur écriture ! S'ils savaient ! Mais il fallait souhaiter qu'ils ne s'en rendissent jamais compte.

Avant d'ouvrir la lettre, il répandit une pincée de poudre sur l'enveloppe et vit qu'elle portait de nombreuses empreintes. Il la décacheta délicatement en la tenant avec une pince ; elle était épaisse et molle. Il en sortit une liasse de billets de cinq livres et une feuille de papier. Il lut :

Pour enterrer l'homme assassiné dans la queue.

Il y avait cinq billets : vingt-cinq livres sterling.

Grant s'assit, perplexe. Il n'avait jamais vu une chose aussi imprévue au cours de toute sa carrière au CID. Il y avait donc ce soir-là, dans Londres, quelqu'un qui tenait suffisamment au mort pour dépenser vingt-cinq livres sterling afin de lui éviter la fosse commune, mais qui ne voulait pas réclamer le corps ! Devait-il voir là une corroboration de sa théorie sur l'intimidation ? Ou bien une restitution ? L'assassin avait-il éprouvé le désir superstitieux de remplir ses devoirs envers sa victime ? Non. L'individu qui poignarde un homme dans le dos se moque éperdument, en général, de ce qu'il advient du corps. Non, l'inconnu avait un camarade – ou une amie – prêt, par affection, à donner vingt-cinq livres pour lui.

Grant appela Williams, et ils examinèrent ensemble l'enveloppe blanche unie de papier bon marché, et les majuscules épaisses et sans fioritures.

— Eh bien ! demanda Grant. Qu'en déduisez-vous ?

— C'est une écriture d'homme, dit Williams. Pas riche. Pas très habitué à faire des lettres. Ordonné, fumeur, fatigué.

— Parfait ! applaudit Grant. Vous feriez un mauvais docteur Watson, Williams : vous vous sortez de toutes les énigmes.

Williams, à qui l'on n'avait plus rien à apprendre sur le docteur Watson – à l'âge de onze ans, il allait se cacher dans une grange du Worcestershire, pour lire *Le Ruban moucheté* qu'on lui avait interdit –, sourit et dit :

— Je suppose que vous en avez découvert davantage ?

Mais Grant avait juste déduit que l'expéditeur était un novice dans ce genre d'affaires. Quelle imprudence d'envoyer des billets de la Banque d'Angleterre, dont il est si facile de retrouver la trace !

Il recouvrit la lettre d'une nouvelle pincée de poudre fine et légère, mais n'y trouva pas d'empreintes. Il appela un agent, lui donna l'ordre de faire photographier les traces de la précieuse enveloppe et de la liasse de billets, puis envoya la feuille de papier à l'expert graphologue.

— Les banques sont fermées à cette heure, c'est dommage. Êtes-vous très pressé d'aller retrouver votre femme, Williams ?

Non, Williams n'était pas pressé. Sa femme et son bébé étaient à Southend chez sa belle-mère pour une semaine.

— Dans ce cas, dit Grant, allons dîner ensemble. Vous pourrez me faire profiter de vos suggestions au sujet des crimes commis dans les queues.

Quelques années auparavant, Grant avait fait un héritage considérable qui lui aurait permis de se retirer dans une oisiveté terne et sans incidents, si tel avait été son désir. Mais il aimait son métier, même s'il maudissait ce qu'il appelait une vie de chien, et il ne s'était servi de sa fortune que pour adoucir et embellir son existence, en bannir le froid et la tristesse, et tâcher d'en faire autant pour les autres. Il y avait une petite épicerie dans la banlieue sud, brillant de toutes ses marchandises hétéroclites, qui devait son existence à l'héritage de Grant et à la chance qui avait fait se rencontrer l'inspecteur et un homme en libération conditionnelle le matin de sa sortie de prison. Grant était à l'origine de sa « mise au vert » et lui avait fourni les moyens de sa réinsertion.

Grâce à cet héritage, Grant comptait parmi les *habitués** du *Restaurant Laurent* – sélect entre tous – et, mieux encore, parmi les préférés de Marcel, le premier maître d'hôtel. Cinq personnes en Europe pouvaient se vanter de figurer parmi ses favoris. Grant était conscient de cet honneur et profondément sensible à la raison qui le lui valait.

Marcel vint à leur rencontre, à mi-chemin de la salle vert et or, le visage empreint d'une grande contrariété : il était désolé, il ne lui restait pas une table digne de Monsieur ! Rien que la table du coin qui était fort mal placée. Monsieur ne l'avait pas prévenu qu'il allait venir ! Il était désolé, tout bonnement désolé.

Grant alla s'asseoir sans la moindre protestation. Il avait faim et, si la cuisine était bonne, peu importait la table, même mal placée comme l'était la sienne au débouché de la porte de service. Deux paravents verts masquaient la porte battante, à travers laquelle le bruit de la vaisselle parvenait jusqu'à eux, comme un bruit de castagnettes qui s'enflait en un bref crescendo à chaque passage des garçons.

Tout en dînant, Grant décida que, le lendemain matin, Williams ferait des recherches dans les banques du quartier indiqué par le cachet de la lettre. Il tâcherait de retrouver l'origine des billets. Ce ne devrait pas être très difficile, les banques se montraient toujours conciliantes !

Ils en vinrent à parler du crime lui-même. D'après Williams, c'était l'œuvre d'une bande ; l'inconnu aurait provoqué le mécontentement de ses complices, pressenti le danger et emprunté le revolver d'un camarade qui lui serait resté fidèle. Il n'aurait pas eu le temps de s'en servir. La somme reçue ce soir proviendrait de ce camarade, secrètement dévoué à la victime. Cette théorie se tenait, mais n'expliquait pas tout.

— Pourquoi n'avait-il sur lui aucune marque pour l'identifier, alors ?

— Peut-être, suggéra Williams avec une logique convaincante, peut-être est-ce une habitude de la bande, afin qu'on ne puisse pas identifier ses membres quand l'un d'entre eux tombe entre les mains de la police.

C'était possible. Grant, plongé dans ses réflexions, resta silencieux un instant. Soudain, alors qu'ils en étaient au rôti, Grant, avec ce sixième sens qui, au cours de quatre ans de guerre et de nombreuses années de CID, avait acquis une acuité extraordinaire, sentit qu'on l'observait. Il refréna l'envie qu'il avait de se retourner – il était assis, dos à la salle, faisant presque face à la porte de service –, mais jeta un coup d'œil dans la glace : personne ne semblait s'intéresser à lui le moins du monde. Il continua son dîner et, au bout d'un instant, regarda à nouveau le miroir. La salle s'était vidée depuis leur arrivée, et il pouvait facilement examiner les différentes personnes qui l'entouraient. Mais il ne vit que des gens absorbés par leurs propres affaires, mangeant, buvant et fumant. Cependant, Grant avait toujours l'impression qu'on l'observait de manière persistante. Il en avait la chair de poule. Il contempla alors, au-dessus de la tête de Williams, le paravent qui masquait la porte. Et là, dans l'intervalle entre deux pans, il aperçut les yeux qui le guettaient. Ils disparurent aussitôt, et Grant continua son repas avec sérénité. « Un garçon trop curieux », pensa-t-il. Sa carrière de détective lui avait déjà valu ce genre d'examens furtifs ! Tout à coup, relevant la tête au milieu d'une phrase, il retrouva les yeux à leur poste de surveillance. C'était trop fort ! À son tour, il les fixa hardiment. Mais leur propriétaire ne se rendait évidemment pas compte qu'il était vu de Grant, et poursuivit son observation sans s'interrompre. Grant, désireux de voir celui qui lui portait un intérêt aussi tenace, dit à Williams, assis à moins d'un mètre devant le paravent :

— Il y a quelqu'un derrière vous, de l'autre côté du paravent, qui nous surveille. Lorsque je claquerai des doigts, donnez un coup de poing à droite et faites tomber le paravent. Arrangez-vous, autant que possible, pour que ça ait l'air involontaire.

Grant attendit que les allées et venues des garçons se fussent un peu calmées et que les yeux fussent bien à leur poste ; il fit alors doucement claquer son médius contre son pouce. Williams tendit son bras musclé, le paravent bascula et tomba à terre. Mais il n'y avait plus personne. Seul, le battement de la porte témoignait d'une fuite précipitée.

« Raté », regretta Grant, tandis que Williams s'excusait de l'accident.

Il finit de dîner sans autre anicroche et retourna à Scotland Yard avec Williams, espérant y trouver les photographies des empreintes de l'enveloppe pour les étudier.

À la place, l'attendait le rapport de la manufacture de Faith Brothers, à Northwood. La seule livraison analogue au modèle, fournie depuis un an, par boîtes de six cravates de tons différents, avait été faite à la succursale de Nottingham. La fabrique retournait la cravate à Grant et espérait qu'il voudrait bien faire appel à ses services si besoin était.

— S'il ne survient rien d'important entre ce soir et demain, dit Grant j'irai à Nottingham, pendant que vous ferez les banques.

On lui apporta enfin les épreuves des empreintes relevées sur l'enveloppe, et Grant les compara avec celles qu'il possédait déjà. Le rapport précisait qu'il n'y avait que de légères taches sur les billets de banque. Grant et le sergent se plongèrent dans un examen minutieux. Différentes impressions apparaissaient, plusieurs personnes ayant touché la lettre après son expédition par la poste. Mais les traces parfaitement nettes d'un index étaient visibles à la droite du revers de l'enveloppe. C'était le même index qui avait laissé sa marque sur le revolver trouvé dans la poche du mort.

— Voilà qui concorde avec votre théorie du camarade qui aurait prêté le revolver, n'est-ce pas ? dit Grant.

Mais le sergent poussa un petit cri étouffé et continua à regarder l'empreinte.

— Qu'y a-t-il ? C'est clair comme le jour…

Le sergent se redressa et jeta à son chef un coup d'œil égaré.

— Je n'ai cependant pas bu, dit-il, mais il n'y a pas de doute, ou alors tout le système anthropométrique est une blague ! Regardez !

D'un doigt un peu tremblant, il montra une trace dans le coin inférieur droit, et, en même temps, plaça les empreintes du mort sous les yeux de Grant. Il y eut un court silence tandis que l'inspecteur comparait les photographies et que le sergent, par-dessus son épaule, vérifiait, non sans émoi, sa propre constatation. Il n'y avait pas à discuter : la nouvelle empreinte était celle du mort.

Pendant un instant, Grant demeura coi, ne trouvant pas l'explication simple à ce fait si déconcertant.

— Le mort et « l'autre » avaient du papier à lettres commun, voilà tout, raisonna-t-il d'un ton détaché, tout en se raillant intérieurement d'avoir été victime, ne serait-ce qu'un instant, de cette stupéfaction infantile qui l'avait cloué sur place. Votre théorie progresse, Williams. L'homme qui a prêté le revolver et envoyé l'argent vivait avec notre inconnu. Il a pu raconter tout ce qu'il a voulu à sa logeuse, ou à sa femme, ou à ceux qui auraient pu s'inquiéter de la disparition de son camarade. (Il décrocha le téléphone.) Voyons si le graphologue peut nous en dire plus.

Mais l'expert n'avait rien à ajouter à ce que Grant avait deviné, ou savait déjà. Le papier était d'un type courant, que l'on pouvait acheter dans n'importe quelle papeterie, l'écriture, celle d'un homme.

Williams rentra dans son foyer déserté et pour se consoler de l'absence de sa femme se rappela qu'une semaine était vite passée et que Mrs Williams serait bien jolie quand elle reviendrait de Southend. Grant resta à son bureau, plongé dans l'examen du poignard, posé sur le cuir vert foncé recouvrant la table, élégant, dangereux, sa pointe effilée et mortelle faisant un curieux contraste avec le saint grossièrement ciselé du manche, au visage stupide et sans expression. Grant le considéra d'un air sarcastique. Qu'avait dit Ray Marcable ? Il fallait une bénédiction pour accomplir un acte aussi grave ? « Eh bien ! pensait Grant, je choisirais, moi, un saint plus puissant, pour mes affaires, que cette vénérable nullité. » Il repensa à l'actrice. La presse ne parlait que de son prochain départ pour l'Amérique, les journaux populaires se répandant en lamentations et les plus intellectuels en amertume et en indignation à l'idée que les directeurs anglais puissent permettre à la vedette de la meilleure comédie musicale, phare de toute une génération, de quitter le pays. S'il allait la trouver, songea Grant, lui demander à brûle-pourpoint pourquoi la description du poignard avait paru la surprendre ? Rien, absolument, ne la rattachait au crime. Il connaissait bien son histoire, la petite maison mitoyenne dans une triste agglomération de banlieue où elle avait grandi, l'école municipale où elle était allée, et son nom véritable, qui était Rose Markham. Il avait même rencontré Mr et Mrs Markham lors du vol du nécessaire de toilette. Il était probable que Ray ne pourrait lui apporter aucune lumière en ce qui concernait ce meurtre. Elle avait eu l'occasion de lui parler sans contrainte, dans sa loge, et elle avait délibérément gardé pour elle ce qu'elle pouvait savoir. Ce devait, évidemment, être tout à fait innocent. Sa surprise pouvait provenir de ce que l'actrice avait reconnu le poignard, d'après sa description, et n'avoir aucun lien avec le crime lui-même. L'arme était loin d'être une pièce unique, bien des gens avaient pu en voir et en toucher d'analogues. Grant ne pouvait espérer obtenir d'autres renseignements satisfaisants de la part de Ray Marcable. Elle partirait pour les États-Unis sans qu'il l'interrogeât.

Il rangea le poignard dans son tiroir en soupirant de son manque d'efficacité et il prit le chemin de son domicile. Il longea le quai, s'aperçut que la nuit était belle, malgré un léger brouillard glacial, et se décida à rentrer à pied.

Les rues de Londres à minuit – toujours tellement plus attrayantes que le jour – le fascinaient. À midi, Londres bondée nous fait le cadeau d'un spectacle riche, varié et amusant. Mais à minuit, elle s'offre tout entière ; à minuit, vous pouvez entendre son souffle.

Il parvint d'un pas machinal jusqu'à sa rue, le cerveau engourdi par une sorte de brume. Il avait « fermé les yeux » comme à l'accoutumée. Mais il les écarquilla, réellement, avec un sursaut, en apercevant une silhouette postée de l'autre côté de la rue, loin du halo des réverbères. Qui traînait donc ainsi, à cette heure tardive ?

Il se demanda s'il devait traverser la rue pour se rapprocher de l'individu, mais il était un peu tard pour changer de direction. Il continua sa route, ignorant le flâneur. Il ne se retourna qu'une fois arrivé devant sa porte. L'ombre était toujours là, presque invisible dans le noir.

Il était plus de minuit, lorsqu'il entra avec son passe-partout, mais Mrs Field l'attendait.

— Il y a un monsieur qui vous a demandé ; il n'a pas voulu patienter, ni laisser de message.

— Il y a longtemps de cela ?

— Plus d'une heure, précisa Mrs Field.

Elle ne l'avait pas bien vu, il était resté dehors, loin des marches. Mais c'était un jeune homme.

— Il vous a dit son nom ?

Non, il avait refusé.

— C'est très bien, dit Grant. Allez vous coucher ; s'il revient, je le ferai entrer.

Sur le seuil, elle hésita.

— Soyez bien prudent, surtout, dit-elle avec sollicitude. Je n'aime pas vous voir rester ici tout seul avec quelqu'un qui est peut-être un anarchiste, on ne sait jamais.

— Ne vous tourmentez pas, Mrs Field. Vous ne sauterez pas encore ce soir !

— Ce n'est pas de sauter que j'ai peur, dit-elle. C'est de vous retrouver ici, saigné comme un poulet, sans que personne en sache rien. Pensez à ce que ça me ferait si je vous découvrais dans cet état demain matin !

Grant se mit à rire.

— Rassurez-vous, il n'y a pas le moindre risque pour qu'un événement aussi dramatique se produise. Personne n'a jamais fait couler mon sang, à l'exception d'un Fritz, à Contalmaison, et il m'a eu par chance.

Mrs Field n'insista plus.

— Comme vous voudrez, mais prenez quelque chose avant de vous coucher, dit-elle en lui montrant des provisions sur le buffet. Je vous ai acheté quelques tomates et du bœuf aux cornichons, le meilleur de chez Tomkins.

Elle lui souhaita bonne nuit et se retira, mais avant même qu'elle fût parvenue à la cuisine, on frappa à la porte. Grant l'entendit qui retournait ouvrir, et tandis qu'il réfléchissait à cette étrange visite, il se demanda avec un sourire si c'était par crânerie ou par curiosité que Mrs Field avait si volontiers répondu au coup du heurtoir. Un instant plus tard, elle ouvrait toute grande la porte du salon, pour annoncer :

— Un jeune homme pour vous, monsieur.

Elle fit entrer un homme svelte de dix-neuf à vingt ans, assez grand, brun, large d'épaules, et campé sur ses pieds comme un boxeur. Il s'approcha, les yeux sombres et brillants, tout en jetant un regard furtif dans le coin derrière la porte et s'arrêta à quelques mètres de l'inspecteur, au milieu de la pièce, triturant un chapeau de feutre mou entre ses longues mains gantées.

— Vous êtes bien l'inspecteur Grant ? demanda-t-il.

Grant lui indiqua une chaise, et le jeune homme, avec une grâce qui n'avait rien de britannique, s'y assit au bord, sans lâcher son chapeau, et commença à parler.

— Je vous ai vu ce soir, chez *Laurent*. J'y travaille à l'office... On m'a dit qui vous étiez, et après avoir réfléchi un moment, je me suis décidé à venir tout vous raconter.

— C'est une très bonne idée, dit Grant. Allez-y. Vous êtes italien ?

— Non, français. Je m'appelle Raoul Legarde.

— Très bien, continuez.

— Je faisais la queue au Woffington le jour où cet homme a été tué. C'était mon jour de congé. Je suis resté debout derrière lui assez longtemps. À un moment, il m'a écrasé le pied sans le vouloir ; après cela, nous avons parlé un peu – de la pièce. J'étais à l'extérieur, et lui du côté du mur. Un homme est venu lui parler et s'est mis entre nous. Il voulait obtenir quelque chose de l'autre. Il est resté jusqu'à l'ouverture des portes. Ils paraissaient en colère… mais ils ne se sont pas disputés. Lorsque l'homme s'est écroulé, qu'on a découvert le crime, je me suis sauvé. Je ne voulais pas avoir d'ennuis avec la police. Mais ce soir, je vous ai vu, vous aviez l'air *gentil**, et je me suis risqué à venir tout vous dire.

— Pourquoi n'êtes-vous pas venu me parler à Scotland Yard ?

— Je me méfie de la police. Elle vous fait des histoires pour rien ! Et je n'ai pas d'amis à Londres.

— Lorsque cet homme a rejoint la victime et vous a repoussé d'une place, qui se trouvait entre vous et le mur du théâtre ?

— Une femme en noir.

Mrs Ratcliffe. Jusque-là, le jeune homme avait dit la vérité.

— Pouvez-vous décrire l'individu en question ?

— Il n'est pas grand, pas aussi grand que moi. Il portait un chapeau comme le mien, mais plus foncé, et un veston comme le mien (il montra son veston bleu marine bien ajusté, qui lui moulait la taille), marron. Ses cheveux sont très noirs, il est rasé, avec des pommettes et un menton saillants.

Il toucha ses joues et son menton, d'un modelé très pur.

— Le reconnaîtriez-vous si vous le voyiez ?

— Oh oui !

— Vous seriez assez sûr pour prêter serment ?

— Certainement.

— Savez-vous de quoi les deux hommes ont discuté ?

— Non. Je n'ai pas entendu. Je ne faisais pas attention, vous comprenez, et bien que je connaisse l'anglais, j'ai du mal lorsque les gens parlent très vite. Je crois que l'homme qui est venu voulait quelque chose que celui qui a été tué refusait de lui donner.

— Quand il a quitté la queue, comment se fait-il que personne ne l'ait vu partir ?

— Parce que, juste à ce moment, le policeman est passé en demandant aux gens de reculer.

C'était trop simple. L'inspecteur sortit son carnet et, posant son crayon sur la page ouverte, il le tendit au visiteur.

— Pouvez-vous me montrer comment vous étiez placé dans la queue ? Indiquez les gens par une croix, en ajoutant un mot explicatif.

Le jeune homme prit le carnet de la main gauche, saisit le crayon de la droite et fit un schéma très clair, sans se douter qu'il venait de triompher des tentatives de la police de « faire des histoires pour rien ».

Grant observait le visage sérieux, absorbé de son interlocuteur, et réfléchissait rapidement. Raoul Legarde n'avait pas menti. Il avait été là jusqu'à ce que l'homme s'effondrât, avait reculé d'horreur, comme les autres, afin de ne pas tomber à la merci d'une police étrangère. Il avait vraiment vu l'assassin, et il pourrait le reconnaître. Les choses commençaient à prendre tournure.

Grant saisit le carnet et le crayon que le jeune homme lui tendait, et lorsqu'il leva la tête, après avoir examiné son croquis, il remarqua que Raoul contemplait avec envie les victuailles posées sur le buffet. Il songea qu'il était probablement venu directement de son travail pour le voir.

— Eh bien, dit-il, je vous remercie infiniment. Vous allez souper un peu avec moi, avant de partir.

Le jeune homme refusa timidement puis se laissa convaincre, et ils firent ensemble un repas substantiel, avec le meilleur bœuf aux cornichons de chez Tomkins. Legarde parla sans contrainte de sa famille, à Dijon, de sa sœur qui lui envoyait les journaux de France, de son père, de sa vie chez *Laurent*, et de ses impressions sur Londres et les Anglais. Quand enfin Grant le raccompagna à la porte, le Français se retourna sur le seuil et lui dit naïvement pour s'excuser :

— Je regrette, maintenant, de ne pas avoir parlé plus tôt, mais vous comprenez comment les choses se sont passées. Il m'était difficile de venir, après m'être enfui tout de suite comme cela. Et je ne savais pas qu'on était si *gentil**, dans la police !

Grant le renvoya avec une tape amicale sur l'épaule, referma la porte et décrocha le téléphone. Lorsqu'il eut la communication :

— Allô, ici, l'inspecteur Grant, fit-il. À communiquer à tous les postes : « On recherche, pour l'affaire du Woffington, un homme d'environ trente ans, gaucher, taille légèrement au-dessous de la moyenne, très brun de teint et de cheveux, rasé, pommettes et menton saillants. Portait aux dernières nouvelles un chapeau mou marron et un veston ajusté de la même couleur. Il a une écorchure récente sur le pouce ou l'index gauche. »

Puis il alla se coucher.

5

DANNY REPARAÎT

Tandis que son train quittait Marylebone sous le soleil matinal, Grant se sentait plus optimiste qu'il ne l'avait été depuis le début de l'affaire. L'assassin n'était plus un mythe ! Puisqu'ils possédaient sa description, son arrestation n'était plus qu'une affaire de temps. Ce soir, peut-être, on aurait découvert l'identité de la victime.

Il étendit ses jambes dans le compartiment vide et laissa le soleil les balayer lentement au rythme régulier du train. Quel merveilleux pays que l'Angleterre à 10 heures, le matin, par temps clair ! Même les affreuses petites maisons de banlieue perdaient cet air d'agressivité que leur donnait leur complexe d'infériorité, et brillaient, oublieuses d'elles-mêmes et modestes, dans la clarté du jour. Leurs portes étroites et inhospitalières avaient perdu cette laideur due à la peinture bon marché et aux fausses moulures et se teintaient de jade, de coraline, de lapis-lazuli et d'onyx pour ouvrir sur des paradis séparés et personnels. Leurs jardins, avec leurs rangées de tulipes inégales et effrontées et leur maigre gazon, composaient un tableau plus ravissant que les jardins suspendus de Babylone.

Ici et là, des vêtements d'enfants bariolés dansaient sur une corde à linge, gonflés par la brise, formant un collier de rires colorés. Et plus loin, quand les derniers vestiges de la ville eurent disparu, le train traversa de vastes prairies qui chatoyaient sous le soleil, comme sur une vieille gravure de scène de chasse. L'Angleterre tout entière était charmante ce matin, Grant le savait. Même les canaux de Nottingham, aujourd'hui, montraient une touche de bleu vénitien, leurs murs sales et étouffants aussi roses que les murs de Petra.

Grant sortit de la gare et se trouva plongé dans le tumulte des tramways. Si on lui avait demandé ce qui représentait le mieux, à ses yeux, les Midlands, il aurait répondu sans hésiter : les trams. Ceux de Londres lui étaient toujours apparus comme des étrangers incongrus, des parents pauvres de province qui s'étaient laissé attirer par la métropole pour y mener une existence laborieuse, solitaire et méprisée parce qu'ils n'avaient jamais assez d'argent pour s'en sortir. Grant ne pouvait entendre le chant lointain si particulier d'un tram qui se rapproche sans être aussitôt renvoyé dans l'atmosphère étouffante et morne de la ville des Midlands où il était né. Les Midlanders ne dissimulaient pas leurs trams à la périphérie ; ils les exhibaient au contraire fièrement le long de leurs artères principales, en partie par *braggadocio*[1] et en partie sur une fausse idée du fonctionnel. Un long serpentin jaune s'étirait ainsi sur la place du marché de Nottingham, bouchant la vue de la grande place et transformant le passage entre le trottoir et les étals en un formidable jeu de cache-cache. Mais

1. Arrogance, prétention. Tiré du livre d'Edmund Spenser, *Faerie Queene. (N.d.T.)*

les autochtones, avec cette facilité d'adaptation qui est une des plus grandes merveilles de la nature, semblaient s'amuser de ce parcours du combattant et ne pas trouver trop dangereux de devoir l'affronter. En tout cas, personne ne se fit tuer pendant que Grant descendait la rue.

Arrivé chez Faith Brothers, il exhiba la cravate du mort en demandant si quelqu'un se rappelait l'avoir vendue. Elle ne disait rien au premier employé qui fit venir un jeune homme du comptoir voisin où, d'un index blanc et souple, il tapotait de haut en bas une file de boîtes en carton, dans l'espoir de trouver un article pouvant satisfaire son client. Grant eut le pressentiment que celui-ci enfin pourrait lui fournir des indications précises ; il ne se trompait pas. Après avoir jeté un coup d'œil sur la cravate, le vendeur lui dit qu'il l'avait retirée de la vitrine voilà environ un mois, pour un client qui l'avait aperçue en passant ; comme sa couleur s'assortissait bien avec celle de son costume, il était entré pour l'acheter. L'homme ne semblait pas du coin, parce qu'il n'avait pas l'accent et qu'il n'était pas habillé comme les gens de Nottingham.

Grant lui demanda de le décrire.

Le jeune homme s'exécuta, avec minutie et exactitude :

— Je peux même vous donner la date, si vous le voulez, précisa-t-il avec une mémoire surprenante. Je me la rappelle, à cause de... (il hésita, puis ajouta, avec une *naïveté** charmante :) à cause... de certains événements qui se sont produits ce jour-là. C'était le 2 février.

Grant nota l'information et le questionna sur l'impression que l'étranger lui avait laissée. Était-ce un voyageur de commerce ?

Le jeune homme ne le croyait pas. Il n'avait pas parlé d'affaires et ne paraissait pas s'intéresser au développement économique de Nottingham.

Y avait-il ce jour-là, questionna Grant, une manifestation susceptible d'attirer des étrangers ? Le jeune homme lui répondit que oui avec une grande conviction. Il y avait eu un concert, un véritable festival, qui avait attiré des amateurs de tous les coins des Midlands, et même un certain nombre de Londoniens. Il y avait lui-même participé : il chantait dans un chœur religieux et était très au courant de ce genre d'événements. L'aspect de son client évoquait plutôt un mélomane qu'un voyageur de commerce.

Cette hypothèse parut fort vraisemblable à Grant, qui n'oubliait pas les mains délicates du mort, ni sa présence au Woffington où, à défaut de concerts classiques, on donnait du moins des pièces musicales. Cette supposition ne concordait plus avec la théorie de la bande organisée, qui n'était que de la spéculation, il ne pouvait toutefois se permettre de la négliger pour cette seule raison. Grant remercia le jeune homme et lui demanda s'il n'y avait pas à Nottingham quelqu'un susceptible de lui donner des précisions sur le concert et sur ceux qui y avaient assisté. Le vendeur lui conseilla de rendre visite à Mr Yeudall, l'avoué, qui était aussi vaguement président de l'association. La musique était sa grande passion. Il avait assisté à tous les concerts, pendant les trois jours du festival, et il connaissait certainement tous ceux qui s'y étaient intéressés assez activement pour venir exprès de Londres.

Grant inscrivit l'adresse du notaire, conscient que son interlocuteur était en train de le mémoriser comme il avait classé l'homme mort et que si, dans quelques années, on lui demandait de décrire l'homme qui avait pris l'adresse de Yeudall, il en donnerait une description précise.

— Vous recherchez la personne qui a acheté cette cravate ? s'enquit le vendeur.

Il avait souligné « recherchez », donnant au mot sa connotation policière.

— Pas exactement, dit Grant. Mais je voudrais retrouver sa trace.

Et il partit pour interroger Mr Yeudall.

Dans une petite rue latérale, près du château – une de ces petites rues qui n'ont jamais vu de tramways, et dans lesquelles les pas résonnent si fort que l'on se retourne involontairement pour regarder derrière soi –, se trouvaient les bureaux exigus et ténébreux de Yeudall, Lister et Yeudall datant d'environ trois cents ans. Dans la salle d'attente, lambrissée de chêne, s'éteignaient les derniers rayons de lumière qui avaient réussi à traverser les vitres anciennes verdâtres de la fenêtre, mourant sur le rebord comme les ultimes survivants d'une charge sur le parapet ennemi, tués mais glorieux. Mr Yeudall, de Yeudall, Lister et Yeudall, aurait jugé que c'était une hérésie si on lui avait suggéré que les choses pouvaient être différentes. Différentes ! Cela voulait dire un bâtiment ressemblant à un garde-manger percé de fenêtres jusqu'à ce que les murs en deviennent quasi inexistants. Un ensemble de plaques de verre reliées entre elles par des pilastres d'une inconcevable laideur ! C'était ça, l'architecture moderne !

Comme pour compenser l'obscurité poussiéreuse de son bureau, Mr Yeudall lui-même rayonnait d'affabilité et de bienveillance, avec ce manque de défiance qui fait les amis sûrs, les collaborateurs dévoués, mais n'a jamais réussi à produire un homme de loi. Étant le seul Yeudall de la troisième génération, on lui avait donné dans sa jeunesse un coin de la taille d'un placard dans l'enchevêtrement des petites pièces qui formaient les bureaux Yeudall et, comme il aimait les lambris de chêne, les poutres et les verres cathédrale presque autant que les symphonies et les sonates, il y était resté. Aujourd'hui, il était Yeudall, Lister et Yeudall, un clerc compétent veillant à ce que rien de trop grave ne se produisît dans l'étude.

Dire que Mr Yeudall accueillit l'inspecteur est une formulation inappropriée. Grant eut l'impression qu'il avait rencontré Yeudall précédemment et l'avait oublié. Son visage ne refléta pas la curiosité habituelle de ceux qui voyaient l'inspecteur pour la première fois, annoncé par sa carte de visite. Grant lui apparut simplement comme un aimable compagnon, et avant même qu'il eût fini de lui expliquer son affaire, il l'avait invité à déjeuner.

— Ce sera tellement plus agréable de parler autour d'une table bien servie, lui dit Yeudall. Il est 1 heure passée, et vous devez mourir de faim, si vous n'avez rien pris depuis ce matin !

Grant suivit assez docilement cet hôte inattendu ; il n'avait pas encore obtenu les renseignements cherchés, et il semblait bien que le déjeuner représentât la seule chance de les avoir. De plus, un détective ne repousse jamais une occasion de se faire de nouvelles relations. Si Scotland Yard a une devise, c'est bien : « On ne sait jamais. »

En déjeunant, il apprit que Mr Yeudall n'avait jamais, autant qu'il pouvait s'en souvenir, rencontré l'inconnu du théâtre. Il connaissait de vue, ou de nom, tous les exécutants du concert, ainsi qu'un grand nombre des assistants. Mais aucun ne correspondait exactement à la description que Grant lui fournit.

— Si c'est un musicien, vous devriez interroger le Lyons' Orchestra ou les orchestres des cinémas. La plupart de leurs exécutants viennent de Londres.

Grant ne prit pas la peine d'expliquer que s'il avait supposé que l'homme était musicien, c'était à cause d'un rapport possible avec le festival. Il était plus facile et plus agréable de laisser parler Mr Yeudall.

Dans l'après-midi, après avoir pris congé de son joyeux amphitryon, Grant passa en revue les différents orchestres de la ville, avec tout l'insuccès qu'il avait escompté. Il téléphona à Scotland Yard pour savoir comment s'étaient passées les recherches de Williams au sujet des billets de banque, et il put parler au sergent lui-même qui venait de rentrer, après une longue matinée de travail. La banque faisait des recherches, on n'avait encore rien découvert, mais on était sur une piste.

« Enfin, songeait Grant en raccrochant, l'écheveau semble commencer à se débrouiller, lentement mais sûrement. Rien ne laisse une trace aussi claire et indiscutable qu'un billet de la Banque d'Angleterre. »

Mais si Nottingham n'avait rien donné, la découverte de l'identité de l'ami les amènerait inévitablement à trouver le nom de la victime. De là à identifier le meurtrier, il n'y avait qu'un pas. Cependant, Grant se sentait un peu découragé : il était tellement sûr, ce matin, qu'une trouvaille inattendue l'aurait mis sur la bonne voie ! Il considérait avec un certain dépit sa journée perdue. Le bon déjeuner que lui avait offert Mr Yeudall et la jovialité de son hôte n'avaient pas réussi à lui redonner confiance.

Arrivé à la gare, il s'aperçut qu'il disposait d'une demi-heure avant le départ de son train. Il se dirigea vers le bar de l'hôtel le plus proche dans le vague espoir que cet endroit – de tous les lieux publics le plus propice aux bavardages – lui permettrait de glaner des bribes d'informations. Il examina les deux garçons d'un œil inquisiteur. Le premier était hautain et ressemblait à un carlin suralimenté ; le second semblait distrait et évoquait un teckel. Grant sentit qu'il ne tirerait rien de l'un ni de l'autre. Mais la serveuse qui lui apporta son café était charmante et l'âme fatiguée de Grant s'épanouit à sa vue. En quelques minutes, il avait engagé un échange de généralités amical bien que décousu, et lorsqu'elle s'éloignait pour prendre la commande d'un autre client, elle revenait toujours vers lui et restait à portée de voix jusqu'à ce que la conversation reprenne. Sachant que la description d'un homme qui n'était ni bossu, ni aveugle, ni pourvu d'aucune anomalie ne serait d'aucune aide pour cette femme qui voyait défiler devant elle au moins une douzaine d'hommes par jour répondant au signalement du mort, Grant se contenta de poursuivre la conversation en espérant dégoter une information utile.

— C'est calme, en ce moment, dit-il.

— Oui, admit-elle. C'est comme ça, il y a des périodes creuses et des coups de feu.

— Est-ce que cela dépend du nombre de pensionnaires que vous avez à l'hôtel ?

— Non, pas toujours, encore qu'il arrive que ce soit lié. Mais pour l'hôtel, c'est pareil, il y a des temps morts et des périodes chargées.

— Il arrive que l'hôtel soit complet ?

— Oui. Il est plein comme un œuf quand la Coopérative vient. Les deux cents chambres sont prises.

C'étaient les seules périodes où elle se souvenait d'avoir vu une telle foule à Nottingham.

— À quelle période de l'année ?

— Début février, dit-elle. Ils débarquent deux fois par an.

— Et d'où sont-ils, ces gens de la Coopérative ?

— Des quatre coins des Midlands.

— Pas de Londres ?

Il lui semblait que non, bien que certains aient pu venir de la capitale.

Tout en allant prendre son train, Grant passait et repassait dans son esprit cette nouvelle hypothèse. Il ne la trouvait pas convaincante cependant. Le mort ne ressemblait pas à un employé de magasin.

Les pensées de Grant ne furent ni agréables ni riantes pendant son voyage de retour. Le soleil avait disparu, et un brouillard gris estompait le paysage, qui apparaissait plat, sinistre et malsain dans le crépuscule blafard. De loin en loin, la surface lisse et sans reflets d'un marais aux tonalités d'étain brillait d'un éclat maléfique entre les peupliers. Grant s'absorba dans la lecture des journaux, et lorsqu'il eut terminé, il regarda le paysage gris et indistinct qui défilait de chaque côté de la voie. Il laissa son esprit jouer avec l'énigme de la profession du mort. Trois autres voyageurs occupaient le compartiment, et leurs déclarations volubiles, parfois même bruyantes, à propos d'emballages de tous ordres le déconcentraient et le fatiguaient. La vue d'un entrelacs de signaux lumineux, éparpillés dans le vide, comme des rubis et des émeraudes jetés sur l'écran du jour finissant, lui rendit un peu de sa bonne humeur. Ces lumières l'étonnaient et le fascinaient. Il lui paraissait incroyable que quelque chose d'aussi féerique puisse avoir pour support des montants solides et des barres transversales et pour origine une dynamo. Lorsque le bruit et les secousses du train aux aiguillages se multiplièrent, annonçant la fin du voyage, et qu'il aperçut les lumières de Londres, il éprouva un véritable soulagement.

En entrant à Scotland Yard, il eut l'étrange sensation que le renseignement qu'il était parti chercher à Nottingham l'attendait dans son bureau. Son pressentiment du matin ne pouvait pas l'avoir trompé. Une information clé allait être mis entre ses mains. Inconsciemment, il pressa le pas. Il ne pouvait plus attendre. Jamais les ascenseurs ne lui avaient semblé aussi lents, ni les couloirs aussi interminables.

Pour finir, il trouva seulement le rapport écrit de Williams, que celui-ci lui avait laissé avant de partir prendre son thé. C'était la récapitulation détaillée de ce qu'il avait déjà appris par téléphone.

Au moment précis où l'inspecteur Grant regagnait son bureau, un incident se produisait chez Danny Miller. Ce dernier était confortablement installé dans sa chambre de Pimlico, ses pieds élégamment chaussés se balançant sur le bras capitonné de son fauteuil, occupé à fumer avec délices, son fume-cigarette de six pouces de long serré entre ses lèvres minces. Debout au milieu de la pièce, sa maîtresse essayait toute une série de robes de soirée en évoluant lentement ; la lumière, qui faisait miroiter le délicat tissu perlé, accentuait la ligne impeccable de sa silhouette.

— Elle est jolie, celle-ci, n'est-ce pas ? dit-elle en cherchant des yeux le regard de Danny dans la glace.

Mais au moment même où elle le croisait, elle vit soudain ses yeux fixes se dilater. Elle se retourna.

— Qu'est-ce qui t'arrive ? demanda-t-elle.

Danny ne semblait pas l'entendre. Il arracha son fume-cigarette de sa bouche, lança sa cigarette dans la cheminée et bondit sur ses pieds.

— Mon chapeau ! cria-t-il. Mon chapeau ! Où est mon chapeau ?

— Il est sur la chaise, à côté de toi, dit-elle, étonnée. Quelle mouche te pique ?

Danny empoigna son couvre-chef et sortit de la pièce comme si tous les démons de l'enfer étaient à ses trousses. Elle l'entendit qui descendait l'escalier à grandes enjambées, puis qui faisait claquer la porte d'entrée. Elle était encore debout, regardant la porte avec saisissement, lorsqu'elle l'entendit remonter. Il grimpa quatre à quatre, avec une légèreté de chat, puis rentra comme un bolide.

— Donne-moi deux pence, la pressa-t-il, je n'ai rien sur moi.

Machinalement, elle saisit le sac très coûteux et assez beau qu'il lui avait offert et en sortit deux pièces de un penny.

— Je ne t'aurais pas cru fauché à ce point-là, se moqua-t-elle, s'efforçant d'obtenir des explications. Que veux-tu faire de ça ?

— Fiche-moi la paix ! lança-t-il en disparaissant à nouveau.

Il arriva à la cabine téléphonique la plus proche, légèrement essoufflé mais très content de lui, et sans daigner consulter l'annuaire, demanda la communication avec Scotland Yard. Tandis qu'il attendait, il martela du pied le sol de la cabine, marquant par là à la fois son impatience et son triomphe. Enfin, il entendit la voix de Grant à l'autre bout du fil.

— Allô, inspecteur, c'est Miller. Je viens juste de me rappeler où j'ai vu le type dont vous m'aviez parlé, vous savez... Je me suis trouvé dans un train de courses avec lui pour aller à Leicester. Ce devait être fin janvier. Si j'en suis sûr ?... Je me le rappelle comme si c'était hier. Nous avons parlé courses, et il semblait s'y connaître. Mais c'était la première fois que je le voyais... et la dernière. Quoi ? Non, je ne crois pas qu'il s'agissait d'un bookmaker... Je vous en prie. Je suis trop content de pouvoir vous aider. Je vous avais bien dit que ma mémoire ne me faisait pas des infidélités pendant longtemps !

Danny quitta la cabine tranquillement. Il alla calmer et consoler la jeune femme furieuse qui l'attendait dans sa robe perlée. Grant raccrocha avec un profond soupir. Un train de courses ! Cela paraissait si vraisemblable. Quel idiot ! Ne pas avoir songé à cela ! Ne pas s'être rappelé que, bien que Nottingham évoque la dentelle pour les deux tiers des Anglais, pour l'autre tiers, il évoque les courses hippiques ! Et, bien entendu, celles-ci expliquaient l'inconnu : ses vêtements, son voyage à Nottingham, sa prédilection pour les comédies musicales, et même, dans une certaine mesure, la bande organisée.

Il envoya chercher le programme des courses. Oui, il y avait eu une course d'obstacles à Colwick Park le 2 février, et une autre à Leicester, à la fin du mois de janvier. Cela confirmait les allégations de Danny, il avait fourni la clé.

« Des renseignements comme celui-là, songeait Grant, amer, vous arrivent toujours le samedi soir, lorsqu'on ne peut plus joindre les bookmakers, ou plutôt leurs bureaux. Et quant au lendemain, dimanche, pas un bookmaker ne serait chez lui ! La perspective d'un jour entier sans voyager les propulse dans leurs voitures aux quatre coins de l'Angleterre aussi rapidement que le mercure se disperse quand on le renverse. » Grant n'aurait rien avant le lundi.

Après avoir laissé un mot pour indiquer où l'on pourrait le trouver, il se rendit chez *Laurent*. Le début de la semaine allait être chargé : faire le tour des bureaux de bookmakers, avec la cravate et le revolver, ce revolver que, jusqu'à présent, personne ne reconnaissait. À moins que les billets de banque n'apportent une indication qui précipiterait les choses et permettrait d'éviter de procéder par élimination, ce qui est toujours fastidieux.

En attendant, il dînerait de bonne heure et étudierait le problème

6

L'ITALIEN

La salle vert et or était à moitié vide lorsque Grant s'installa dans un des angles. Marcel s'attarda auprès de lui. Tout se passait bien pour l'inspecteur, à ce qu'il semblait ? Ah, mais l'inspecteur était un être exceptionnel. Avoir reconstitué l'identité d'un homme à partir d'un simple poignard ! (À l'exception des premières éditions du matin, toute la presse avait publié la description de l'inconnu à travers toute l'Angleterre.) Il y avait d'ailleurs quelque chose *à faire peur** dans les méthodes de l'inspecteur. Si lui, Marcel, lui apportait une fourchette à poisson avec l'*entrée**, il pourrait en déduire qu'il avait un cor sur le petit doigt du pied gauche.

Grant nia posséder de telles qualités holmésiennes.

— L'explication habituelle donnée pour ce genre de petites erreurs commises par le coupable est que celui-ci est amoureux.

— *Ah, non, alors* !* dit Marcel en riant, je vous défie de m'accuser de ce crime.

— Seriez-vous misanthrope ? demanda Grant.

Non, Marcel aimait le genre humain, mais son épouse était une femme exigeante, Grant aurait dû le savoir.

— À propos, dit Grant, je crois que j'ai fait connaissance avec l'un de vos garçons d'office, Legarde, c'est bien cela ?

— Ah ! Raoul. Un bon garçon, et bien de sa personne, *hein** ? On lui a offert un engagement dans le cinéma, mais il ne veut pas en entendre parler. Il veut être *maître d'hôtel**, Raoul. Et il y parviendra, si Marcel est bon juge.

Un nouvel arrivant prit la table d'en face, et Marcel, toute cordialité effacée de son visage comme des flocons de neige sur des pavés mouillés, alla s'enquérir de ce qu'il voulait avec le dédain et l'air détaché avec lesquels il servait les clients qui n'avaient pas l'honneur d'être parmi ses cinq préférés.

Grant prit son temps pour dîner, mais même après avoir dégusté son café avec une sage lenteur, il était encore tôt lorsqu'il se retrouva dans la rue.

Le Strand était aussi éclairé, aussi animé qu'en plein jour. Le flot des passants attardés se heurtait au courant des premiers noctambules, envahissant à la fois les trottoirs et la chaussée. Grant remonta lentement jusqu'à Charing Cross, dans la lumière changeante des vitrines : rose, or, diamantine ; boutique de chaussures, boutique de vêtements, bijouteries. Plus haut, le trottoir s'élargissait et la foule s'éclaircissait, n'apparaissant plus comme une masse confuse, mais comme un ensemble d'individus distincts.

À quelques mètres devant Grant, un homme se retourna, comme pour voir le numéro de l'autobus qui arrivait. Son regard tomba sur l'inspecteur, et sous l'éclairage violent d'un magasin, son visage placide apparut soudain bouleversé par une expression d'épouvante. Sans une seconde d'hésitation, sans un coup d'œil à droite ou à gauche, il se jeta dans le flot des voitures, devant l'autobus en marche qui filait avec un bruit de tonnerre. Avant même que le bolide fût entièrement passé, Grant quittait le trottoir et s'élançait dans le tourbillon à la suite de l'homme. Malgré la tension et sa volonté de ne pas le perdre de vue, une pensée s'imposa à lui : ce serait un comble de mourir écrasé par un bus dans le Strand, après avoir échappé aux Allemands pendant quatre ans ! Un hurlement retentit à son oreille, et il s'arrêta net dans sa course : un taxi venait de le frôler, le chauffeur, hors de lui, lui lançant des bordées d'injures. Il esquiva un cabriolet sport jaune, avant d'apercevoir à sa gauche la roue avant d'un autobus. Il bondit en arrière, fut chargé à droite par un autre taxi, sauta derrière l'autobus qui passait, un mètre devant l'autobus suivant, pour atterrir enfin en sûreté sur le trottoir opposé. Un regard rapide à droite et à gauche : son homme se dirigeait tranquillement vers Bedford Street. Il ne s'était évidemment pas attendu à une réaction aussi rapide de la part de l'inspecteur. Grant promit un cierge au saint qui lui avait permis de traverser la chaussée sain et sauf. Il adopta une allure paisible, marchant à une distance convenable du fugitif. « Maintenant, s'il se retourne, pensa-t-il, je saurai si je me suis trompé ou pas – si c'est réellement moi qui l'ai effrayé. » De son côté, il était sûr d'avoir vu des pommettes saillantes, un visage brun et maigre, un menton en galoche. Et il aurait parié que l'index ou le pouce gauche de l'homme portait les traces d'une écorchure récente.

Un instant plus tard, l'homme se retourna pour jeter derrière lui un coup d'œil circonspect, accompagné de ce mouvement rapide de la tête qui trahit une investigation délibérée. Une seconde plus tard, il disparaissait au coin de Bedfort Street. Dans cette rue sombre et déserte, rien ne l'empêchait d'avancer. Grant accéléra le pas puis s'arrêta : aucune trace du fugitif ! S'attendant à un piège, il alla rapidement se poster sur le côté droit de la rue, surveillant des yeux chaque recoin. Rien. On l'avait berné. Il regarda derrière lui. À ce moment, à l'extrémité du Strand, sur le trottoir opposé, un individu se détacha de l'embrasure d'une porte et revint en courant vers l'artère surpeuplée qu'il avait abandonnée. En trente secondes, Grant regagna le Strand, mais l'homme était parti. Les autobus se succédaient les uns aux autres, les taxis filaient, tous les magasins étaient ouverts. Les moyens de s'échapper ne manquaient pas ! Grant maugréa :

— Eh bien, il s'est gentiment payé ma tête, mais je parie qu'il peste encore plus que moi d'avoir laissé paraître qu'il me reconnaissait ; c'est une grosse faute !

Pour la première fois, il fut reconnaissant à la presse d'avoir reproduit ses traits dans le dessein d'informer le public.

Il fit un moment les cent pas, explorant les magasins d'un coup d'œil désabusé. Puis il se dissimula dans l'ombre d'un porche, où il resta quelque temps, espérant contre toute attente que l'homme s'était caché, au lieu de s'enfuir, et qu'il reparaîtrait lorsqu'il penserait trouver le champ libre. Résultat de la manœuvre : un policier qui le surveillait depuis quelque temps vint lui demander ce qu'il attendait. Grant s'expliqua avec l'agent, qui se confondit en excuses ; puis, admettant que son homme devait être loin maintenant, Grant alla téléphoner à Scotland Yard. Lorsqu'il s'aperçut qu'il avait été joué, son premier mouvement avait été de lancer une escouade d'agents dans le Strand. Mais en tenant compte de l'intensité de la circulation et du temps nécessaire pour venir de Scotland Yard, même avec une voiture rapide, il jugea que l'homme poursuivi pourrait avoir déjà quitté Londres pour Golders Green, Camberwell ou Elstree : il avait donc renoncé à son projet.

Il revint lentement vers Trafalgar Square, le cœur plus léger. L'heure précédente, il avait été dégoûté de lui-même à un point qui défiait toute description. Il avait eu l'Italien à portée de sa main et l'avait laissé s'échapper, il n'avait pas gagné la bataille, certes ; mais malgré son échec, il était tout de même plus avancé, beaucoup plus avancé, qu'en partant de chez *Laurent*. Il était sûr maintenant que le meurtrier se trouvait à Londres. C'était un progrès énorme. Jusqu'à ce que son signalement eût été fourni à la police, la veille au soir, rien n'empêchait l'assassin de quitter la capitale à tout instant. Sans cette rencontre fortuite dans le Strand, sans le manque de sang-froid du criminel, Grant aurait dû se plonger dans l'examen de tous les rapports de police d'Angleterre, et peut-être d'Europe, à la recherche de suspects correspondant au signalement. Maintenant, ils savaient qu'il était à Londres, et ils pouvaient concentrer leurs forces. L'homme ne pourrait plus partir que par la route, et encore Grant avait-il pris ses précautions pour l'empêcher de louer une voiture dans un garage légalement établi. Cela n'empêcherait pas une tentative de fuite, mais aurait le mérite de la retarder. D'ailleurs, pourquoi était-il resté, alors qu'il avait la voie libre devant lui ? Grant connaissait l'obstination habituelle du Londonien qui se cramponne à la ville qu'il connaît, et la prédilection des criminels pour l'ombre. L'un et l'autre sont plus disposés à se cacher qu'à courir. Et bien que son signalement n'eût pas été encore diffusé par la radio, l'homme pouvait craindre d'être reconnu tout de même. Il aurait fallu un courage peu ordinaire, et même une folle témérité, pour faire face à un contrôleur de chemins de fer ou de bateaux dans ces conditions-là. Il était maintenant à la merci de la surveillance constante de la brigade mobile, et ses chances de fuite se trouvaient fort réduites. Enfin, Grant l'avait vu. C'était un grand pas de fait. Même de loin, il était certain de le reconnaître.

Le criminel à Londres, l'ami du mort à Londres aussi, probablement, l'Italien facile à reconnaître, l'ami facile à retrouver grâce à ses billets de banque, tout allait bien. Lorsqu'il arriva au bout de St Martin's Lane, Grant se rappela qu'on donnait ce soir-là la dernière représentation de *Didn't You Know?* Il passerait un instant au théâtre, et puis retournerait à Scotland Yard. Il réfléchissait mieux lorsqu'il n'y était pas contraint, et le silence de son bureau l'exaspérait. Il ne réfléchissait pas sur ordre. Il y avait plus de chances que la lumière jaillisse au milieu des rues grouillantes, au sein de la foule bouillonnante, que dans l'isolement que lui imposait son bureau.

La représentation était commencée depuis une vingtaine de minutes, lorsque Grant, après avoir bavardé avec le directeur, trouva une place debout à la corbeille. Le spectacle était magnifique vu de cet endroit éloigné, protégé par l'obscurité. Le Woffington, peu spacieux, était plein à craquer, saturé de cette électricité qui naît de l'enthousiasme. Car ils étaient tous enthousiastes, les spectateurs venus pour dire adieu à l'objet de leur adoration. Les compliments, les témoignages d'amitié et de regret remplissaient la salle, et devant un tel abandon à l'émotion du moment, l'on ne se serait jamais cru en Angleterre.

De temps en temps, quand il arrivait à Gollan de supprimer un vieux gag, une voix s'élevait aussitôt. « Refais-les tous, Golly ! Refais-les tous ! » Et Golly leur ressortait le grand jeu.

La délicieuse Ray Marcable évoluait sur une scène presque vide, avec la légèreté capricieuse d'une feuille dans le vent.

Quand elle dansait, elle avait toujours une fraction de retard sur la musique, de sorte qu'au lieu de l'accompagner la musique semblait être une force agissante qui la soulevait, la faisait tournoyer et tourbillonner, la poussait de côté et la déposait doucement sur le sol avant de s'éteindre. Sans relâche, sous les cris frénétiques du public, la musique l'animait ; elle la faisait rire, étinceler et trembler, comme une boule de cristal en équilibre sur un jet d'eau, avant de la faire retomber d'un seul coup dans une immobilité en suspens, que venait briser un tonnerre d'applaudissements. Mais ils ne la laissaient pas partir et quand, pour finir, quelqu'un la tirait de force dans les coulisses et s'employait à reprendre le fil de l'intrigue, un mouvement d'impatience se manifestait. Personne ne voulait d'intrigue, ce soir. Personne n'en avait d'ailleurs jamais voulu. La majorité des *habitués** les plus enthousiastes ignoraient même qu'il existât une intrigue et très peu, pour ne pas dire aucun, auraient été capables d'en faire un résumé précis. Cette nuit-là, perdre son temps avec de telles futilités était pure folie.

L'entrée du chœur le plus parfait de Grande-Bretagne calma un peu le public. Les quatorze girls du Woffington étaient renommées sur deux continents et leurs mouvements synchronisés suscitaient un sentiment de totale harmonie – une harmonie dont on ne se lassait jamais – identique à celle qu'offraient les Guards à la parade. Pas une tête, pas un orteil ne dépassait, pas un pied ne se levait plus haut que celui de sa voisine, ne se rebaissait plus vite. Quand, d'un mouvement provocant, la dernière des quatorze danseuses fit voler sa jupe noire et orange de Colombine en disparaissant derrière la scène, le public avait presque oublié Ray. Presque mais pas totalement. Ray et Gollan restaient les maîtres ; c'était leur nuit ; leur nuit et celle du public. Et en ce moment, l'impatience témoignée à tout ce qui n'était pas Ray et Gollan était trop vive pour qu'on l'ignorât. Les acclamations croissantes devinrent bientôt un véritable délire.

Grant observait avec un peu de pitié le sourire crispé du jeune premier, remerciant les applaudissements de commande qui accueillaient son solo sentimental. Ce solo était chanté par des ténors languissants à travers toute l'Angleterre ; il était sifflé par tous les livreurs, joué sous des lumières tamisées par tous les orchestres. Le jeune premier avait de toute évidence espéré qu'il serait au moins trissé mais, en dehors du fait que le public avait fredonné avec lui le dernier refrain, il n'avait reçu aucune marque d'admiration. Quelque chose n'allait pas. En fait, le public ne le voyait même pas. Le jeune premier rassembla toute la bonne grâce qu'il put trouver en lui pour accepter le rôle de faire-valoir de Ray Marcable ; il dansa avec elle, chanta avec elle et lui donna la réplique – et Grant se demanda soudain si Ray ne se servait pas de sa personnalité éblouissante pour laisser délibérément son partenaire dans l'ombre. L'inspecteur ne se faisait pas d'illusions sur le théâtre, ni sur la générosité professionnelle des étoiles. Elles se laissent facilement émouvoir par le récit de malheurs attendrissants qui leur arrachent de prodigues largesses. Mais la présence d'une rivale heureuse tarit leur charité à sa source. Ray Marcable avait une réputation bien établie de générosité et d'aimable bon sens. Mais son attaché de presse était bien plus rusé que ne le sont d'ordinaire ces gens-là. Grant lui-même avait lu des paragraphes entiers sur Ray dont il aurait été incapable d'attribuer la paternité à son agent si son regard n'était tombé sur l'article suivant. Son attaché de presse avait le génie de trouver le moyen de parler d'elle à propos des sujets les plus éloignés, sans que ce rapprochement parût le moins du monde intentionnel.

Mais pourquoi avait-elle eu trois partenaires en deux ans, alors que la distribution des autres rôles était restée la même ? Sa cordialité, sa modestie, sa distinction n'étaient-elles que du camouflage ? La charmante favorite des Londoniens avait-elle un cœur de pierre ? Il la revit telle qu'il l'avait connue à la ville, naturelle, modeste, intelligente et des plus raisonnables. Aucun caprice de star, ni aucune lubie. Une fille charmante avec la tête bien posée sur les épaules. C'était difficilement croyable. Il avait connu dans le milieu des escrocs beaucoup de femmes d'une gentillesse « sucrée » dont la douceur tenait surtout à leur maquillage. Or Ray Marcable était d'une gentillesse qui n'avait rien de factice, une gentillesse qu'il aurait juré être authentique. Grant la surveilla étroitement dans l'espoir de réduire à néant des soupçons qui lui étaient désagréables, car la jeune actrice lui plaisait beaucoup. Hélas ! ses observations confirmaient lentement sa pensée : Ray laissait volontairement et sans scrupules son partenaire dans l'ombre. Elle agissait de manière si subtile qu'il n'avait encore jamais été témoin d'une telle composition. Tenter de partager de force les applaudissements destinés à son camarade, les détourner, ou encore y mettre un terme par une intrusion brutale auraient constitué autant de procédés grossiers. De tels agissements n'auraient trompé personne et par voie de conséquence, elle s'en interdisait l'usage. Il apparut à Grant qu'elle n'était pas seulement trop fine pour avoir recours à de telles méthodes, mais trop puissante pour avoir besoin d'y recourir. Il lui suffisait de paraître dans toute sa gloire pour que ses rivaux soient éclipsés comme les étoiles devant le soleil. Seul Gollan rayonnait autant qu'elle, sinon plus, et c'est pourquoi elle le supportait. Mais avec ce jeune premier aimable, bien de sa personne et bon chanteur, elle n'éprouvait aucune difficulté. On disait qu'il était impossible de trouver un jeune premier assez doué pour elle : Grant comprenait maintenant pourquoi. Il y avait quelque chose de mystérieux dans la façon dont il lisait soudain en elle, insensible à l'atmosphère électrisée qui l'entourait. Au milieu de cette foule envoûtée, seuls elle et lui se tenaient en retrait, au-delà de l'émotion et capables d'observer. Il la regardait jouer avec ce malheureux aussi froidement et délibérément qu'il aurait regardé un chat jouer avec une souris. Souriante, l'air doux, elle lui arrachait des mains ce qui aurait été pour lui un triomphe, et se l'appropriait. Et personne ne remarquait ce détournement. En admettant que quelqu'un dans le public eût été encore capable de réflexion, il aurait pensé que le jeune premier n'était pas à la hauteur, ce soir, mais que, bien sûr, personne ne pouvait rivaliser avec elle. Après l'avoir vampirisé ainsi avec une intelligence machiavélique, elle le tirait par la main sur le devant de la scène pour lui faire partager les applaudissements, de telle sorte que tout le monde pensait : « Il n'en méritait pas tant ! » Et ainsi, elle accentuait encore son infériorité, la gravant dans les mémoires. Oh oui, le procédé était subtil ! Cette pièce dans la pièce devint pour Grant la seule distraction vraiment absorbante de la soirée. Il voyait la vraie Ray Marcable, un spectacle terriblement déstabilisant.

Il était si concentré qu'au dernier baisser de rideau il resta immobile au fond de la corbeille, rendu sourd par les applaudissements, les membres glacés. Le rideau ne cessait de monter, de descendre, de remonter encore et des flots de cadeaux et de fleurs commencèrent à déborder sur la rampe. Puis vint le tour des discours d'adieu, celui de Gollan en premier ; cramponné à une grande bouteille de whisky, il tenta d'être drôle mais sans succès, n'arrivant pas à empêcher sa voix de trembler. Grant imagina que dans la tête de l'acteur passaient les images des années de vache maigre dans les misérables chambres de villes plus misérables encore, avec les deux représentations par soirée et la terrible peur toujours présente du « four ». Gollan avait chanté longtemps avant d'avoir le droit de s'asseoir à la table pour dîner ; il n'était pas étonnant que le festin le suffoque. Le metteur en scène prit ensuite la parole. Puis Ray Marcable.

— Mesdames et messieurs, déclara-t-elle de sa voix claire, il y a deux ans, lorsque personne ne me connaissait, vous m'avez accueillie avec une bienveillance qui m'a profondément émue. Ce soir, je le suis plus encore… Je ne puis dire qu'un mot : merci !

« Très gentil, pensa Grant, tout à fait dans le rôle. » Et il s'en alla, sans attendre les autres discours. Il en avait assez entendu pour ce soir. Il traversa le vestibule rouge et jaune et sortit dans la nuit, le cœur étrangement serré. Si à trente-cinq ans, il n'avait déjà jeté par-dessus bord ses illusions, on aurait pu dire qu'il venait de les perdre. Il avait tant admiré Ray Marcable !

7

DU NOUVEAU !

— Ce n'est pas une vie de chrétien ! s'exclama Mrs Field en plaçant devant Grant ses traditionnels œufs au bacon.

Mrs Field avait essayé de libérer Grant de cette habitude en lui préparant de savoureux petits déjeuners cuisinés à partir de recettes recueillies dans son quotidien et des rognons ou autres « faveurs » arrachées à Mr Tomkins sous la menace de lui retirer sa clientèle. Mais Grant avait triomphé – comme toujours avec la plupart des gens. Il continuait à bénéficier des œufs au bacon le samedi, le dimanche et le lundi. La remarque de Mrs Field était provoquée par le fait que Grant déjeunait avant 8 heures ce dimanche matin. « Pas chrétien », dans le vocabulaire de Mrs Field, ne représentait pas une erreur d'orthodoxie, mais un accroc aux règles du confort ou de la bienséance. Prendre son petit déjeuner avant 8 heures, le dimanche, la scandalisait infiniment plus que le fait qu'il se livre toute la journée au travail le plus profane.

Elle se lamenta sur le sort de Grant.

— C'est une honte que le roi ne donne pas plus souvent des décorations aux inspecteurs. Il n'y a que vous aujourd'hui, à Londres, pour déjeuner à cette heure-ci, quand vous n'y êtes pas obligé !

— Alors, dit Grant, les logeuses des inspecteurs devraient être décorées aussi !

— Je n'ai pas besoin de ruban, l'honneur me suffit, dit Mrs Field.

— J'aimerais vous retourner le compliment, mais je n'ai jamais rien pu dire d'aimable au saut du lit. Il n'y a que les femmes qui puissent faire de l'esprit à 8 heures du matin !

— Vous n'avez pas idée de l'importance que j'ai acquise à servir un inspecteur de Scotland Yard.

— Vraiment ?

— Vraiment. Mais n'ayez crainte, je suis muette comme une tombe. J'en connais beaucoup qui aimeraient bien savoir ce que l'inspecteur pense ou qui viennent pour voir l'inspecteur. Mais je reste assise et je les laisse parler. On peut très bien faire l'idiote quand on veut.

— C'est très noble à vous, Mrs Field, de vous faire une réputation de bêtise pour m'aider.

Mrs Field battit des paupières et se reprit.

— C'est mon devoir, à défaut d'être mon plaisir, dit-elle avant de faire une sortie pleine de grâce.

Lorsqu'elle vint reprendre le plateau, elle observa, désolée, qu'il laissait une tartine.

— Ne manquez pas surtout de faire un bon repas au milieu de la journée : on réfléchit mal avec l'estomac vide !

— Oui, mais on court mal avec l'estomac plein !

— Vous n'aurez pas à courir bien loin dans Londres : on est toujours arrêté par quelqu'un qui vous bouche la route !

Cette vue simpliste du travail du CID faisait encore sourire Grant tandis qu'il descendait vers l'arrêt de l'autobus.

Pendant toute cette longue matinée printanière, Grant, assis à son bureau, étudia des rapports, envoyant ses lieutenants à droite et à gauche comme un général qui dispose ses troupes sur le champ de bataille. Tout un tas de personnes prétendaient avoir vu l'homme dont tous les journaux avaient publié le signalement ; Grant négligea les informations provenant de la province, à part deux, trop intéressantes pour qu'il les laissât de côté. Il envoya deux hommes, l'un en Cornouailles, l'autre à York, pour les vérifier. L'homme du Strand pouvait ne pas être « l'Italien »... Le téléphone sonna à côté de lui toute la journée, lui annonçant invariablement des recherches infructueuses.

Aucun suspect n'avait la moindre ressemblance avec l'homme qu'ils recherchaient. Cette précieuse information fut obtenue au prix d'un long après-midi de guet derrière les rideaux de dentelle d'une maison de banlieue de Nottingham à attendre « que l'homme qui habitait trois maisons plus bas » passe à portée de vue. Un des suspects se révéla être un joueur de polo bien connu du public. L'officier qui le pistait vit qu'il avait éveillé la curiosité du comte – le noble lord avait été filé jusque dans un garage où il était allé faire réviser sa voiture en vue de s'offrir une petite balade de trois ou quatre cents miles en guise de divertissement dominical – et lui avoua quel était son travail.

— Je pensais bien que vous me suiviez, dit le pair du royaume, mais ma conscience étant particulièrement limpide en ce moment, je me demandais pourquoi. J'ai été accusé de beaucoup de choses dans ma courte vie, mais jamais encore de ressembler à un assassin. Bonne chance tout de même.

— Merci, monsieur, pour vous de même. J'espère que votre conscience sera aussi claire à votre retour.

Et le comte, qui avait plus de dispositions que quiconque en Angleterre pour dépasser les limitations de vitesse, émit un sourire entendu.

Paradoxalement, ce dimanche, c'étaient les hommes qui œuvraient sur le terrain qui trouvaient le travail agréable et Grant, qui était assis à son bureau, occupé à tirer les ficelles avec une compétence toute mécanique, qui le trouvait ennuyeux.

Barker passa dans l'après-midi, mais ne fit aucune suggestion pour activer les choses. On ne pouvait se permettre aucune négligence, il fallait tenir compte des indices les plus insignifiants en procédant par élimination. C'était du déblayage à la bêche, « pas chrétien du tout » comme aurait dit Mrs Field. Grant regardait avec envie par la fenêtre ; le Surrey, éclairé maintenant par le soleil couchant, apparaissait à travers le brouillard lumineux qui flottait au-dessus de la Tamise. Comme ce serait bon d'être dans le Hampshire aujourd'hui ! Il pourrait voir les prés de Danebury dans leur première floraison. Et un peu plus tard dans la soirée, quand le soleil se coucherait, le Test serait juste à point pour la pêche à la mouche.

Grant rentra tard chez lui après avoir exploré toutes les données. Alors que la journée se terminait, l'avalanche des rapports avait peu à peu diminué pour s'arrêter tout à fait. Mais pendant qu'il dînait – pour Mrs Field, un repas était une nécessité concomitante au retour au foyer –, il prit douloureusement conscience de la présence du téléphone sur la cheminée. Il alla se coucher, et rêva que Ray Marcable l'appelait pour lui répéter indéfiniment : « Vous ne trouverez jamais le coupable, jamais, jamais ! » Elle ne cessait de prononcer la même phrase, Grant la suppliant de lui donner une information, de lui apporter son aide, jusqu'à ce que la conversation fût coupée non par la standardiste mais par l'apparition subite d'une canne à pêche à la place du combiné. Sans manifester la moindre surprise, il s'en servait comme d'un fouet pour exciter les quatre chevaux du break qu'il conduisait dans une rue de Nottingham. Au bout de la rue, il y avait une mare, et au milieu de la chaussée, la serveuse de l'hôtel. Il essaya de l'appeler, mais il ne pouvait pas crier. Elle devenait gigantesque, remplissait la rue tout entière. Les chevaux foncèrent sur elle. Grant éprouva ce sens de l'inéluctable qui accompagne toute catastrophe. « C'est fini ! » pensa-t-il, et il s'éveilla, soulagé de se retrouver en sécurité dans son lit au sein d'un monde rationnel où chaque action a une cause.

« Fichu soufflé au fromage », jura-t-il, et, se couchant sur le dos, il parcourut du regard le plafond sombre en laissant vagabonder son esprit, bien éveillé maintenant.

Pourquoi l'homme du Woffington avait-il caché son identité ? N'était-ce qu'un simple accident ? Seul le nom du tailleur avait été effacé de ses vêtements, celui du fabricant avait été laissé sur la cravate – sûrement l'endroit le plus voyant si l'on avait voulu ôter toutes marques d'identification. Mais si la disparition du nom du tailleur n'était que le fruit du hasard, comment expliquer que l'homme possédât si peu de choses ? Quelques pièces de monnaie, un mouchoir et un revolver. Pas même une montre ; toutes les caractéristiques du suicide prémédité étaient réunies. Peut-être était-il à bout de ressources – il ne le paraissait pas, mais ça ne prouvait rien. Grant avait connu des pauvres qui ressemblaient à des millionnaires, et des mendiants avec une bonne assise bancaire. L'homme avait-il décidé d'en finir avec la vie, plutôt que de tomber dans la déchéance ? Sa venue au théâtre, avec ses derniers shillings, était-elle un défi aux dieux qui l'avaient vaincu ? Le poignard aurait-il, par une suprême ironie du sort, devancé son propre revolver de quelques heures seulement ? Mais, s'il était ruiné, pourquoi ne pas avoir demandé de l'argent à l'ami qui distribuait si libéralement ses billets de banque ? Lui avait-il refusé son aide ? Puis, saisi de remords, aurait-il envoyé les vingt-cinq livres anonymes ? Si l'on admettait l'hypothèse du suicide, l'affaire se réduisait aux suites tragiques d'une querelle entre deux membres d'une même bande de parieurs aux courses. Le tueur, entraîné dans la déconfiture du mort, l'en avait peut-être tenu pour responsable. C'était la supposition la plus logique qui permettait d'intégrer tous les indices. L'homme s'intéressait aux courses – c'était probablement un bookmaker ; on l'avait trouvé sans sa montre et sans un sou sur lui, se préparant de toute évidence à se suicider ; on avait entendu le tueur lui demander quelque chose qu'il n'avait pas pu ou pas voulu lui donner et il l'avait poignardé. L'ami qui lui avait refusé son aide – probablement fatigué de le tirer de situations difficiles – avait été saisi par un tel remords en apprenant sa fin tragique qu'il avait pourvu avec prodigalité, bien qu'anonymement, à ses funérailles. Pure théorie mais tout s'emboîtait – enfin presque ! Il restait un point à éclaircir : pourquoi la victime n'avait-elle été identifiée par personne ? Si l'affaire n'était qu'une simple querelle entre deux hommes, on devait exclure l'hypothèse de l'intimidation pour expliquer le silence de ses amis. Il n'était pas crédible que le tueur les ait tous mis dans un tel état de soumission qu'aucun d'entre eux n'ait osé recourir à la méthode utilisée habituellement par les prudents et les solliciteurs : la communication anonyme. C'était une situation extraordinaire. Jamais, dans toute sa carrière, Grant n'avait vu la police sur le point d'arrêter un assassin avant que l'identité de sa victime n'ait pu être établie.

Soudain, une pluie fine martela les vitres. « C'est la fin du beau temps », songea Grant. Un silence absolu régna, menaçant. Comme si une avant-garde – un éclaireur – était venu épier le terrain avant de retourner faire son rapport. On entendit le long et lointain soupir du vent qui s'était tu pendant des jours. Puis la première rafale des bataillons de la pluie frappa la fenêtre dans un fracas tumultueux. Le vent déchirait tout derrière eux, furieux, et les poussait à des actes suicidaires. Le goutte-à-goutte qui s'écoulait du toit faisait résonner sous la sauvage symphonie un bruit aussi régulier, doux et monotone que le tic-tac familier et apaisant d'une horloge. Les yeux de Grant se refermèrent, et il s'endormit avant que l'ouragan ne se fût éloigné, murmurant au loin.

Le lendemain, un triste matin voilé de bruine, sa théorie lui semblait toujours solide. Mais lorsque Grant interrogea le directeur de la Westminster Bank, il s'aperçut que son beau château de cartes s'effondrait.

Mr Dawson était un homme tranquille et grisonnant dont la peau terne ressemblait un peu à un billet de banque. Son comportement, cependant, était davantage celui d'un généraliste que d'un conseiller financier. Grant s'attendit un instant à sentir le bout des doigts secs de Mr Dawson sur son pouls. Mais ce matin, Mr Dawson était un mélange de Mercure et de Jagannâth, tandis qu'il livrait à Grant le résultat de ses recherches.

Les cinq billets qui intéressaient l'inspecteur avaient été payés à ses guichets le 3 du même mois, comme acompte sur un versement de 223 livres 10 shillings. L'argent avait été retiré par un client titulaire d'un compte courant dans la banque. Il s'appelait Albert Sorrell, et il était bookmaker dans Minley Street. Cette somme représentait la totalité du dépôt, moins une livre, qui avait vraisemblablement été laissée pour conserver le compte ouvert.

Grant demanda à Mr Dawson s'il connaissait Sorrell. Non, mais le caissier se le rappellerait certainement. Mr Dawson le convoqua.

— Monsieur est l'inspecteur Grant, de Scotland Yard, dit-il. Pourriez-vous lui décrire Mr Albert Sorrell ?

Le caissier fit un portrait parlant de son client ; avec une précision qui écartait toute possibilité d'erreur, puisqu'il dépeignit… la victime.

Abasourdi, Grant essayait de comprendre. Qu'est-ce que cela voulait dire ? La victime devait-elle de l'argent à l'ami ? Ce dernier lui avait-il pris tout ce qu'il possédait pour, après coup, être saisi par une trop tardive générosité ? Était-ce ainsi que les billets s'étaient retrouvés en la possession de l'ami dix jours avant le meurtre ?

— Sorrell a-t-il retiré lui-même cette somme ? demanda Grant.

— Non, dit le caissier. Le chèque a été présenté par un homme très brun, mince, de taille moyenne, petit même, avec des pommettes saillantes. L'air étranger.

« L'Italien ! »

Un sentiment de joie un peu fébrile s'empara de Grant – quelque chose comme ce qu'avait dû ressentir Alice durant son voyage avec la Reine de cœur. Les choses commençaient à prendre figure, et rapidement, encore !

Il demanda à voir le chèque, et on le lui apporta.

— Vous êtes sûr qu'il ne s'agit pas d'un faux ? s'informa-t-il.

Ils n'y avaient même pas pensé. Le montant de la somme et la signature étaient bien de l'écriture de Mr Sorrell. Ils sortirent d'autres chèques ayant appartenu à la victime et les montrèrent. Le chèque était authentique, ils en étaient sûrs.

— Si c'est une falsification, dit Dawson, elle est indécelable. Même si l'on me *prouvait* que c'est un faux, j'aurais encore du mal à le croire.

L'Italien avait donc touché le chèque et retiré le dépôt de Sorrell, à l'exception de vingt shillings. Dix jours plus tard, il frappait Sorrell dans le dos. Cette relation entre les deux hommes pourrait servir au procès.

— Avez-vous le numéro des autres billets remis à Sorrell ?

Grant prit la liste qu'on lui fournit. Puis il demanda l'adresse de Sorrell ; on ne connaissait pas celle de son domicile, mais son bureau était 32 Minley Street, près de Charing Cross Road.

Tout en se dirigeant vers Minley Street, Grant réfléchit à ce qu'il venait d'apprendre. L'Italien avait encaissé l'argent avec un chèque au nom de Sorrell, et endossé par celui-ci. Il ne semblait pas qu'il y eût vol, puisque Sorrell n'avait fait aucune réclamation pendant les dix jours qui séparaient l'encaissement de la date de sa mort. Le chèque avait donc bien été remis à l'Italien par Sorrell lui-même. Pourquoi n'était-il pas libellé au nom de l'Italien ? Si ce dernier ne voulait pas que son nom paraisse, faisait-il chanter Sorrell ? Était-ce encore de l'argent, ce « quelque chose » qu'il venait demander à Sorrell, le soir du crime, et que Sorrell lui avait refusé, selon le témoignage de Raoul Legarde ? L'Italien n'aurait-il pas été, non le compagnon de ruine du jeune homme, mais l'agent de sa perte ? En tout cas, le retrait des fonds à la Westminster Bank expliquait le dénuement de Sorrell, et ses intentions suicidaires.

Mais qui avait envoyé les vingt-cinq livres ? Grant se refusait à croire que pareille somme eût été déboursée par le meurtrier qui avait vidé le compte de sa victime avant de la frapper dans le dos, le jour où il ne pouvait plus rien en obtenir. Il devait y avoir un troisième larron, celui qui habitait avec Sorrell. Les empreintes digitales de l'inconnu, sur l'enveloppe des vingt-cinq livres, le prouvaient. La sentimentalité du geste, la générosité du don semblaient désigner une femme, mais les experts garantissaient que l'écriture était celle d'un homme. Et bien entendu, le revolver avec lequel Sorrell voulait mettre fin à ses jours appartenait à ce tiers mystérieux. Tout cela constituait un bel imbroglio, mais du moins, c'était quelque chose de réel ; à tout instant, Grant pouvait trouver le fil conducteur dans ce dédale. Il lui semblait qu'il n'y avait plus qu'à connaître la vie et les habitudes de la victime pour retrouver l'Italien.

Minley Street partage avec d'autres recoins de Charing Cross Road cet aspect mi-secret, mi-maussade qui la rend si peu hospitalière. Un étranger s'engageant dans Minley Street éprouve le sentiment désagréable d'être un intrus, comme s'il avait pénétré malencontreusement dans une propriété privée ; il devine ce que ressent un nouveau venu dans un petit *café** lorsqu'il est la cible des regards mi-étonnés, mi-irrités des *habitués**. Mais si Grant n'était pas un *habitué** de Minley Street, il n'y était pas pour autant tout à fait étranger. Il connaissait cette rue comme presque tout le Yard connaît les alentours de Charing Cross Road et Leicester Square. Si les façades sournoises bien qu'extérieurement respectables des maisons pouvaient parler, elles lui diraient sans nul doute : « Quoi, encore vous ici ? » Au 32, une plaque de bois peint annonçait que les bureaux d'Albert Sorrell, bookmaker, se trouvaient au premier étage. Grant pénétra dans le couloir et monta l'escalier obscur qui sentait encore la cire passée le lundi matin par la femme de ménage. Il s'arrêta à un vaste palier et frappa à la porte sur laquelle était inscrit le nom de Sorrell. Comme il s'y attendait, personne ne répondit. Il tenta d'ouvrir, elle était fermée. Il se préparait à partir, lorsqu'un bruit léger lui parvint de l'intérieur. Il frappa avec une vigueur nouvelle. Dans le silence qui suivit, il put entendre le grondement des voitures, et le pas des passants dans la rue. Il regarda par le trou de la serrure ; il n'y avait pas de clé à l'intérieur, mais la vue était fort restreinte : le coin d'un bureau, et le dessus d'un seau à charbon. La pièce était la première des deux salles qui composaient manifestement le bureau de Sorrell. Grant resta un instant sur place, aux aguets, mais rien ne traversa la petite nature morte à laquelle le trou de la serrure servait de cadre. Il se releva pour s'en aller, mais avant qu'il fût arrivé à la deuxième marche, il entendit à nouveau le même bruit léger. Tandis qu'il prêtait l'oreille, il s'aperçut qu'une tête penchée par-dessus la rampe de l'étage supérieur, horrible et grotesque avec ses cheveux répandus tout autour par la force de gravité, le regardait. Se sentant elle-même observée, la tête dit avec amabilité :

— Vous cherchez quelqu'un ?

— C'est ce qu'on dirait, non ? dit Grant. Le propriétaire de ces bureaux.

— Oh ? dit la tête, comme s'il s'agissait d'une idée tout à fait étonnante.

Elle disparut un moment plus tard pour réapparaître sur les épaules d'un jeune homme vêtu d'une blouse maculée de peinture et sentant fortement la térébenthine, qui passait des doigts couverts de peinture dans sa tignasse.

— Je crois qu'il est absent depuis quelque temps déjà, expliqua-t-il. Mon appartement et mon atelier occupent les deux étages supérieurs. Par conséquent, je passe devant chez lui en prenant l'escalier et j'entends ses… ses… Je ne sais pas comment vous les appelez. C'est un bookmaker, vous savez ?

— Des clients ? demanda Grant.

— Oui. Mais je suis certain que cela fait plus de quinze jours que je ne l'ai ni vu ni entendu.

— Savez-vous s'il allait aux courses ?

— Pardon ? s'étonna l'artiste.

— Je veux dire : allait-il tous les jours à l'hippodrome ?

L'artiste l'ignorait.

— Je voudrais entrer dans ses bureaux. Où puis-je trouver la clé ?

C'était sans doute le locataire qui l'avait, pensait le peintre. L'administrateur de biens avait un bureau à Bedford Square. Il n'arrivait jamais à se rappeler le nom de la rue et le numéro, mais il savait y aller. Lui-même avait perdu sa clé, sans cela il l'aurait volontiers essayée sur la porte de Sorrell.

— Comment faites-vous quand vous sortez ? s'informa Grant, la curiosité l'emportant un moment sur son désir de savoir ce qui se passait derrière la porte close.

— Je ne ferme jamais, dit l'heureux bohème. Si l'on trouve dans mon appartement quelque chose qui vaille la peine d'être volé, on a plus de chance que moi !

Soudain, à un mètre d'eux, derrière la porte fermée, le bruit léger, qui était plus un frôlement qu'un bruit, se produisit. L'artiste interrogea l'inspecteur du regard. Sans un mot, Grant le prit par le bras et lui fit descendre quelques marches.

— Je suis un policier en civil. Vous savez ce que cela veut dire ?

La naïveté de l'artiste à propos du monde des courses avait ébranlé la foi que Grant aurait pu avoir en sa connaissance des choses matérielles. L'artiste dit : « Oui, un flic », et Grant n'ajouta rien.

— Il faut que j'entre dans cette pièce. Y a-t-il une cour par-derrière, de laquelle je puisse voir la fenêtre de ce bureau ?

L'artiste le conduisit à un couloir obscur au rez-de-chaussée. Ils arrivèrent derrière la maison, dans une petite cour pavée. Un appentis bas, au toit de plomb, était bâti contre le mur, juste au-dessous de la fenêtre du bureau de Sorrell. Celle-ci était ouverte dans sa partie supérieure, et la pièce avait l'air habitée.

— Faites-moi la courte échelle, ordonna Grant.

Il se hissa sur le toit et déclara à son compagnon :

— Vous venez de participer à un acte des plus illégaux : violation de domicile !

— C'est le moment le plus heureux de ma vie, déclara l'artiste. J'ai toujours désiré enfreindre la loi, mais l'occasion ne s'en était jamais présentée. Et le faire maintenant, en compagnie d'un policier, est une joie que je n'aurais jamais cru la vie capable de me réserver.

Mais Grant ne l'écoutait pas. Ses yeux étaient rivés sur la croisée. Il se redressa lentement, jusqu'à ce que sa tête arrivât juste au niveau de l'appui de la fenêtre. Prudemment, il regarda à l'intérieur : rien ne bougeait. Un mouvement derrière lui le fit tressaillir. Il se retourna ; le peintre venait de le rejoindre sur le toit.

— Vous êtes armé ? chuchota-t-il. Voulez-vous que j'aille chercher un tisonnier, ou autre chose ?

Grant secoua la tête, et sans une hésitation, d'un geste rapide, releva la partie inférieure de la fenêtre et entra dans la pièce. Pas un bruit, excepté sa respiration un peu haletante. La lumière du jour, grise, livide, éclairait l'épaisse couche de poussière d'un bureau abandonné. En face de lui, la porte qui conduisait à la pièce du devant était entrebâillée. Il s'approcha et l'ouvrit. À cet instant, un énorme chat noir se précipita vers lui avec un miaulement de terreur et d'un seul bond sortit par la fenêtre. Grant entendit des cris de douleur, et le fracas d'une dégringolade. Il alla à la fenêtre : de curieux petits gémissements étouffés lui parvenaient de la cour. Il parvint jusqu'au rebord du toit et vit son complice assis sur le pavé, se frottant la tête et se tenant les côtes, en proie à un fou rire douloureux. Rassuré, Grant retourna dans la pièce pour jeter un coup d'œil sur les tiroirs du bureau de Sorrell. Tout était vide. On avait fait place nette. Mais Sorrell devait loger ailleurs. Grant referma la fenêtre et, se laissant glisser le long du toit de plomb, atterrit dans la cour. L'artiste riait toujours aux larmes et s'essuyait les yeux.

— Vous vous êtes fait mal ? demanda Grant.

— Aux côtes seulement, à force de rire !

Le peintre se remit péniblement sur ses pieds.

— Enfin, cela fait vingt minutes de perdues, dit Grant. Mais il fallait que j'en aie le cœur net.

Le peintre le précéda en boitillant dans le couloir obscur.

— Vous n'avez pas perdu votre temps, car vous avez toute ma gratitude, dit-il. Je broyais du noir lorsque vous êtes arrivé : je ne peux jamais peindre le lundi matin, et vous m'avez fait passer un moment inoubliable ! Lorsque vous ne serez pas trop occupé à enfreindre la loi, venez, je ferai votre portrait. Vous avez une tête charmante.

Une idée traversa l'esprit de Grant.

— Vous pourriez dessiner Sorrell de mémoire ?

Le peintre réfléchit.

— Je crois que oui. Entrez un instant.

Il conduisit Grant dans le capharnaüm de toiles, de tableaux, de pièces d'étoffe, de matériel de toutes sortes, qu'il appelait son atelier. La poussière exceptée, on aurait dit qu'un déluge s'était abattu sur la salle, renversant tout son contenu dans des positions que seule l'eau qui se retire peut inventer. Après avoir repoussé les objets qui étaient censés cacher quelque chose, il finit par découvrir une bouteille d'encre de Chine et un pinceau fin. Il fit six ou sept traits au pinceau sur un bloc, examina son œuvre d'un œil critique et la tendit à Grant.

— Ce n'est pas très bien, mais c'est assez ressemblant, je pense, dit-il.

Grant fut surpris par son habileté. Il avait animé la victime avec cette légère exagération qui est presque de la caricature, et qui donne l'illusion de la vie bien mieux qu'aucune photographie ne pourrait le faire. Il avait même rendu dans les yeux cet air de gravité un peu inquiète que Sorrell avait sans doute toujours eu. Grant le remercia chaleureusement et lui remit sa carte.

— Si jamais je peux vous être utile, n'hésitez pas, dit-il, et il le quitta avant d'avoir eu le temps d'observer le changement d'expression du peintre, tandis qu'il examinait sa carte et en comprenait tout le sens.

Près de Cambridge Circus, se trouvent les somptueux bureaux de Laurence Murray – l'un des plus importants bookmakers de Londres. Grant, passant sur le trottoir opposé, l'aperçut qui sortait de sa voiture et pénétrait dans l'immeuble. L'inspecteur connaissait Murray depuis plusieurs années ; il traversa et le suivit dans son quartier général, parfaite vitrine de sa grandeur. Il se fit annoncer, et on le conduisit par un vaste dédale de bois verni, de cuivre, de cloisons de verre, de téléphones innombrables, jusqu'au saint des saints, où le grand homme siégeait au milieu des photos de pur-sang célèbres.

— Eh bien ! dit Murray, accueillant et cordial. C'est pour la Course nationale, n'est-ce pas ? J'espère bien que vous ne misez pas sur Marc de Café. La moitié de l'Angleterre veut parier sur lui.

Mais l'inspecteur répliqua qu'il n'avait nulle envie de perdre de l'argent, même sur Marc de Café : il voulait savoir si Murray connaissait un homme du nom d'Albert Sorrell.

— Jamais entendu parler de lui, dit Murray. Qu'est-ce qu'il fait ?

— Il était bookmaker et avait ses bureaux dans Minley Street.

— Bon ! s'exclama Murray. Vous voulez mon avis ? À votre place, j'irais à Lingfield aujourd'hui même. Vous pourriez voir d'un seul coup tous les gens du métier : cela vous épargnerait bien des démarches.

Grant réfléchit. Le procédé était – de loin – le plus pratique et le plus sage. En outre, il présentait l'avantage de lui faire faire la connaissance des collègues de Sorrell.

— Attendez, ajouta Murray, tandis que Grant hésitait encore. Vous avez manqué le dernier train. Je vais vous emmener avec ma voiture. Un de mes chevaux court mais cela m'ennuyait d'y aller seul. J'avais pourtant promis à mon entraîneur de venir, mais il fait si vilain temps… Vous avez déjeuné ?

— Non, dit Grant.

Murray alla faire préparer un panier de provisions tandis que Grant téléphonait à Scotland Yard.

Une heure plus tard, ils déjeunaient à la campagne, une campagne grise et détrempée, il est vrai, mais pleine de jeunes pousses tendres, si bien que l'on en oubliait la ville, horrible et gluante sous la bruine. Des lambeaux de nuages humides tiraient avec eux de grands pans de ciel bleu. Le temps qu'ils atteignent le paddock, les pâles et malheureuses flaques dans la rocaille reflétaient de manière incertaine un soleil timide.

Ils atteignirent le paddock dix minutes avant la première course. Grant accompagna Murray jusqu'à la palissade blanche de l'enceinte des bookmakers derrière laquelle les chevaux attendaient leur tour. Il admira en connaisseur leur beauté et leur forme – car il était assez compétent en matière hippique – pendant que ses yeux parcouraient la foule. Il repéra Mollenstein, qui s'appelait maintenant Stone, et qui se donnait des airs comme si le monde lui appartenait. Grant se demanda quelles fausses combinaisons il était en train de refiler à un public de gogos. Il n'aurait jamais pu imaginer qu'une chose aussi inconfortable qu'une course d'obstacles en mars lui tombe dessus. Et Vanda Morden, de retour de sa troisième lune de miel et qui le criait sur les toits, attifée d'un manteau à carreaux si criard qu'on ne voyait que lui dans tout le paddock, de quelque côté que l'on se tournât. Et le comte joueur de polo qui avait été pris en filature dans l'espoir de découvrir qu'il était le coupable. Et bien d'autres encore, déplaisants, agréables, Grant les reconnaissant tous et les épinglant mentalement.

Lorsque la première course fut terminée et que le petit tourbillon d'heureux gagnants eut entouré les bookmakers avant d'être envoyé jubiler ailleurs, Grant se mit au travail. Il poursuivit ses recherches avec persévérance, mais personne ne semblait avoir entendu parler de Sorrell. Grant, plutôt déçu, rejoignit Murray au paddock avant la quatrième course – un saut d'obstacles avec handicap – à laquelle prenait part son cheval. Comme Grant se tenait à ses côtés au milieu de l'enceinte, Murray, compatissant, mêla à ses cris d'admiration pour son cheval des suggestions pour retrouver la piste de Sorrell. Grant admira sincèrement la magnifique bête à la robe baie. Mais il ne prêta qu'une oreille distraite aux idées de Murray. Il était troublé : pourquoi Sorrell n'était-il connu de personne ?

Les jockeys commencèrent à pénétrer dans l'enceinte des bookmakers. La foule qui s'était rassemblée autour de la clôture s'éclaircissait à mesure que les gens s'éloignaient vers les meilleures places des tribunes ; les cavaliers guettaient fébrilement le signal du départ.

— Voici Lacey, expliqua Murray, tandis qu'un jockey s'avançait vers eux d'une allure féline, sur l'herbe trempée. Vous le connaissez ?

— Non, dit Grant.

— C’est un as de la course de plat. De temps en temps, il fait de la course d’obstacles : c’est un champion pour cela aussi du reste.

Grant le savait – il n’y a vraiment qu’un tout petit pas entre un inspecteur de Scotland Yard et l’omniscience – mais il n’avait encore jamais rencontré le fameux Lacey. Celui-ci salua Murray d’un sourire discret et le bookmaker présenta l’inspecteur sans plus d’explications. Lacey frissonna légèrement dans l’air humide.

— Je suis content qu’il n’y ait pas de haies. Je n’aimerais pas être jeté dans la rivière aujourd’hui.

— Cela change des salles surchauffées, dit Murray.

— Êtes-vous allé en Suisse ? demanda Grant pour alimenter la conversation, se rappelant que la Suisse représente en hiver La Mecque des jockeys de courses de plat.

— En Suisse ! répéta Lacey de sa voix traînante d’Irlandais. Non, j’ai eu la rougeole ! La rougeole ! On n’a pas idée… Neuf jours de lait, un mois entier alité…

Son aimable physionomie exprima un dégoût profond.

Murray se mit à rire :

— Et le lait qui fait tant engraisser ! À propos, connaissez-vous quelqu’un du nom de Sorrell ?

Les yeux clairs du jockey fixèrent l’inspecteur comme deux gouttes jumelles d’eau glacée avant de revenir se poser sur Murray. Sa cravache qui oscillait entre ses doigts comme un balancier ralentit son mouvement, puis s’arrêta tout à fait.

— Il me semble me rappeler un Sorrell, dit-il après un instant de réflexion. Est-ce que l’employé de Charlie Baddeley ne s’appelait pas Sorrell ?

Murray n’en avait aucune idée.

— Le reconnaissez-vous d'après ce croquis ? demanda l'inspecteur en tirant de son carnet le portrait impressionniste du matin.

Lacey le prit et le considéra avec admiration.

— C'est excellent, cela, hein ? Oui, c'est bien l'employé du vieux Baddeley.

— Et où puis-je trouver cet homme ? s'enquit Grant.

— Ah ! ça, c'est une question embarrassante, fit Lacey, son pâle sourire revenant sur ses lèvres. Parce que Baddeley est mort depuis deux ans !

— Avez-vous revu Sorrell depuis ?

— Non, je ne sais pas ce qu'il est devenu. Il est probablement employé dans un bureau quelconque.

On amena à Lacey le cheval bai. Le jockey retira son pardessus, ses caoutchoucs, qu'il posa côte à côte sur l'herbe, et monta en selle. Tout en ajustant ses étriers, il lança à Murray :

— Alvinson n'est pas là aujourd'hui (Alvinson était l'entraîneur de Murray). Il a dit que vous me donneriez des instructions.

— Les instructions sont les mêmes que d'habitude, dit Murray. Faites comme vous le sentez et il aura une chance de gagner.

Tandis que Grant et son compagnon se rendaient vers les tribunes, ce dernier l'encouragea :

— Allez, Grant. Baddeley est mort, mais je vous mettrai en rapport avec quelqu'un qui le connaissait, dès que la course sera finie.

Aussi Grant suivit-il avec un véritable plaisir toutes les péripéties du parcours. Il vit des lueurs orangées trembler et flotter contre le rideau gris des bois tandis qu'un silence étrange tombait sur la foule – un silence si total qu'il aurait pu se croire seul, avec pour uniques compagnons les arbres qui s'égouttaient, la campagne grise et l'herbe mouillée ; il vit les concurrents s'affronter dans la ligne droite, la lutte finale pour la victoire, puis le cheval bai de Murray arriver à une longueur du vainqueur.

Lorsque Murray eut revu son cheval et félicité Lacey, il présenta Grant à un individu d'un certain âge dont le visage rappelait celui de l'homme qui conduit la voiture du courrier sur les cartes de Noël.

— Thacker, dit-il, vous connaissiez Baddeley, je crois. Savez-vous ce qu'est devenu son employé ?

— Sorrell ? Il s'est établi à son compte, il a un bureau dans Minley Street.

— Vient-il aux courses ?

— Non, je ne crois pas. Il a simplement un bureau. Il semblait bien réussir la dernière fois que je l'ai vu.

— Il y a combien de temps de cela ?

— Oh ! longtemps.

— Vous avez son adresse personnelle ?

— Non. Qu'est-ce qu'on lui veut ? C'est un bon garçon, Sorrell.

Cette dernière remarque semblait trahir une certaine méfiance, et Grant s'empressa de le rassurer : on ne voulait aucun mal à Sorrell. Là-dessus, Thacker mit son index et son médius dans chaque coin de sa bouche, et émit un sifflement aigu en direction des palissades, au bord du champ de courses. Un homme s'approcha.

— Joe, lui dit-il d'une voix de stentor, va me chercher Jimmy. J'ai un mot à lui dire.

Joe leur envoya son employé qui apparut quelques secondes plus tard, un jeune chérubin à l'allure impeccable qui paraissait avoir un goût prononcé pour le lin.

— Bert Sorrell était un de tes camarades, n'est-ce pas ? demanda Thacker.

— Oui, mais je ne l'ai pas vu depuis des années.

— Sais-tu où il habite ?

— Autrefois, il logeait dans Brightling Crescent, près de Fulham Road. Mais j'ai oublié le numéro de la maison. La propriétaire s'appelait Mrs Everett. Il habitait là depuis des années : il était orphelin.

Grant décrivit l'Italien, et demanda si Sorrell était lié avec quelqu'un qui lui ressemblât.

Non, Jimmy ne lui connaissait pas un tel compagnon, mais, comme il venait de le dire, il ne le fréquentait plus depuis des années. Sorrell avait négligé ses anciennes connaissances lorsqu'il s'était établi à son compte, bien qu'il retournât quelquefois aux courses, pour le plaisir ou pour recueillir des tuyaux.

Grâce à Jimmy, Grant put interroger deux autres personnes qui avaient connu Sorrell, mais ni l'une ni l'autre ne réussirent à l'éclairer quant à ses compagnons. Ils étaient égocentriques, ces bookmakers qui le regardaient avec une vague curiosité et allaient oublier manifestement tout de lui à l'instant où leur prochain pari serait enregistré.

Grant annonça à Murray que ses recherches étaient terminées, et ce dernier, que la course n'intéressait plus maintenant que son cheval avait passé, décida aussitôt de regagner Londres. Tandis que la voiture roulait lentement à travers la foule, Grant tourna un regard plein de gratitude vers le sympathique petit champ de courses qui lui avait procuré l'information qu'il cherchait. Un endroit bien agréable où il reviendrait passer un après-midi dès qu'il aurait l'esprit libre.

Pendant le trajet du retour, Murray entretint aimablement l'inspecteur de tout ce qui le passionnait dans le monde du cheval : les bookmakers et leur esprit de clan. « Ils sont comme les Highlanders, expliqua-t-il. Ils peuvent se quereller entre eux mais si un étranger intervient, c'est le tartan contre le reste du monde. » Les chevaux et leurs points faibles ; les entraîneurs et leur morale ; Lacey et son intelligence. Soudain il s'exclama :

— Et que devient l'affaire du Woffington ?

— Ça va, répondit Grant. On devrait arrêter le coupable d'ici un jour ou deux, si les choses continuent à ce train.

Murray garda un instant le silence.

— Dites donc, ce n'est pas pour cela que vous recherchez Sorrell ? demanda-t-il, méfiant.

— Non, lui avoua Grant. C'est lui, au contraire, qu'on a trouvé mort dans la queue.

— Juste Ciel ! s'écria Murray. (Et il réfléchit en silence.) Eh bien, j'en suis navré, dit-il enfin. Je ne le connaissais pas, mais tous ceux qui l'ont approché paraissaient l'aimer.

C'est bien aussi ce que pensait Grant. À ce qu'il semblait, Albert Sorrell n'avait rien d'un vaurien.

Grant rêvait de mettre le meurtrier derrière les barreaux.

8

MRS EVERETT

Brightling Crescent présentait une rangée de maisons à trois étages, en briques rouges, ornées de dentelles de Nottingham et de plantes. Leurs escaliers de pierre rivalisaient de propreté et de laideur grâce à de généreuses applications de terre de pipe colorée. Certains rougissaient de se voir si voyants ; d'autres avaient l'air bilieux de ceux qui focalisent sur eux une attention non désirée ; d'autres encore avaient le teint blafard, le regard fixe et horrifié des outragés. Mais tous avaient en commun cet air *Nemo me impune lacessit*[1]. Vous pouviez tirer les rutilantes cloches de cuivre – leur polissage vous encourageait à le faire –, mais vous ne franchissiez le seuil qu'au prix d'une large enjambée pour éviter le piège des marches en terre de pipe sans cesse remises à neuf. Grant remonta la rue que Sorrell avait si souvent parcourue, se demandant si l'Italien y était venu aussi. Mrs Everett, une femme maigre, myope, d'une cinquantaine d'années, ouvrit elle-même la porte du 98 ; Grant demanda à voir Sorrell.

1. « Nul ne me provoquera impunément. » *(N.d.T.)*

Elle lui dit que Mr Sorrell était parti pour l'Amérique, il y avait juste une semaine.

C'était donc là la version qui avait été fournie.

Comment le savait-elle ?

Mr Sorrell l'avait prévenue bien sûr.

Oui, il avait pu raconter cela pour dissimuler son suicide.

— Il habitait seul ici ?

— Qui êtes-vous ? Et pourquoi me posez-vous toutes ces questions ?

Grant lui expliqua qu'il était un policier en civil et qu'il voulait lui parler un instant. Elle eut l'air un peu troublé, mais accueillit la nouvelle avec calme et le fit entrer dans une pièce du rez-de-chaussée.

— C'était la salle à manger de Mr Sorrell, dit-elle. Une jeune institutrice l'occupe, maintenant, mais elle ne verra pas d'inconvénient à ce que nous nous y installions un instant. Mr Sorrell n'a rien fait de mal, n'est-ce pas ? Je ne pourrai jamais le croire : un jeune homme si sérieux !

Grant la rassura et lui redemanda s'il vivait seul.

— Non, raconta-t-elle, il partageait l'appartement avec un autre monsieur, mais après son départ, son compagnon a dû chercher un autre logement, parce qu'il n'avait pas les moyens de rester seul ici et qu'une jeune femme s'était présentée pour louer.

Mrs Everett était bien désolée de les avoir perdus tous les deux : c'étaient d'excellents amis, et de charmants jeunes gens.

— Comment s'appelait son ami ?

— Gerald Lamont, l'informa-t-elle. Mr Sorrell était bookmaker à son compte, et Mr Lamont travaillait avec lui. Pas comme associé, comme ami.

— Sorrell avait-il d'autres camarades ?

— Très peu, dit-elle. Jerry Lamont et lui étaient tout le temps ensemble.

Avec un gros effort de mémoire, elle se rappela deux hommes qui étaient venus le voir, et les décrivit avec assez de précision pour que Grant fût certain que ni l'un ni l'autre n'était l'Italien.

— Auriez-vous des photos de Sorrell ou de son ami ?

Elle possédait quelques instantanés et lui demanda de l'attendre une minute pendant qu'elle allait les chercher. À peine Grant avait-il eu le temps d'examiner la pièce qu'elle revint avec deux photos d'amateur de la taille d'une carte postale.

— Elles datent de l'an dernier, lorsqu'ils étaient en vacances sur la Tamise, expliqua-t-elle.

Les photos avaient sans doute été prises le même jour. Elles présentaient le même arrière-plan, la même rive plantée de saules, le même coin de bateau. Sur la première, Sorrell, vêtu d'un costume de flanelle, tenait une pipe dans une main, un coussin dans l'autre. Sur la seconde, on voyait un jeune homme vêtu lui aussi de flanelle, et ce jeune homme… c'était l'Italien.

Grant examina longuement ce visage brun. Sur ce cliché bien net, les yeux n'étaient pas une simple tache d'ombre, comme dans la plupart des instantanés. Et Grant revoyait l'épouvante soudaine qui les avait emplis lorsque l'Italien l'avait aperçu dans le Strand. Son regard, malgré ces vacances au bord de l'eau, conservait une expression hostile ; sa figure osseuse était peu sympathique.

— Et où disiez-vous que Lamont était allé ? demanda-t-il, revenant à son sujet.

Mrs Everett l'ignorait.

Grant l'observa attentivement. Disait-elle la vérité ?

Comme si elle avait eu conscience de ses soupçons, elle ajouta qu'il avait trouvé un logement sur la rive sud de la Tamise.

La méfiance s'empara de Grant. Lui cachait-elle quelque chose ? Qui avait envoyé l'argent pour enterrer Sorrell ? L'ami et l'Italien ne faisaient qu'une seule personne, et ce n'était certainement pas l'Italien, possesseur des deux cent vingt-trois livres de Sorrell, qui avait envoyé les billets de banque. Il contempla le visage dur de la femme. Elle devait certainement écrire comme un homme, et les experts graphologues ne sont pas infaillibles. Mais alors, celui qui avait envoyé l'argent était aussi celui qui possédait le revolver. Il se reprit : « Celui qui avait mis la lettre à la poste » était celui qui possédait le revolver.

— Est-ce que l'un ou l'autre détenait un revolver ?

Non, elle était certaine de n'en avoir jamais vu : ce n'était pas leur genre.

Voici qu'elle insistait encore sur la vie rangée de ses pensionnaires. Était-ce par pur dévouement ? Était-ce une tentative timide pour l'induire en erreur ? Il voulait savoir si Lamont était gaucher, mais quelque chose l'empêcha de le lui demander ; si elle mentait, cette question lui donnerait immédiatement l'alarme. Elle avertirait le jeune homme, et ferait s'envoler l'oiseau avant que la police ne soit prête à le capturer. L'homme de la photo était celui qui vivait avec Sorrell, qui s'était enfui en voyant Grant dans le Strand, qui avait encaissé toute la fortune de son ami : c'était aussi très certainement l'homme du Woffington. Legarde pourrait le reconnaître. Il valait mieux pour le moment laisser Mrs Everett dans l'ignorance.

— Quand Sorrell s'est-il embarqué pour l'Amérique ?

— Son bateau partait le 14, dit-elle ; mais il nous a quittés le 13.

— C'est un mauvais jour, dit Grant, espérant mettre la conversation sur un terrain moins conventionnel.

— Je ne suis pas superstitieuse, rétorqua-t-elle. Tous les jours se ressemblent.

Mais Grant réfléchissait : le crime avait été commis le 13 au soir…

— Lamont est-il parti avec lui ?

Oui, ils étaient sortis ensemble le matin, Mr Lamont devait emporter ses affaires dans son nouveau logement, puis retrouver Mr Sorrell. Ce dernier devait gagner Southampton par le train spécial de nuit. Elle aurait voulu aller lui dire adieu, mais il avait beaucoup insisté pour qu'elle ne vînt pas.

— Pourquoi ? s'étonna Grant.

— Il trouvait que c'était trop tard et, de toute façon, il n'aimait pas les au revoir.

— Avait-il de la famille ?

Non, elle ne lui en connaissait pas.

Et Lamont ?

Oui, son père, sa mère et son frère avaient émigré en Nouvelle-Zélande aussitôt après la guerre, et il ne les avait pas revus depuis lors.

Combien de temps les deux jeunes gens étaient-ils restés chez elle ?

Mr Sorrell, près de huit ans, et Mr Lamont, quatre.

Qui avait partagé le logement de Sorrell pendant les quatre premières années ?

Plusieurs personnes, mais la plus grande partie du temps, ç'avait été un neveu à elle, qui vivait maintenant en Irlande. Mr Sorrell avait toujours été en bons termes avec tous.

— Était-ce un bon vivant, un optimiste ? demanda Grant.

Non, dit-elle. Bon vivant ne s'appliquait pas du tout à Mr Sorrell, mais à Mr Lamont, oui. Mr Sorrell était sérieux, gentil, et parfois un peu déprimé, alors Mr Lamont redoublait de gaieté pour le remonter.

Grant, sachant combien on est peu reconnaissant envers ceux qui veulent nous distraire malgré nous, s'étonnait que les rôles n'eussent pas été inversés, et que Sorrell n'eût pas plutôt tué Lamont.

Se disputaient-ils ?

Non, pas à sa connaissance, et elle l'aurait su si cela avait été le cas.

— Eh bien, conclut enfin Grant, je suppose que vous ne voyez pas d'inconvénient à me prêter ces deux instantanés pour un jour ou deux ?

— Vous veillerez à ce qu'on me les rende, n'est-ce pas ? dit-elle. Ce sont les seuls que je possède, et j'aimais beaucoup mes deux pensionnaires.

Grant le lui promit et les plaça soigneusement dans son portefeuille, en espérant y trouver des empreintes utiles.

— Vous n'allez pas leur créer des ennuis, n'est-ce pas ? s'inquiéta-t-elle. Ils n'ont jamais rien fait de mal de toute leur vie !

— Dans ce cas, rétorqua Grant, ils n'ont aucun souci à se faire.

Il retourna d'un pas pressé à Scotland Yard, et tandis que les spécialistes relevaient les empreintes sur les photos, il reçut Williams qui lui rendit compte de ses démarches infructueuses auprès des bookmakers londoniens. Dès que Grant eut récupéré les clichés, il alla chez *Laurent*.

Il était très tard. Un garçon solitaire à l'air absent ramassait des miettes sur une table dans la salle vide ; l'atmosphère sentait la bonne cuisine, le vin et la fumée de cigarettes. Le garçon posa le ramasse-miettes et se pencha pour entendre ce qui ferait plaisir à Monsieur avec cet air de ne rien attendre et d'être dans son bon droit que tout garçon de restaurant présente au téméraire qui tente de venir dîner quand les autres ont fini. En reconnaissant Grant, son visage prit une expression qui visait à dire : « Quel plaisir de servir un de nos clients préférés » mais qui ne réussit à traduire que : « Bon Dieu, quelle gaffe ! C'est un des chouchous de Marcel ! »

Grant demanda à parler à ce dernier et s'entendit répondre qu'il était parti le matin même en toute hâte pour la France. Son père venait de mourir, il était fils unique et il y avait, semblait-il, de lucratives perspectives dans l'air, ainsi qu'une affaire de vigne à régler. Grant n'était pas particulièrement désolé à la pensée de ne pas revoir Marcel. La façon dont celui-ci se vantait sans cesse avait le don de lui soulever le cœur.

Grant commanda un plat et voulut savoir si Raoul Legarde était là, et si on l'autorisait à venir lui parler un instant. Quelques minutes plus tard, ce dernier émergeait de derrière les paravents, tout de blanc vêtu, du bonnet au tablier ; il suivit timidement le garçon jusqu'à la table de Grant. Il ressemblait à un enfant embarrassé qui se lève pour recevoir un prix.

— Bonsoir, Legarde, dit aimablement Grant. Votre concours m'a été précieux. Je voudrais maintenant que vous regardiez ces photos et que vous me disiez si vous reconnaissez quelqu'un.

Il étala douze photos en éventail sur la table et laissa Raoul les examiner. Le jeune homme prit son temps ; en fait, il prit même tant de temps, que Grant se demandait s'il ne s'était pas vanté lorsqu'il avait prétendu qu'il reconnaîtrait l'homme. Mais Raoul prit la parole sans l'ombre d'une hésitation.

— Celui-ci, dit-il en posant un index effilé sur la photo de Sorrell, est l'homme qui était à côté de moi dans la queue. Et celui-là (cette fois, il montrait la photo de Lamont), c'est celui qui est venu lui parler.

— Pourriez-vous le jurer ? demanda Grant.

— Oui, je prêterai serment quand vous le voudrez.

C'est tout ce que Grant voulait savoir.

— Merci, Legarde, fit-il avec reconnaissance. Quand vous serez *maître d'hôtel**, je descendrai chez vous et vous amènerai toute l'aristocratie d'Angleterre.

Raoul lui adressa un sourire heureux :

— Ça ne m'arrivera peut-être jamais. On me fait de belles propositions pour le cinéma, et c'est facile de se faire photographier, et de prendre un air… (Il chercha le mot :) Vous savez bien, dit-il.

Son beau visage intelligent exprima soudain un alanguissement éploré et stupide si inattendu que Grant faillit s'étrangler avec sa dernière bouchée de canard aux petits pois.

— Je crois que je vais essayer cela d'abord, dit Legarde, et après, quand j'aurai réussi, j'achèterai un hôtel.

Grant sourit avec bienveillance tout en le regardant s'éloigner, d'un pas gracieux, pour retourner vers les couverts et l'argenterie à astiquer. Il était typiquement français, pensait Grant, avec cette judicieuse appréciation de la valeur commerciale de sa beauté, cette bonne humeur et cet opportunisme. Il était triste de penser que l'*embonpoint** allait gâcher à tout jamais sa silhouette svelte et harmonieuse. Grant espéra que, sous son tissu adipeux, il saurait au moins garder son humour.

Lorsqu'il retourna au Yard, ce fut pour demander un mandat d'arrêt contre Gerald Lamont accusé d'avoir tué Albert Sorrell devant le théâtre Woffington, dans la soirée du 13 mars.

Après avoir refermé la porte derrière l'inspecteur, Mrs Everett resta longtemps immobile, les yeux fixés sur le linoléum à dessins bruns qui recouvrait le sol du vestibule. Elle passa sa langue sur ses lèvres minces, rêveusement. Elle ne paraissait pas troublée, mais tout son être était tendu et concentré en un effort de pensée, vibrant comme une dynamo. Pendant peut-être deux minutes, elle se tint tout à fait immobile, dans un silence qu'interrompait le seul tic-tac de la pendule.

Puis elle retourna dans la salle à manger. Alors, elle redressa les coussins, aplatis par le poids de l'inspecteur – elle-même, instinctivement, avait pris la précaution de s'asseoir sur une chaise dure –, comme si c'était la chose la plus importante au monde. Elle sortit une nappe blanche du tiroir du buffet et mit le couvert, allant et venant d'un pas calme entre la salle à manger et la cuisine, disposant couteaux et fourchettes en parallèles impeccables, comme c'était son habitude de toute évidence. Avant qu'elle eût achevé, une clé grinça dans la serrure, et une femme de vingt-huit ans environ entra dans la pièce.

Son manteau d'un gris terne, son écharpe d'un fauve terne, son chapeau timidement à la mode d'un vert terne et son air de ne plus rien attendre de la vie proclamaient son métier.

Elle avait laissé ses caoutchoucs dans le vestibule et entra dans la salle à manger en lançant une remarque faussement enjouée sur le temps humide.

Mrs Everett acquiesça et lui dit :

— Comme vous avez un repas froid, je pense que vous ne verrez pas d'inconvénient à ce que je sorte. Je voudrais aller voir quelqu'un bien vite, si cela ne vous ennuie pas.

Sa pensionnaire l'assura que cela ne l'ennuyait pas. Mrs Everett la remercia et se retira dans sa cuisine. Elle prit dans le garde-manger un rôti de bœuf, en coupa des tranches épaisses et prépara des sandwiches. Elle les enveloppa avec soin dans du papier blanc avant de les déposer dans un panier. Elle y joignit du saucisson et une tablette de chocolat. Elle tisonna le feu, remplit la bouilloire, la mit sur le côté du feu afin de la trouver chaude à son retour et monta au premier étage. Dans sa chambre, elle procéda minutieusement à sa toilette pour sortir, repoussant impitoyablement des mèches rebelles sous son respectable chapeau. Elle tira une clé d'un tiroir, en ouvrit un autre, retira une liasse de billets qu'elle compta et plaça dans son sac. Elle ouvrit un sous-main en tapisserie, écrivit une courte lettre, la cacheta et la mit dans sa poche. Elle redescendit, enfila ses gants et, prenant le petit panier sur la table de la cuisine, sortit par la porte du fond et la ferma derrière elle. Droite, le menton haut et l'allure résolue, elle avait l'air de quelqu'un qui n'a rien à se reprocher. Dans Fulham Road, elle attendit l'autobus, s'intéressant distraitement à ceux qui patientaient avec elle, comme une femme qui connaît la vie et se mêle de ses affaires. Son aspect était si quelconque, si conventionnel, que, lorsqu'elle quitta le bus, seul le conducteur, dont le sens de l'observation était devenu une seconde nature, aurait pu dire qu'elle y avait pris place. Elle passa tout autant inaperçue dans l'autobus qui la conduisit à Brixton, les passagers ne lui prêtèrent pas davantage attention que si elle avait été un moincau ou un réverbère. Un peu avant Streetham Hill, elle descendit et disparut dans le brouillard du soir ; personne ne se souvint de sa présence. Personne ne se douta que son impassibilité dissimulait une précipitation angoissée et contenue.

Elle suivit une longue rue – dans la brume où les réverbères pendaient telles des lunes embuées – puis une autre, réplique exacte de la première, maisons aux façades nues, halos lumineux confus, chaussée déserte, puis une autre, et une autre encore. Elle fit demi-tour brusquement, en direction du réverbère le plus proche, derrière elle. Elle croisa une jeune fille pressant le pas, en retard à un rendez-vous, et un petit garçon faisant tinter deux pennies dans ses mains jointes. Il n'y avait personne d'autre. Elle fit semblant de consulter sa montre à la lumière du réverbère, puis repartit dans sa direction première. À sa gauche se dressaient des maisons hautes et imposantes que l'appauvrissement social de Brixton avait laissées nues, le plâtre se décollant des murs par larges plaques, les rideaux dépareillés devant les fenêtres annonçant l'arrivée de locataires fauchés. À cette heure, les détails se fondaient ; seul un rai de lumière, ici et là, et les impostes des portes qui balisaient la rue à intervalles réguliers désignaient des habitations. Elle disparut dans l'une d'elles, fermant doucement la porte. Elle monta un escalier misérable, faiblement éclairé, et s'arrêta au troisième étage, plongé dans l'obscurité. Elle leva la tête et tendit l'oreille.

Mais seuls les craquements légers du vieux bois résonnaient dans toute la maison. Lentement, cherchant chaque marche à tâtons, elle monta, passa un tournant sans se cogner et arriva au dernier étage sur un palier sombre où elle s'arrêta, essoufflée. Avec l'assurance de quelqu'un qui connaît les lieux, elle tendit la main, cherchant une porte invisible, et l'ayant trouvée, frappa doucement. Il n'y eut pas de réponse, aucune lumière ne trahissait une présence à l'intérieur. Mais elle frappa encore et murmura :

— Jerry, c'est moi !

Presque aussitôt, quelque chose bougea à l'intérieur, la porte s'ouvrit sur une pièce éclairée par une lampe et un homme se détachant à contre-jour.

— Entrez ! dit-il.

Il l'attira rapidement dans l'entrée et verrouilla le loquet. Elle déposa son panier sur la table, près de la fenêtre aux rideaux tirés, et se retourna vers l'homme.

— Pourquoi êtes-vous venue ? lui reprocha-t-il. Vous n'auriez pas dû…

— Je n'avais pas le temps de vous écrire ; il fallait que je vous voie. Ils ont découvert qui *il* était. Un type de Scotland Yard est venu ce soir et m'a demandé des renseignements sur vous deux. Je lui ai dit tout ce que je savais, excepté votre adresse. Je lui ai même donné des photos de lui et de vous. Il sait que vous êtes à Londres, et si vous y restez, ce n'est plus qu'une question d'heures pour qu'il vous retrouve. Il faut que vous partiez.

— Pourquoi lui avez-vous donné les photos ?

— J'ai hésité, mais je savais que je ne pouvais pas me dédire et raconter que je ne les trouvais pas : il ne m'aurait pas crue. Et puis j'ai pensé que, puisqu'il en était là, qu'il était renseigné sur vous deux, une photo ne pouvait pas faire de mal.

— C'est ce que vous pensez, mais demain les policiers de Londres me connaîtront. Un signalement, c'est déjà assez mauvais. Dieu sait ! Mais une photo !… Je suis perdu !

— Oui, vous le seriez si vous restiez à Londres. De toute façon, vous n'avez plus le temps. Il faut quitter Londres ce soir.

— Je ne demande pas mieux, dit-il amèrement, mais comment ? et pour aller où ? Si je quitte cette maison, j'ai cinquante chances contre une de tomber sur la police, et avec une tête comme la mienne, je ne vois pas comment ils ne me reconnaîtraient pas ! Cette dernière semaine a été un enfer… Dieu, que j'ai été bête ! Et pourquoi ? Pourquoi ? Me mettre la corde au cou pour rien !

— Ce qui est fait est fait, répliqua-t-elle froidement. On ne peut rien y changer. Ce qu'il faut maintenant, c'est trouver le moyen d'en sortir. Et le plus vite possible !

— Oui, vous l'avez déjà dit… Mais comment ? Et où aller ?

— Mangez d'abord quelque chose, et je vous le dirai. Avez-vous fait un repas convenable, aujourd'hui ?

— Oui, le petit déjeuner, dit-il.

Mais il ne paraissait pas avoir faim, et ses yeux durs, fiévreux l'observaient sans ciller.

— Ce qu'il faut, reprit-elle, c'est partir d'ici, où tout le monde parle de l'affaire, et aller ailleurs, où personne ne la connaît.

— Si vous pensez à l'étranger, c'est tout à fait inutile. J'ai tenté de me faire embaucher sur un bateau comme manœuvre, il y a quatre jours, l'on m'a demandé si j'étais membre de l'Union, ou d'un syndicat quelconque, et on n'a même pas voulu m'écouter. Quant à m'embarquer sur un des ferries qui traversent la Manche, autant me livrer tout de suite.

— Je ne parle pas de l'étranger du tout. Vous n'êtes pas aussi connu que vous le croyez. Je parle des Highlands. Croyez-vous que les gens, chez moi, sur la côte Ouest, ont jamais entendu parler de vous, et des événements de mardi dernier ? Je vous garantis que non. Ils ne lisent que les journaux locaux et ceux-ci résument toutes les nouvelles de Londres en une seule ligne. La gare la plus proche est à trente-six miles, le seul policier que nous ayons habite dans le village voisin, à quatre miles, et il n'a jamais arrêté que des braconniers de la pêche au saumon. Voilà où vous irez. J'ai déjà écrit, disant que vous veniez faire un petit séjour pour votre santé. Vous vous appelez George Lowe, et vous êtes journaliste. Il y a un train pour Édimbourg qui part de King's Cross à 10 h 15 ce soir et vous allez le prendre. Dépêchez-vous, il n'y a pas de temps à perdre.

— Et si la police m'arrête au portillon du quai ?

— Il n'y a pas de portillon à King's Cross. Je ne fais pas la navette entre l'Écosse et Londres depuis près de trente ans sans savoir cela. Le quai de départ pour l'Écosse est ouvert à tous ceux qui veulent y aller. En admettant qu'il y ait des détectives, le train a un demi-mile de longueur… Il faut bien risquer *quelque chose* si vous voulez vous échapper… Vous ne pouvez pas rester ici et vous faire prendre ! J'aurais cru que les risques de l'aventure vous auraient tenté davantage !

— Vous imaginez que j'ai peur, hein ? Eh bien, c'est vrai. Je meurs de trouille. Sortir ce soir dans la rue, cela équivaut pour moi à m'aventurer dans le *no man's land* en face d'une mitrailleuse ennemie.

— Il faut vous dominer, ou vous livrer. Vous ne pouvez pas rester ici à attendre qu'on vienne vous cueillir.

— Sorrell voyait juste quand il vous surnommait lady Macbeth !

— Taisez-vous.

— Vous avez raison, murmura-t-il. Je suis à moitié fou.

Un lourd silence tomba.

— D'accord, reprit-il, courons ce dernier risque !

— Il n'y a pas de temps à perdre, lui rappela-t-elle. Mettez vite quelques vêtements dans une valise – mais rien de trop lourd.

Il se leva pour lui obéir, alla dans sa chambre et commença à empiler des vêtements dans une mallette, tandis qu'elle mettait des provisions dans les poches du pardessus accroché à la porte.

— À quoi bon, maugréa-t-il brusquement. Tout cela est inutile. Comment pouvez-vous croire que je vais prendre un train de grande ligne partant de Londres sans être arrêté ?

— Ce serait impossible si vous étiez seul, dit-elle, mais avec moi, c'est différent. Est-ce que j'ai l'air d'une personne qui vous aiderait à vous échapper ?

L'homme s'arrêta, la regarda un instant, et un sourire sardonique tordit ses lèvres, tandis qu'il observait l'allure austère de Mrs Everett.

— Je crois que vous avez raison, reconnut-il.

Il eut un rire bref, sans gaieté, et après cela ne mit plus d'obstacles à l'exécution de ses plans. En dix minutes, ils furent prêts à partir.

— Vous avez de l'argent ? demanda-t-elle.

— Oui, beaucoup…

Elle sembla sur le point de lui poser une question.

— Non, pas celui-là, la devança-t-il. Le mien.

Elle portait une couverture et un pardessus supplémentaire.

— Personne ne doit s'apercevoir que vous êtes pressé. Il faut que vous ayez l'air de partir pour un long voyage et d'être indifférent à ce qu'on le sache.

Il prit la mallette et un sac de golf. Il n'était pas question de se dissimuler : c'était un coup de bluff, plus il serait audacieux, plus il aurait de chances de réussir.

Comme ils descendaient la rue embrumée, Mrs Everett proposa d'aller prendre un bus ou un taxi à Brixton High Street.

Un taxi se présenta, émergeant de l'ombre avant qu'ils eussent atteint la grande artère et, tandis que Lamont plaçait les bagages dans la voiture, la femme indiqua la destination au chauffeur.

— Ça vous coûtera cher, madame.

— Tant pis, dit-elle, ce n'est pas tous les jours que mon fils prend un congé.

Le chauffeur poussa un petit grognement de satisfaction.

— Avec les jeunes, c'est tout ou rien !

Elle monta dans le taxi qui se glissa de nouveau dans la circulation.

Après un silence, l'homme remarqua :

— Vous n'en feriez pas plus si j'étais votre fils !

— Je préfère que vous ne le soyez pas, dit-elle.

Il y eut un silence prolongé.

— Comment vous appelez-vous ? lui demanda-t-elle à brûle-pourpoint.

Il réfléchit un instant.

— George Lowe.

— Oui, mais il faut que cela soit plus naturel la prochaine fois ! Il y a un train pour Inverness qui part de Waverley à 10 heures demain matin. Vous passerez la nuit de demain à Inverness. Je vous ai écrit sur un papier ce qu'il faudra faire après cela.

— Vous avez l'air si sûre qu'il n'arrivera rien à la gare !

— Je ne suis sûre de rien, répliqua-t-elle. La police n'est pas idiote, cet homme de Scotland Yard n'a pas cru la moitié de ce que je lui disais, mais tout le monde est faillible. Malgré tout, je ne vous donnerai ce papier que lorsque le train partira.

— Je regrette maintenant de ne pas avoir le revolver, dit-il.

— Et moi je suis heureuse que vous ne l'ayez pas ! Vous avez fait assez de bêtises comme cela jusqu'à présent.

— Je ne m'en servirais pas, mais cela me donnerait du courage.

— Pour l'amour du Ciel, soyez raisonnable, Jerry. N'allez pas faire une imprudence qui perdrait tout !

Ils se turent de nouveau, la femme assise, bien droite, sur le qui-vive, l'homme enfoncé dans son coin, presque invisible, le taxi traversant les sombres quartiers au nord d'Oxford Street, puis Euston Road, avant de tourner à gauche : ils étaient à King's Cross. C'était le moment d'agir.

— Payez le taxi, je vais prendre le billet, dit-elle.

L'ombre du chapeau de Lamont, rabaissé sur son visage, cachait ses traits, tandis qu'il réglait le chauffeur. Ce dernier, d'un œil indifférent, ne vit que le dos de son client lorsqu'il s'éloigna. Un porteur prit les bagages que Lamont lui laissa volontiers. Maintenant qu'il fallait agir, sa peur l'abandonnait. Il jouait le tout pour le tout, et il ne pouvait se permettre de jouer mal. Mrs Everett, en revenant du guichet, le rejoignit, et le changement qui s'était opéré chez Lamont lui arracha une expression d'approbation qui éclaira son visage impassible. Ensemble, ils gagnèrent le quai et suivirent le porteur qui cherchait une place de coin. Ils formaient un duo assez convaincant, l'homme avec la couverture, le sac de golf, les vêtements chauds, et la femme avec le pardessus supplémentaire.

Le porteur s'enfonça dans le couloir et revint en disant :

— Je vous ai retenu un coin, monsieur. Vous aurez sans doute la banquette pour vous sur tout le trajet. C'est calme ce soir.

Lamont lui donna un pourboire et inspecta les lieux. L'occupant du coin opposé avait marqué sa place mais n'était pas là. Il retourna à la portière, près de la femme, et se mit à lui parler. Des pas se rapprochèrent derrière lui dans le couloir ; il lui demanda :

— Est-ce que tu crois qu'on peut pêcher ?

— Dans le loch seulement, dit-elle.

Et elle continua sur le même sujet, jusqu'à ce que les pas se fussent éloignés. Mais ils s'arrêtèrent, alors que le passant était encore à portée de voix. Lamont jeta un regard qui se voulait indifférent le long du couloir et s'aperçut que quelqu'un s'était arrêté devant la porte ouverte de son compartiment et examinait ses bagages dans le filet. Et alors, il se rappela – trop tard – que le porteur avait tourné sa mallette de sorte que les initiales apparaissaient à l'extérieur. Le G. L. s'étalait aux yeux de tous. Il le vit revenir vers eux.

— Parlez ! dit-il rapidement à la femme.

— Il y a aussi un petit ruisseau, reprit-elle, dans lequel on peut prendre ce que l'on appelle des « beelans » ; ils ont à peu près trois pouces de long.

— Eh bien, je t'enverrai un « beelan », plaisanta-t-il, parvenant même à émettre un petit rire qui lui gagna l'admiration de Mrs Everett, juste au moment où l'homme s'arrêtait derrière lui :

— Pardon, monsieur, seriez-vous Mr Lorrimer ?

— Non, dit Lamont en se retournant pour faire face à son interlocuteur. Je m'appelle Lowe.

— Oh ! je vous demande pardon, dit l'homme. Ce sont bien vos bagages qui sont dans le compartiment, alors ?

— Oui.

— Je vous remercie. Je cherche un certain Lorrimer, et je pensais que c'était vous. Il fait froid, ce soir, surtout quand on cherche des gens qui ne sont pas là.

— Oui, dit la femme. Mon fils se plaint déjà à la pensée de sa première nuit de voyage. Mais il a le temps de se plaindre encore d'ici qu'il soit arrivé à Édimbourg, n'est-ce pas ?

L'homme sourit.

— Je n'ai jamais fait toute une nuit de voyage, moi ! Excusez-moi de vous avoir dérangé, ajouta-t-il, avant de s'éloigner.

— Tu aurais dû me laisser prendre cette autre couverture, George ! s'exclama-t-elle tandis qu'il s'éloignait.

— Oh ! flûte pour la couverture ! répondit George avec un naturel parfait. Il fera aussi chaud que dans un four d'ici une heure.

Un coup de sifflet aigu et prolongé se fit entendre. Une portière claqua.

— Ça, c'est pour vos dépenses, dit-elle en lui glissant un paquet dans la main, et voici ce que je vous avais promis. L'homme est sur le quai. Tout va bien !

— Nous n'avons oublié qu'une chose, dit-il.

Il ôta son chapeau, se pencha et l'embrassa.

Le long train s'enfonça lentement dans les ténèbres.

9

GRANT OBTIENT DE NOUVELLES PRÉCISIONS

Grant étudiait les journaux du matin avec l'indifférente minutie qui lui était habituelle. Ce n'est pas un paradoxe. Il semblait parcourir distraitement les nouvelles, mais si vous le questionniez par la suite sur un point précis, vous le trouviez toujours au courant, prêt à se servir de ce qu'il avait appris.

Il était content de lui. L'arrestation de l'assassin n'était plus qu'une question d'heures. Le crime datait tout juste de huit jours, et dans un temps si court, au milieu de cet ensemble d'indications contradictoires, c'était un beau résultat. La chance l'avait aidé, il le reconnaissait volontiers ; mais si elle ne volait pas un peu au secours de la police, la moitié des crimes resteraient impunis. Un cambrioleur, par exemple, n'était jamais reconnu coupable sans un insolent coup de chance de la police. Pourtant l'affaire du Woffington n'avait pas été une partie de plaisir ! Il y avait eu un vrai travail de déblaiement à effectuer et maintenant encore, une de ses équipes était à l'affût dans le sud de Londres ; Grant doutait un peu de Mrs Everett, mais, dans l'ensemble, il reconnaissait qu'elle lui avait dit la vérité. L'homme posté pour la surveiller avait rapporté que personne n'était entré, ni sorti de chez elle, depuis 8 heures du soir, heure à laquelle il avait pris sa garde, jusqu'au matin. De plus, elle lui avait montré des photographies de ses locataires, alors que rien ne l'y obligeait ; il était possible qu'elle ne connût pas l'adresse de son ancien pensionnaire. Grant savait la singulière indifférence que Londres fait naître chez ceux qui y résident trop longtemps. L'autre rive du fleuve pour un Londonien de Fulham était aussi lointaine que le Canada et Mrs Everett ne serait probablement pas plus intéressée par une adresse à Richmond que par un 12345 Quelque chose Avenue, Quelque part, Ontario. Elle ne signifierait rien pour elle. Lamont était resté chez elle moins longtemps que Sorrell, et lui était évidemment moins proche. Il lui avait probablement promis, dans les effusions du départ, de lui écrire et cela lui avait suffi. Par ailleurs, on s'était aperçu que les empreintes digitales de Mrs Everett, relevées sur les photographies, ne correspondaient ni à celles du revolver ni à celles de l'enveloppe. Grant avait remarqué les traces que son pouce et son index gauches avaient laissées dans le coin de la photo quand elle l'avait tenue. Une fois analysées, les empreintes se révélèrent tout à fait nouvelles dans l'affaire. Aussi Grant était-il heureux ce matin. En dehors du prestige que lui vaudrait l'arrestation d'un homme recherché avec acharnement, Grant aurait l'immense satisfaction de mettre la main sur un assassin qui avait poignardé sa victime dans le dos. Son cœur se souleva à l'évocation d'un cerveau capable de concevoir ce crime.

Pendant la dernière semaine, l'importance sensationnelle accordée à ce fait divers macabre par la presse avait été un peu éclipsée par d'autres événements marquants, et bien que l'intérêt principal de Grant parût être apparemment focalisé sur des bribes d'informations sans importance et sans rapport avec l'affaire, comme le vol de bicyclettes, il fut heureux de voir que les nouvelles les plus passionnantes du jour, à en juger par leur nombre de lignes, étaient : les préparatifs de la course d'aviron ; le procès d'un célèbre chirurgien esthétique contre une dame qui avait subi un lifting et le départ de Ray Marcable pour les États-Unis. En tournant une page de son journal illustré, Grant se trouva nez à nez avec une photo d'elle ; il ressentit un curieux sentiment de malaise, déjà éprouvé, et fort peu conforme aux meilleures traditions de la police. Son cœur ne cognait pas – ce qui aurait été le méconnaître car les cœurs du CID sont assurés ne pas cogner, trembler ou autres manifestations du même genre, même quand leur propriétaire a sur la tempe le canon d'une arme – mais il était sûrement coupable d'un mouvement non autorisé. Grant s'en voulut de se laisser ainsi émouvoir par une photographie, aussi est-ce d'un œil soudain froid qu'il regarda ce séduisant visage éclairé par ce sourire célèbre, ambigu. Et bien que sa bouche semblât s'être légèrement incurvée, l'inspecteur ne s'amusait pas en lisant les nombreuses légendes : « Miss Ray Marcable à une séance de photos » ; « Miss Marcable joue Dodo dans *Didn't You Know?* » ; « Miss Marcable en canot » ; et pour finir, occupant la moitié du centre de la page : « Miss Marcable quitte Waterloo pour Southampton ». L'on pouvait voir Ray, un pied délicat sur le marchepied du pullman, les bras chargés de fleurs. Tout autour d'elle, et disposés à la manière d'arcs-boutants, se trouvaient des gens assez connus pour mériter la légende : « De gauche à droite… » Dans les coins de la photographie, en bas, on voyait le visage avide de parfaits inconnus parmi la multitude venue la voir embarquer et qui avaient été assez chanceux pour se trouver près d'elle. Ces visages flous, pour la plupart tournés face à l'objectif, étaient semblables à une collection d'excroissances obscènes et à demi humaines. À la fin de l'article relatant les adieux enthousiastes qui avaient accompagné son embarquement, il lut cette phrase :

Sur le Queen Guinivere, *ont également pris place lady Foulis Robinson, Hon. Margaret Bedivere, Mr Chatters-Frank, M.P.*[1], *et lord Lacing.*

Le sourire s'accentua sur les lèvres de Grant. Lacing allait évidemment être mené par cette femme à la volonté claire et froide jusqu'à la fin de ses jours. En tout cas, il vivrait et mourrait sans s'en être aperçu, c'était déjà une consolation. Seul un éclair de lucidité extraordinaire avait permis à Grant de deviner la dureté du cœur de Ray Marcable, mais s'il venait dans une foule londonienne, à Rotherhithe ou à Mayfair, pour y clamer que sous ses dehors charmants et sa générosité, Ray Marcable était aussi dure qu'un silex, il se ferait lyncher ou excommunier.

Il repoussa le journal, et allait en prendre un autre lorsqu'une pensée lui vint, suggérée par l'annonce du départ du *Queen Guinivere*. Les renseignements de Mrs Everett étaient sans doute exacts, mais il n'avait pas pris la peine de vérifier si Sorrell devait bien partir pour l'Amérique. Il avait supposé que c'était une invention de celui-ci,

1. Membre du Parlement. *(N.d.T.)*

destinée à dissimuler sa disparition, et Lamont – qu'il ait avalé ce bobard ou non – n'avait pas cherché à le modifier. Était-ce bien raisonnable de ne pas pousser les recherches un peu plus loin ? En tout cas, ce n'était pas conforme aux règles du métier.

Il appela un de ses subordonnés.

— Cherchez quels paquebots sont partis de Southampton, mercredi dernier, dit-il, avant de se plonger de nouveau dans ses réflexions.

L'homme revint lui annoncer que le *Metalinear*, de la Canadian Pacific, était parti à destination de Montréal, et le *Queen of Arabia*, de la Rotterdam-Manhattan, à destination de New York. Sorrell semblait donc bien avoir pris la précaution de vérifier les embarquements. Grant décida d'aller se renseigner aux bureaux de la Rotterdam-Manhattan, dans l'espoir d'y dénicher quelques précisions supplémentaires.

Tandis qu'il franchissait le seuil qui séparait cette journée de bruine des bureaux de la Rotterdam-Manhattan semblables à une cathédrale, un gamin en bleu surgit comme un génie du sol de mosaïque du hall d'entrée pour s'enquérir de ce qu'il voulait. Grant répondit qu'il cherchait à se renseigner sur les départs pour New York de la semaine passée et le gosse, avec un air de percer tous les mystères et d'être au courant de tout, le conduisit auprès d'un employé à qui Grant expliqua de nouveau le but de sa visite et qui le renvoya à un autre bureau. Après trois essais infructueux, il finit par trouver l'individu qui savait tout ce que l'on pouvait connaître sur le *Queen of Arabia* – équipage, passagers, capacité, particularités, tonnage, horaires et appareillage.

— Pourriez-vous me dire si quelqu'un a pris un billet pour le dernier voyage du *Queen of Arabia* et ne l'a pas utilisé ?

— Oui, dit l'employé.

Deux passagers n'avaient pas occupé leurs cabines : un certain Mr Sorrell et une Mrs James Ratcliffe.

Grant resta muet d'étonnement. Puis il demanda à quelle date les billets avaient été pris. Ils avaient été achetés le même jour, une semaine avant le crime. Mrs Ratcliffe avait annulé le sien à la dernière minute, mais Mr Sorrell ne leur avait pas donné signe de vie.

Grant demanda à voir le plan des cabines. L'employé le lui apporta en lui montrant celle de Mrs Ratcliffe et, trois numéros plus loin, celle de Mr Sorrell.

Avaient-elles été louées séparément ?

Oui, il se rappelait fort bien les deux opérations. Il avait même eu affaire à Sorrell lui-même. Oui, il le reconnaîtrait.

Grant sortit la photo de Lamont et la lui montra.

— Est-ce lui ? interrogea-t-il.

L'employé secoua la tête.

— Non, je n'ai jamais vu ce monsieur, dit-il.

— C'est celui-ci, alors, insista Grant, lui tendant la photographie de Sorrell.

L'employé le reconnut aussitôt.

— A-t-il demandé qui seraient ses voisins de cabine ? s'enquit Grant.

L'employé ne se le rappelait pas ; il avait vu tant de gens ce lundi-là !

Grant le remercia et sortit, indifférent à la bruine. Les choses devenaient confuses, incompréhensibles. Les causes et les effets, les motifs et les actions, n'avaient plus aucun rapport logique. Tout prenait l'aspect incohérent d'un cauchemar.

Sorrell avait bien eu l'intention d'aller en Amérique. Il avait acheté un billet de deuxième classe, et choisi lui-même sa cabine. Ce fait incroyable, indiscutable, ne s'adaptait nulle part, et creusait un trou béant dans le système d'hypothèses qui fonctionnait si bien jusque-là. Si Sorrell avait été aussi pauvre que Grant l'avait cru, il n'aurait jamais pu envisager un voyage en deuxième classe à New York ; l'idée du suicide ne tenait plus debout malgré la présence du revolver et l'absence d'objets personnels dans ses poches. Au contraire, la première théorie semblait confirmée : Sorrell aurait supprimé tous les indices susceptibles de l'identifier par crainte de la police. Et cependant, à tous égards, Sorrell semblait avoir vécu dans le respect de la loi. Pour couronner le tout, voilà que Mrs Ratcliffe réapparaissait dans l'affaire ! De toutes les personnes qui entouraient Sorrell, elle avait été la seule à manifester une émotion violente au moment du crime, et après. Elle et son mari avaient reconnu être le plus près de Sorrell dans la queue. Son mari ! L'image de James Ratcliffe, le parfait citoyen britannique, flotta dans l'esprit de Grant. Il décida d'avoir immédiatement un autre entretien avec lui, sans se faire annoncer.

Le garçon de bureau prit la carte de Grant et le fit patienter quelques minutes. Enfin, Mr Ratcliffe apparut en lui souhaitant aimablement la bienvenue.

— Eh bien, inspecteur, lui dit-il, comment allez-vous ? Les dentistes et vous, vous devez être les gens les plus malheureux du monde : votre présence nous rappelle toujours des événements désagréables.

— Je ne viens pas pour vous, mentit Grant. Le hasard m'a fait passer par ici, et je voulais vous demander la permission de me servir de votre téléphone pour m'éviter d'aller à la poste.

— Mais certainement, s'exclama Ratcliffe. Prenez tout votre temps, je vous laisse.

— Non, restez, insista Grant. Il n'y a rien de secret, je veux seulement savoir si l'on a besoin de moi.

Ce qui n'était pas le cas. La piste dans les quartiers sud de Londres n'avait encore rien donné, mais ses limiers étaient persévérants. Il raccrocha avec soulagement. Il ne voulait pas d'une arrestation précipitée qui risquerait de conduire un innocent sous les verrous, le cauchemar de Scotland Yard.

Il se retourna vers Ratcliffe et lui fit savoir qu'on était sur le point de capturer l'assassin qui avait été localisé. Ratcliffe le félicita, mais Grant l'interrompit :

— À propos, vous ne m'aviez pas dit que votre femme devait s'embarquer pour New York le lendemain du crime ?

Le visage de Ratcliffe, en plein jour, devant la fenêtre, exprima le saisissement et la contrariété :

— Je ne savais pas..., bredouilla-t-il. (Puis il se reprit et parla très vite.) Je ne pensais pas que cela avait la moindre importance, sans cela, je vous l'aurais dit. Ma femme était trop bouleversée pour partir, et de toute façon, il y avait l'enquête... Elle a une sœur à New York, et devait la rejoindre pour un mois seulement. Ce n'est pas trop grave, j'espère, cet oubli ? Cela n'a pas de rapport avec le crime.

— Oh ! non, dit Grant. Je l'ai appris tout à fait par hasard, cela n'a aucune importance. Mrs Ratcliffe va mieux ?

— Oui, je le crois. Elle a quitté Londres après l'enquête. Elle est à Eastbourne, avec son autre sœur, celle que vous avez croisée, je crois.

De plus en plus intrigué, Grant retourna au Yard. Il pressa le bouton électrique sur son bureau, et ordonna à l'agent qui répondit à son coup de sonnette :

— J'ai besoin de quelqu'un pour un travail spécial. Est-ce que Simpson est là ?

— Oui, monsieur.

— Envoyez-le-moi.

Un homme de taille moyenne, blond, le visage couvert de taches de rousseur, entra dans le bureau. Il avait l'air vif et ravi d'un terrier qui attend qu'on lui lance une pierre. Grant lui dit :

— Au 54, Lemonora Road, habitent Mr et Mrs Ratcliffe. Je veux savoir si le couple s'entend bien. Je veux tout savoir sur eux ; plus vous recueillerez de commérages, et mieux ce sera. Les affaires professionnelles du monsieur, je les connais : ne perdez pas votre temps là-dessus. Débrouillez-vous comme vous voudrez, pourvu que vous ne fassiez rien de contraire à la loi. Faites-moi rapidement savoir si vous avez appris quelque chose. Est-ce que Mullins est ici ?

Simpson l'avait aperçu en venant.

— Très bien, dites-lui de venir.

Mullins qui n'avait pas de taches de rousseur ressemblait un peu à un sacristain.

— Bonjour, monsieur, dit-il, et il attendit.

— Bonjour, Mullins. À partir de maintenant, vous êtes colporteur. Vous feriez un Italien parfait, mais je préfère que vous restiez anglais : ça passe plus facilement inaperçu. Clitheroe, dans Lowndes Street, vous donnera le genre de marchandises qu'il vous faut. Ne vendez que lorsque vous ne pourrez pas faire autrement. Ce ne sera pas la peine de repasser par ici. Vous me retrouverez dans l'impasse, près de chez Clitheroe, dans une heure. Cela vous laisse assez de temps ?

— Je le crois, monsieur. Vous me préférez jeune ou vieux ?

— Aucune importance, mais pas de barbe grise : c'est trop théâtral. Pas d'exagération ; soyez assez convenable pour pouvoir prendre l'autobus, le cas échéant.

— Très bien, monsieur, fit Mullins avec autant de placidité que si on lui avait ordonné d'aller poster une lettre.

Lorsque Grant, une heure plus tard, le retrouva dans l'impasse de Lowndes Street, il s'écria :

— Vous êtes merveilleux, Mullins, absolument merveilleux.

Il examina le colporteur qui se tenait devant lui, peinant à reconnaître dans la silhouette légèrement voûtée l'un des éléments les plus prometteurs du Yard. Il est rare que le personnel du CID ait recours au déguisement, mais lorsqu'il le fait, il le fait bien. Mullins avait un véritable talent, celui de faire croire qu'il ne pouvait être un autre que celui qu'il était à ce moment précis. Ses vêtements eux-mêmes, empruntés manifestement à un fripier, semblaient lui avoir toujours appartenu.

— Vous voulez une bricole, monsieur ? offrit Mullins, le colporteur, découvrant son éventaire d'osier.

Sur la doublure de serge s'étalait un assortiment d'objets bon marché – de fabrication italienne pour la plupart –, coupe-papiers, bibelots de bois peint de toutes sortes, utiles et inutiles, bols de papier mâché, statuettes de plâtre.

— Parfait ! approuva Grant. (Il sortit de sa poche une petite chose allongée, enveloppée dans du papier de soie. Tout en la déballant, il dit :) Je vous demande d'aller au 98, Brightling Crescent, près de Fulham Road. Tâchez de savoir si la femme qui demeure là a déjà vu ceci.

Il posa une petite dague d'argent à manche d'émail au milieu des objets de plâtre et de bois peint.

— Inutile de vous dire que ce n'est pas à vendre. Quel est le prix ? ajouta-t-il en prenant un article.

— Pour un gentleman tel que vous, un shilling et neuf pence, répondit Mullins sans hésiter.

Tandis que le passant poursuivait son chemin, Grant reprit gaiement, comme s'il n'y avait pas eu d'interruption :

— Lorsque vous aurez terminé à Brightling Crescent, allez au 54, Lemonora Road, et voyez si quelqu'un dans la maison reconnaît ce poignard. Prévenez-moi dès que vous aurez fini.

Lorsque le colporteur atteignit la porte de service du 54, Lemonora Road, à l'heure du thé, une jolie domestique sans bonnet s'exclama :

— Seigneur ! encore un !

— Un quoi ? demanda le colporteur.

— Un marchand.

— Vous en avez donc vu beaucoup ? Mais les autres n'ont pas d'aussi belle marchandise que moi ! lui dit-il en lui montrant son éventaire.

— Oh ! reconnut-elle, manifestement captivée. C'est cher ?

— Pas du tout. Une jeune fille qui touche des gages comme les vôtres peut facilement se permettre d'acheter quelque chose de bien.

— Qu'est-ce que vous savez de mes gages, monsieur ?

— Rien, c'était une supposition. Une jolie fille, une jolie maison, de bons gages !

— Oh ! les gages sont suffisants, dit-elle d'un ton plein de sous-entendus.

— Est-ce que votre patronne ne voudrait pas jeter un coup d'œil sur ma marchandise ?

— Il n'y a pas de patronne. C'est moi la patronne en ce moment. Madame est à Eastbourne. Vous avez été militaire ?

— Oui, pendant la guerre. J'ai été quatre ans en France, mademoiselle.

— Eh bien, entrez donc, vous allez prendre un thé, et vous me laisserez regarder tranquillement votre marchandise.

Elle l'introduisit dans la cuisine. Sur la table étaient disposés du beurre, du pain, plusieurs sortes de confitures et du cake. Assis devant la table, un homme blond, au visage criblé de taches de rousseur, avec un cache-nez bleu, et l'insigne de soldat démobilisé sur le revers de son veston, buvait dans une énorme tasse. À côté de lui, sur la table, une pile de blocs de papier à lettres bon marché était posée.

— Voilà un autre démobilisé, expliqua la petite bonne. Il vend du papier à lettres. Il y a une éternité que je n'ai vu quelqu'un vendre des blocs.

— Comment ça va, camarade ? dit l'homme blond en répondant au regard amusé du colporteur par l'indifférence la plus complète. Ça marche, les affaires ?

— Couci-couça ! Vous n'avez pas l'air bien malheureux là, hein ?

— J'en avais besoin. Je n'ai rien vendu aujourd'hui. Quel sale pays. C'est quelque chose, quand on rencontre une personne qui a du cœur !

— Prenez de la confiture, proposa la jeune femme en poussant une tasse de thé vers le colporteur, qui se servit copieusement.

— Dans un sens, je suis content que la patronne ne soit pas là, mais, dans un autre, je le regrette. Je pensais qu'elle aurait pu m'acheter quelque chose.

— Pas moi ! dit-elle. Bon débarras ! Avec ses manières et ses scènes, elle vous empoisonne la vie.

— Elle a un sale caractère ?

— Elle, elle appelle ça « ses nerfs ». Et depuis cette histoire de crime – elle était dans la queue, le soir où cet homme a été assassiné, vous savez bien… Oui, elle faisait la queue, juste à côté de lui… Ah, là là ! Quelle affaire ! Et puis il a fallu qu'elle témoigne à l'enquête. Si elle avait commis le crime elle-même, elle n'aurait pas fait plus d'histoires pour y aller. La veille au soir, elle criait et braillait et disait qu'elle ne pourrait le supporter. Et lorsque ce pauvre monsieur a essayé de la calmer, elle a refusé de le laisser s'approcher d'elle. Elle le traitait comme vous ne traiteriez pas un chien ! Je vous assure qu'on a été soulagés de la voir partir à Eastbourne avec miss Lethbridge – sa sœur.

— Oui, quand elles sont comme ça, le mieux, c'est de les éloigner pour quelque temps, jugea l'homme aux taches de rousseur. Elle part souvent ainsi ?

— Pas aussi souvent que je le voudrais ! Elle devait partir pour le Yorkshire le lendemain du crime, mais elle a été si retournée qu'elle n'a pas pu s'en aller. Au lieu de cela, elle est allée à Eastbourne. Qu'elle y reste le plus longtemps possible, c'est tout ce que je souhaite ! Voyons votre marchandise, dit-elle au colporteur.

D'un signe de tête, il lui montra son assortiment.

— Regardez si quelque chose vous plaît : je vous ferai un prix. Il y a longtemps que je n'avais bu un thé pareil. C'est pas votre avis ?

— Pour sûr, acquiesça son collègue, la bouche pleine. Ça devient rare les gens qui ont du cœur.

Elle admira un instant les babioles aux couleurs éclatantes.

— Eh bien, la patronne va le regretter ! Elle est folle d'antiquités, et tous ces trucs qui prennent la poussière. C'est une artiste ! À quoi ça sert, ça ? s'écria-t-elle en prenant le poignard. À tuer les gens ?

— Vous n'en avez donc jamais vu ? s'étonna le colporteur. C'est un coupe-papier, comme il en existe en bois.

Elle toucha distraitement la pointe du bout de son doigt, avec un frisson involontaire, puis remit le poignard à sa place. Elle finit par choisir un petit bol peint, tout à fait inutile mais gai à voir. Le colporteur le lui laissa pour six pence, et pour le remercier, elle alla chercher des cigarettes de Mr Ratcliffe. Tandis que les deux hommes fumaient, elle les entretint de ce qui semblait occuper toutes ses pensées : le crime.

— Et croiriez-vous qu'un inspecteur de la police est venu ici ? Même que c'était un bien bel homme… Vous n'auriez jamais dit un policier. Mais ce n'était pas agréable, tout de même, de l'avoir là. *Naturellement*, il a eu des soupçons en voyant Madame refuser de lui parler. J'ai entendu miss Lethbridge lui dire : « Voyons, ne fais pas de bêtises, Meg. Tu n'as qu'un moyen de t'en débarrasser, c'est de le voir et de le *convaincre*. Tu dois le recevoir ! »

— Enfin, Eastbourne est un endroit bien agréable, dit l'homme aux taches de son. Elle aura du monde là, pour oublier ses émotions.

— Ah ! c'est qu'elle n'aime pas beaucoup la société. Elle passe son temps à se toquer des gens et se cramponne à eux jusqu'à ce qu'elle s'emballe pour d'autres. Des jeunes généralement. Elle est bizarre, vous savez.

Lorsque son bavardage en vint à contenir plus de répétitions que d'informations, l'homme blond se leva et dit :

— Eh bien, mademoiselle, voilà des années que je n'avais pris un thé pareil. Je vous en suis bien reconnaissant.

— Il n'y a pas de quoi, dit-elle. Mais, si vous voulez mon avis, abandonnez donc votre commerce de blocs de papier à lettres, il n'y a rien à gagner là-dedans aujourd'hui, c'est démodé. Essayez donc des trucs comme lui, là, des nouveautés, comme on en vend dans les magasins pour Noël.

Le regard du marchand de papier à lettres prit une expression ironique, lorsqu'il tomba sur le poignard, au milieu des « articles de Noël ».

— Vous partez vers la droite, ou vers la gauche ? demanda-t-il au colporteur.

— Vers la gauche, répondit ce dernier.

— Alors, je vous dis au revoir. Merci beaucoup pour votre thé, mademoiselle.

Et la porte se ferma derrière lui. Cinq minutes plus tard, le colporteur prenait congé.

— À votre place, mademoiselle, je serais plus prudente, conseilla-t-il. Les marchands ambulants sont des gens convenables, mais on ne sait jamais sur qui on tombe. On n'est jamais trop prudent quand on est une femme seule dans une maison.

— Ah ! vous êtes jaloux du rouquin ? se moqua-t-elle, coquette et nullement impressionnée. Vous avez tort. Je ne lui ai rien acheté, vous le savez bien.

— Enfin, méfiez-vous tout de même, insista le colporteur, bafoué dans ses bonnes intentions.

Et il partit d'un pas traînant.

Par un effet du hasard, il se retrouva sur l'impériale de l'autobus juste en face de l'homme aux taches de rousseur.

— Eh bien, s'écria joyeusement ce dernier, avez-vous fait une bonne journée, camarade ?

— Non, très mauvaise, et vous ?

— Pas trop mal. C'est incroyable, dit-il, voyant qu'il n'y avait plus personne en haut, ce que ces filles-là sont bêtes ! Nous aurions pu lui faire son affaire dix fois, et emporter tout ce qu'il y avait dans la maison, et ça ne lui a pas traversé l'esprit.

— C'est ce que je lui ai dit en partant, mais elle a cru que j'étais jaloux de vous !

— De moi ? Ce devrait plutôt être le contraire, elle ne m'a rien acheté, à moi.

— C'est ce qu'elle m'a fait remarquer.

— Vous aviez de la belle marchandise. C'est le patron qui avait choisi cela ?

— Oui.

— C'est bien ce que je pensais. C'est un as. Qu'est-ce qu'il flaire donc par là ?

— Je ne sais pas.

— J'ai remarqué qu'elle n'avait pas été séduite par le poignard.

— Non.

Le colporteur n'était pas communicatif.

L'homme aux taches de rousseur se résigna.

— Vous n'êtes pas bavard ! remarqua-t-il.

Il sortit deux cigarettes de sa poche et en tendit une à son compagnon.

Le colporteur jeta un coup d'œil distrait sur la marque et reconnut une des cigarettes de Mr Ratcliffe. Ses traits sévères s'adoucirent, et il sourit :

— Profiteur ! dit-il en tendant sa cigarette vers l'allumette qu'on lui offrait.

Mullins et Simpson présentaient, une heure plus tard, leurs rapports à Grant. Simpson dit que Mr et Mrs Ratcliffe vivaient en bonne intelligence, avec des scènes assez fréquentes. Il ignorait si ces orages provenaient d'incartades de Mr Ratcliffe ou de ses colères à la suite d'incartades de sa femme, car les querelles commençaient toujours lorsque la domestique s'éclipsait, et elle ne les entendait jamais qu'à travers une porte fermée. Leur plus grande dispute avait éclaté à leur retour chez eux, le soir du crime. Ils ne s'étaient pas réconciliés depuis lors. Mrs Ratcliffe devait partir pour le Yorkshire, le lendemain du drame, mais était trop bouleversée pour s'en aller. Après l'enquête, sa sœur et elle s'étaient rendues à Eastbourne, où elles étaient descendues au *Grand Parade Hotel*. Mrs Ratcliffe était femme à avoir des engouements subits pour les gens et, tant qu'ils étaient dans ses bonnes grâces, elle les défendait toutes griffes dehors. Elle avait un peu de fortune personnelle, et était assez indépendante de son mari.

Mullins raconta qu'au 98 Brightling Crescent il avait eu du mal à intéresser suffisamment Mrs Everett pour qu'elle le laissât lui présenter son éventaire. Elle lui répétait qu'elle n'avait besoin de rien. Lorsqu'il avait montré sa marchandise, le poignard fut le premier objet qu'elle avait aperçu. Jetant aussitôt au marchand un coup d'œil soupçonneux, elle lui avait intimé l'ordre de sortir en lui fermant la porte au nez.

— À votre avis, elle l'a reconnu ?

Mullins n'en savait rien, mais c'était la vue du poignard qui avait provoqué cette réaction. Elle l'avait laissé parler jusqu'à ce qu'elle vît le couteau. La domestique, à Lemonora Road, n'avait jamais vu l'arme auparavant, il en était sûr.

Lorsque Mullins fut reparti, et que Grant eut rangé l'arme du crime dans son tiroir, il resta longtemps rêveur. C'était, somme toute, un mauvais jour. Pas d'arrestation, bien qu'il y eût peut-être là, après tout, une chance relative, et une découverte ahurissante : Sorrell avait bien eu l'intention d'aller en Amérique. D'autre part, on ne trouvait pas trace des billets de banque remis à Lamont, avec le solde des deux cent vingt-trois livres dont faisaient partie les vingt-cinq livres envoyées par l'ami inconnu. Le crime datait d'une semaine, la somme avait été encaissée dix jours avant, et pas un seul billet n'avait été retrouvé en dehors de ceux que la police avait entre les mains. Enfin, les deux émissaires de Grant ne lui avaient rien appris d'important. Il n'avait aucune raison sérieuse de croire qu'il existât des relations entre Mrs Ratcliffe et Sorrell. Il commençait à admettre que le hasard seul les avait fait s'inscrire pour la même traversée, puis les avait réunis dans la même file, côte à côte. L'étonnement de Mr Ratcliffe, lorsque Grant avait parlé du voyage que sa femme devait accomplir à New York, pouvait provenir de ce qu'il avait négligé d'en informer l'inspecteur. Quant à Mrs Everett, sa brusque retraite devant le colporteur était plus une preuve d'intelligence que de culpabilité. Mullins assurait qu'elle l'avait regardé d'un air méfiant. Elle n'avait pas essayé de sauver la situation en faisant semblant d'ignorer le poignard, ou en le remarquant comme par hasard. Elle s'était simplement montrée méfiante. Grant résolut de donner à Mrs Everett quelques points de plus pour l'intelligence, et de ne pas la soupçonner de complicité. Quant aux Ratcliffe, contre lesquels il n'avait encore aucune preuve, il les mettrait momentanément hors de cause. Cependant, dans l'immédiat, il chercherait à savoir pourquoi Mrs Ratcliffe avait dit à sa domestique qu'elle allait dans le Yorkshire, alors qu'elle devait partir pour l'Amérique.

La sonnerie du téléphone retentit. Grant souleva le combiné avec une vive impatience. C'était Williams.

— Nous l'avons trouvé, monsieur. On vous attend pour intervenir ?

— Où est-il ?

Williams le lui indiqua.

— Vous êtes-vous assuré de toutes les issues ? Nous ne risquons pas de le perdre, si nous attendons un peu ?

— Non, monsieur, rien à craindre, nous le tenons.

— Dans ce cas, je vous retrouve à Brixton Road dans une demi-heure.

Lorsqu'il rejoignit Williams, il lui demanda des détails que le sergent lui fournit tout en marchant. Il avait retrouvé l'homme en faisant des recherches dans les agences de location. Lamont avait loué un appartement meublé, deux petites pièces, trois jours avant le crime, et il s'y était installé le matin même du drame.

« Oui, pensa Grant, voilà qui corrobore l'histoire de Mrs Everett. »

— Sous quel nom a-t-il opéré ? demanda-t-il.

— Sous le sien.

— Quoi ? Sous son nom ? répéta Grant, incrédule, et il garda le silence, un peu inquiet. Enfin, c'est du beau travail, Williams, de l'avoir repéré aussi vite. C'est un craintif, hein ?

— Je vous crois, répondit Williams avec conviction. Jusqu'à présent, de tous ceux que j'ai interrogés, personne ne l'a vu ! Craintif est bien le mot. Nous y voilà. Sa maison est la quatrième à partir d'ici.

— Bien, dit Grant. Vous avez un revolver en poche, au cas où… ? Très bien, allons-y.

Ils n'avaient pas de passe-partout, et aucun bouton de sonnette ne semblait correspondre au troisième étage. Ils durent carillonner plusieurs fois avant que les locataires du rez-de-chaussée ne vinssent à leur aide en grommelant. Tandis qu'ils s'engageaient dans l'escalier, de plus en plus minable au fil des étages, Grant se sentait tout joyeux, comme chaque fois qu'il se préparait à entrer en action. Il n'y avait plus à se creuser la tête. Il allait se trouver en face de Lamont, en face de l'homme qu'il avait vu dans le Strand, l'homme qui avait poignardé Sorrell dans le dos.

Il frappa brusquement à la porte, dans le noir. Elle rendit un son creux, comme si elle renfermait une pièce vide. Il n'y eut pas de réponse. Grant frappa encore, sans résultat.

— Vous feriez mieux d'ouvrir, Lamont. C'est la police ! Ne nous obligez pas à enfoncer la porte.

Silence complet.

— Vous êtes sûr qu'il est là ? demanda Grant.

— Il y était hier, monsieur, et personne ne l'a vu sortir. On surveille la maison depuis 3 heures de l'après-midi.

— Il ne reste plus qu'à faire sauter la serrure, estima Grant, mais n'oubliez pas de reculer.

Ils poussèrent la porte de tout leur poids ; elle céda, avec un craquement, et Grant, la main droite dans sa poche, pénétra dans la pièce.

Un regard circulaire lui apprit la vérité ; mais, il avait deviné, en arrivant sur le palier, que l'appartement était vide.

— L'oiseau s'est envolé, Williams. Nous sommes arrivés trop tard.

Williams demeura figé, la mine déconfite au milieu de la pièce. Il avala péniblement sa salive ; Grant, pourtant déçu lui aussi, tenta de le réconforter. Ce n'était pas la faute de Williams. Il s'était montré trop sûr de lui, mais sa découverte avait été rapide.

— En tout cas, il est parti à la hâte, jugea Williams, comme si ce fait adoucissait sa blessure d'amour-propre et sa déception.

Et, en effet, ils avaient sous les yeux toutes les preuves d'un véritable sauve-qui-peut. Il restait des provisions sur la table, les tiroirs, béants, avaient été visiblement mis sens dessus dessous, des vêtements et nombre d'objets personnels traînaient pêle-mêle. Ce n'était pas un départ organisé, mais une débandade.

— Examinons ce qu'il a laissé, proposa Grant. Je vais rechercher les empreintes pendant qu'il fait encore jour. On dirait qu'il n'y a que cette lampe pour s'éclairer.

Il fit le tour des deux pièces avec sa poudre fine, mais il y avait peu de surfaces, dans l'appartement, sur lesquelles des traces pussent apparaître avec netteté, et les endroits couverts d'empreintes en portaient un si grand nombre que l'on n'en distinguait aucune. Néanmoins, sur le bois verni de la porte, à l'endroit où un gaucher s'appuierait tandis qu'il décrocherait, de la main droite, un manteau suspendu à une patère, il repéra deux bonnes empreintes. Un peu consolé, Grant alluma la lampe et poursuivit l'examen des lieux. Une exclamation le fit venir dans la chambre. Williams tenait à la main une liasse de billets de banque.

— Je les ai trouvés au fond de ce tiroir, monsieur ! Il est parti si précipitamment ! (Un baume s'épandait sur le cœur ulcéré du sergent.) Ce qu'il doit rager !

Grant retira de son portefeuille une liste de numéros qu'il compara avec ceux des billets. Oui, il n'y avait aucun doute, c'étaient ceux que Lamont avait encaissés avec le chèque reçu de Sorrell. Lamont s'était enfui si hâtivement qu'il avait oublié cette chose essentielle. La somme était intacte, moins les vingt-cinq livres envoyées pour l'enterrement de Sorrell. C'était bien extraordinaire. Pourquoi l'Italien – comme Grant continuait à le surnommer en son for intérieur – n'avait-il rien dépensé pendant les dix jours précédant le crime ? Il n'avait pourtant rien à craindre à ce moment-là. Il est vrai que la valeur des billets les rendait difficiles à changer, mais ce n'était pas une raison suffisante. Il aurait pu se faire verser toute la somme en petites coupures, s'il l'avait voulu. Pourquoi n'avait-il rien dépensé ?

Il ne restait rien dans l'appartement qui pût les intéresser. Lamont semblait avoir des goûts très éclectiques en littérature, se dit Grant tout en regardant la rangée de volumes qui s'alignait sur la cheminée. Wells, O'Henry, Buchan, Owen Wister, Mary Roberts Rinehart, les poèmes de Sassoon, de nombreux volumes de l'édition annuelle de *Racing Up-to-Date*, *Little Minister* de Barrie. Il en prit un et l'ouvrit. Sur la page de garde, de l'écriture qu'il avait vue sur le chèque, à la banque, était tracé le nom du propriétaire : Albert Sorrell. Il examina les autres un par un, presque tous avaient appartenu à Sorrell. Il les avait évidemment laissés à Lamont avant son départ pour les États-Unis. Ainsi, jusqu'à la dernière minute, les deux jeunes gens étaient demeurés bons amis. Que s'était-il donc passé ? N'était-ce donc qu'une amitié superficielle ? Lamont était-il un faux frère ?

Ils avaient désormais un nouveau problème sur les bras. Où se cachait Lamont ? Il était pressé, désespérément pressé. Il n'avait pas dû faire de projets. Il avait adopté le premier refuge qui s'offrait à lui. Inutile d'examiner les possibilités de fuite à l'étranger, sous un déguisement savant. Il n'aurait certainement pas fait ça. Cela lui aurait demandé trop de temps. Il n'avait pas dû quitter Londres, mais se terrer comme un rat dans un endroit qu'il connaissait.

Grant donna des ordres pour qu'on poursuive les recherches et il retourna au Yard, essayant de se mettre à la place de l'homme traqué, dans l'espoir qu'il découvrirait son plan. Il était tard, et Grant commençait à fatiguer, lorsque enfin, l'horizon s'éclaircit. Les empreintes relevées sur la porte étaient celles de Mrs Everett ! Il n'y avait aucun doute possible : l'index qui avait laissé sa trace dans le coin de la photographie de Sorrell appartenait à la main qui s'était appuyée contre la porte, en tentant d'attraper quelque chose dans l'appartement de Lamont.

Mrs Everett ! Juste Ciel ! Et Grant qui parlait de faux frère ! Il devrait réellement prendre sa retraite, il devenait trop confiant ! Il n'en revenait pas ! Quelle humiliation. Il avait cru à la bonne foi de cette femme, et ne l'avait fait surveiller que pour la forme. Il avait perdu la première manche, mais il allait se rattraper. Il était sûr que c'étaient les renseignements fournis par Mrs Everett qui avaient provoqué la fuite de Lamont. Elle était sans doute allée le trouver la veille au soir, aussitôt après le départ de Grant, et avant que l'homme de garde ne fût à son poste. Mais il aurait dû la voir revenir. Andrews s'était montré négligent. Et, selon toutes probabilités, c'était elle qui avait suggéré l'idée du nouveau refuge, ou qui l'avait procuré. Une femme aussi intelligente n'aurait pas l'imprudence de cacher Lamont chez elle ; par conséquent, Grant devait se renseigner sur Mrs Everett, et sur toutes les ramifications de sa famille. Comment faire ? Quelle était la meilleure façon d'approcher une femme aussi rébarbative ? Ce n'était plus une visite de routine. Mrs Everett, d'un naturel peu communicatif, se tenait maintenant sur ses gardes. Grant avait bêtement essayé de la pousser à se trahir, sous l'empire de la peur ; il aurait dû se rendre compte qu'elle n'était pas femme à se laisser ainsi impressionner. Bien. Que faire, alors ? Dans quel genre de société, dans quel genre de circonstances se livrait-elle un peu ? Il se la représenta dans différents cadres, dans différents milieux : nulle part elle ne lui paraissait à sa place. Tout à coup, il trouva la solution. La paroisse ! Cette femme avait tout d'une bonne paroissienne. Elle devait être profondément respectée par tout le monde dans son église, sans être très populaire cependant, parce qu'elle n'était pas liante, ce qui était peu apprécié dans les milieux chrétiens les plus zélés qui, ayant fourni un mets de choix tel qu'une rumeur de faillite parmi les ouailles, espère se voir offrir en retour un cadeau aussi savoureux. Puisqu'elle n'était certainement pas des plus sympathiques, il trouverait, parmi ses coreligionnaires, des gens disposés à parler d'elle.

Grant s'endormit en se demandant lequel de ses hommes il choisirait pour mener l'enquête sur Mrs Everett.

10

EN ROUTE POUR L'ÉCOSSE

— Simpson, dit Grant, en quoi étiez-vous déguisé hier, lorsque vous êtes allé vous renseigner sur les Ratcliffe ?

— Un soldat démobilisé qui vendait du papier à lettres, monsieur.

— Eh bien, vous allez recommencer aujourd'hui. Je vous veux très convenable, propre, avec un faux col, pas de foulard. Il me faut des informations sur Mrs Everett, qui habite 98, Brightling Crescent, près de Fulham Road. Je ne vous conseille pas d'aller sonner de porte en porte, elle se méfie du procédé, et je vous recommande d'être très prudent. Elle a l'air d'être femme à fréquenter l'église. Allez y faire un tour. Le club excepté, la paroisse est le meilleur centre de commérages que je connaisse. Je veux surtout savoir où habitent les amis et la famille de Mrs Everett. Ne vous occupez pas de sa correspondance ; je m'en chargerai, même si c'est sans doute inutile. Mrs Everett n'est pas née d'hier. Mettez-vous bien cela dans la tête et ne l'oubliez plus. Ne cherchez pas à aller vite aux dépens de votre sécurité. Si elle vous repérait, il faudrait qu'un autre se chargeât de votre mission, et une source de renseignements précieuse serait perdue. Dès que vous saurez quelque chose, informez-m'en, mais ne revenez pas sans m'avoir téléphoné au préalable.

C'est ainsi que Mr Caldicott – pasteur de l'Église congrégationaliste de Brightlingside –, poussant sans enthousiasme une tondeuse à gazon récalcitrante sur l'herbe drue de sa pelouse, par un radieux soleil de mars, s'aperçut soudain qu'un étranger le regardait travailler avec un curieux mélange de sympathie et d'envie. Se rendant compte qu'il avait été aperçu, l'étranger ébaucha un geste vague vers sa casquette, par respect pour l'habit, et déclara :

— On attrape chaud, à ce métier, un jour comme aujourd'hui. Voulez-vous que je vous donne un coup de main, monsieur ?

Mais le pasteur était jeune, et tout content de montrer qu'il ne redoutait pas une journée de labeur.

— Vous me croyez donc incapable de terminer tout seul ? demanda-t-il avec un bon sourire.

— Oh ! non, monsieur, mais je serais très heureux de gagner quelques sous en travaillant pour vous.

— Oh ? fit Mr Caldicott, l'instinct professionnel aussitôt éveillé. Vous cherchez un emploi ?

— Exactement, dit l'homme.

— Vous êtes marié ?

— Non, monsieur.

Simpson allait en rendre dévotement grâce au Seigneur, mais s'arrêta à temps.

— Quel genre de travail cherchez-vous ?

— N'importe lequel.

— Oui, mais avez-vous un métier ?

— Je peux faire les chaussures, monsieur, annonça Simpson en se disant qu'il valait mieux rester proche de la vérité.

— Alors, ce serait peut-être plus raisonnable que vous coupiez l'herbe et que je vaque à d'autres occupations. Venez déjeuner avec moi à 1 heure.

Mais ce n'était pas du tout cela que voulait Simpson. Son objectif, c'était la cuisine, et non la conversation pastorale dans la salle à manger. Feignant la confusion avec un art consommé, il se détourna en hésitant, abandonnant la tondeuse dont il s'était déjà emparé avec empressement, et il bégaya :

— Si ça ne vous faisait rien, monsieur, j'aimerais mieux manger un morceau à la cuisine. Vous savez, je… je ne suis pas habitué à la salle à manger.

— Voyons, voyons, commença Mr Caldicott d'un ton de raillerie fraternelle.

Simpson, craignant de perdre cette occasion de recueillir de précieux bavardages, aurait volontiers battu le révérend.

— *Je vous en prie*, monsieur, si cela ne vous ennuie pas, insista-t-il d'une voix si convaincue que le pasteur céda.

— Eh bien, comme vous voudrez, accepta-t-il avec un peu d'humeur. (N'avait-il pas donné des preuves de largeur de vues, de véritable esprit de fraternité chrétienne, et n'avaient-elles pas été repoussées ?) Enfin, si vraiment vous préférez cela !

Il partit, mais revint bientôt, et sous prétexte d'apprendre l'histoire de Simpson – d'une manière qui n'avait rien de fraternel, il catalogua son visiteur comme un compagnon très respectable –, il resta dans l'allée jusqu'à l'heure du déjeuner, bavardant sur tout ce qui l'intéressait. Il parla de la guerre – il était posté à Rouen –, des semis, de la suie londonienne, des chaussures de cuir – le dernier sujet ayant des chances d'intéresser son interlocuteur –, et de la difficulté qu'il avait à attirer les jeunes gens aux offices. Lorsque Simpson eut appris que son dernier sermon avait établi de façon concluante que Dieu désapprouvait les jeux de hasard, et que ceux qui s'y livraient commettaient un péché envers eux-mêmes, leur prochain et le Seigneur, il ne fut pas spécialement étonné de la rareté des jeunes disciples de Mr Caldicott.

— Vous qui êtes jeune, pouvez-vous me dire pourquoi vos semblables ne viennent pas à l'église ? demanda Mr Caldicott.

Mais Simpson n'avait pas l'intention de quitter la maison du pasteur avant le soir si possible, il se borna donc à exprimer sa désapprobation chagrinée d'un hochement de tête mélancolique. Il travailla avec un zèle acharné et fut heureux d'entendre enfin résonner le gong de la maison. Le pasteur lui rendit la liberté en lui donnant sa bénédiction et le renvoya vers la cuisine. Pour Simpson, la partie qu'il jouait là était infiniment plus importante que le déjeuner.

Le pasteur, qui était – à ce qu'il apprit – un parti fort enviable, avait deux domestiques : une cuisinière et une « aide » qui se montrèrent ravies d'accueillir à leur table un aussi charmant spécimen masculin. Lorsque le repas commença, la vie des classes pauvres de banlieue n'avait plus de secrets pour Simpson, puis après avoir appris que Mrs Everett était une veuve dédaigneuse, qui prenait de grands airs parce qu'elle était fille de pasteur, il n'entendit plus rien d'intéressant. Il demanda si son père avait été pasteur à Londres. Non, mais quelque part dans le Nord, dans un village de vingt-cinquième ordre, probablement. Mrs Everett allait à tous les offices et à toutes les réunions paroissiales, non par dévotion, mais pour rappeler à tout le monde que son père était pasteur.

Méditant cette dernière réflexion, Simpson retourna au jardin et reprit sa tondeuse. Le pasteur vint aussitôt le rejoindre. Il y avait ce soir-là une réunion dans la salle d'œuvres. Simpson voudrait-il y participer, et aider auparavant à transporter différentes choses de l'église dans la salle ? S'il venait après le thé, l'informa Mr Caldicott, il trouverait le comité des dames qui préparerait la réunion. Il n'était rien que Simpson souhaitât davantage que rencontrer le comité des dames. Il exprima son entière bonne volonté, et le pasteur le quitta.

Après un après-midi passé à tailler les bordures des allées et à bavarder alternativement avec la cuisinière et l'aide qui inventaient des prétextes invraisemblables pour venir lui parler, Simpson prit le thé à la cuisine, un thé plus productif en renseignements que celui de Lemonora Road, mais dépourvu du piquant qu'ajoutait la présence de son collègue, puis il se rendit à l'église, un bâtiment de briques rouges d'une laideur si parfaite qu'elle ne pouvait être due au hasard. Le brun jaunâtre et le bleu outremer des fenêtres de verre peint étaient à présent décemment recouverts par le doux crépuscule. Mais rien ne dissimulait la laideur de la salle de cette paroisse éclairée de lumières brillantes où quelques femmes s'agitaient avec une excitation futile d'oiseaux, parlant beaucoup et agissant peu, car dès que l'une faisait quelque chose, une autre suggérait une modification, provoquant une session du comité pour trancher la question. Les débats se prolongeaient indéfiniment, car chacune en déférait à toutes les autres, avec la plus parfaite hypocrisie. Lorsque Simpson les eut observées depuis la porte, comme il avait observé les efforts de Mr Caldicott avec la tondeuse, il s'avança lentement, son chapeau à la main.

— Vous cherchez quelqu'un ? lui demanda-t-on.

Il expliqua que Mr Caldicott l'avait envoyé pour aider. Il obtint un succès immédiat. Il était même si apprécié qu'il commença à se sentir un peu trop content de lui – un état d'esprit qui n'a guère sa place chez un membre du CID et qui disparut dès qu'il rencontra, plus tard dans la soirée, ses rivaux. En faisant après coup son rapport en privé à Mullins, il employa à leur sujet une phrase pittoresque qu'à regret je ne puis reproduire ici, mais qui ne laissa aucun doute à Mullins sur le genre d'hommes qui avaient participé à cette « soirée ». Simpson se montra plutôt amer à propos de cette réunion, bien que je ne puisse comprendre pourquoi. Ses cheveux roux et ses taches de rousseur représentaient son passeport pour le bonheur – personne ne pouvait leur résister ; le badigeon rose qui embellissait les murs – une couleur framboise, avec une touche de cochenille – ne semblait pas le troubler comme il aurait troublé une âme plus sensible ; il était de loin le mâle présent le plus populaire ; et les renseignements qu'il était venu chercher attendaient par grappes d'être cueillis. Mais le fait est que lorsque tout fut terminé et que Mullins lui dit : « Le patron est content de toi pour Brighling Crescent », le visage agréable de Simpson se tordit dans un ricanement qui n'allait pas avec ses cheveux roux et ses taches de rousseur et il grogna, oui, je dis bien grogna : « Eh bien, j'ai assez transpiré pour ça ! »

La « soirée » se termina à l'heure éminemment respectable de 9 h 45 et Simpson, une fois de plus, aida le comité à jouer le jeu de déshabiller saint Pierre pour habiller saint Paul, puis raccompagna chez elle la plus bavarde des invitées qui lui avait manifesté de la sympathie. De sorte que, le lendemain matin, Grant put l'interroger et apprendre tout ce qu'il était nécessaire de savoir sur Mrs Everett.

Elle était écossaise. Son absence d'accent s'expliquait par le fait qu'elle habitait Londres depuis vingt-cinq ans et était originaire de la côte Ouest. Son père avait été pasteur d'une Église non conformiste, dans un village du comté de Ross, où son frère était lui-même pasteur maintenant. Son nom de jeune fille était Logan. Elle était veuve depuis quinze ans, et n'avait pas d'enfants. Trop réservée, elle n'était pas populaire, mais on la respectait. Le fait qu'elle avait loué des chambres à deux bookmakers n'avait pas réussi à la déclasser aux yeux des membres de la paroisse. Sorrell était arrivé chez elle à son retour de l'armée ; il n'était pas bookmaker à ce moment-là. Peut-être était-ce pour cela qu'on ne le soupçonnait pas d'avoir délibérément choisi un suppôt de Satan pour pensionnaire. Aucun paroissien ne connaissait personnellement les deux jeunes gens qui avaient été accusés sans raison de turpitude morale mais le sujet d'étude qu'ils fournissaient semblait posséder cette attraction jamais démentie que la profonde méchanceté a pour la vertu. Tous ces gens donc, sans que Sorrell et Lamont puissent s'en douter, n'ignoraient aucun détail de leur existence. Tous deux, ainsi que l'avait dit Mrs Everett – elle n'aurait pas menti sur des points faciles à vérifier, songeait Grant –, étaient toujours ensemble. Ni l'un ni l'autre n'avait eu de liaison. Selon les critères de Brightlingside, ils étaient fort élégants, et Mrs Everett leur était entièrement dévouée. Elle n'avait pas de famille à Londres, mais se rendait en Écosse une fois par an, et elle s'assurait les services de quelqu'un qui la remplaçait auprès de ses pensionnaires.

Lorsque le brillant Simpson l'eut quitté, Grant fit appeler les hommes qui avaient été de service à la gare de King's Cross et de Euston, le lundi soir, et il leur demanda de dépeindre les suspects qu'ils avaient pu remarquer. Il dressa l'oreille à la description, par l'un d'eux, d'un jeune voyageur et de sa mère.

— Décrivez-moi la mère, dit-il, et l'homme s'exécuta avec fidélité.

— Il n'y avait pas d'autres coupables possibles dans ce train-là ?

— Si, dit l'homme, plusieurs, même.

Il en avait conclu que tous les hommes minces et bruns à pommettes saillantes étaient originaires d'Écosse : ils pullulaient dans tous les trains à destination du Nord.

— Qu'est-ce qui vous a fait penser que ce n'était pas celui que vous cherchiez ?

— Son comportement, monsieur, et celui de la femme. De plus sa mallette était dans le filet, les initiales tournées vers l'extérieur, exposée à tous les yeux – G. L. Il portait un sac de golf, et avait l'air si normal !

Bien joué, Mrs Everett, songea Grant, admiratif. Ce n'est pas l'homme qui avait laissé ses billets dans un tiroir qui aurait pensé au sac de golf ! Il se demanda si Lamont avait délibérément tourné sa mallette pour montrer les initiales. Il avait peine à croire que l'on pût risquer sans nécessité tout le succès d'une affaire par un tel coup d'audace. Ce devait être accidentel.

— Où allait ce voyageur ?

Ses bagages ne portaient pas d'étiquettes, mais le contrôleur avait précisé qu'il se rendait à Édimbourg.

Grant ne mit pas longtemps à découvrir la retraite probable de Lamont. Il n'y avait pas beaucoup de Logan dans l'Église d'Écosse et il n'y en avait qu'un seul qui fût pasteur dans le Rosshire, à l'*United*

Free Church de Carninnish. Le village était situé au fond d'un bras de mer, sur la côte ouest du comté. Grant alla aussitôt trouver Barker et lui annonça :

— Je pars pêcher en Écosse pour un jour ou deux.

— Il y a des endroits plus agréables que l'Écosse pour aller enterrer votre déconvenue, se moqua Barker, qui savait que l'arrestation avait échoué.

— Peut-être, mais pour la pêche, il n'y a rien de mieux. Voici mon adresse. Deux jours me suffiront, j'espère.

— Vous emmenez quelqu'un ?

— Non.

— Vous avez tort. Pensez un instant à quoi ressemble un policier des Highlands.

— Il peut toujours tuer le poisson en lui tombant dessus mais je ne pense pas qu'on en arrive là. Il se peut que je demande à quelqu'un d'emporter le poisson à Londres cependant.

— Très bien. Quand partez-vous ?

— Ce soir, à 7 h 30, de King's Cross, et je serai demain matin avant 10 heures à Inverness. Je vous tiendrai au courant, bien sûr.

— Parfait ! approuva Barker. Bonne pêche ! Ne vous coincez pas sur vos propres hameçons !

Grant passa un temps considérable à organiser les recherches en son absence. Il n'était pas certain que l'homme qui était parti pour Carninnish fût bien Lamont. Il se mettait lui-même à la poursuite du suspect parce qu'il était le seul à l'avoir réellement vu. Mais l'enquête à Londres continuerait comme précédemment. Le départ pour Carninnish pouvait n'être qu'une feinte : Grant avait beaucoup de respect pour Mrs Everett.

Tandis qu'il réunissait son matériel de pêche et cherchait ses vieux vêtements, Mrs Field, pleine de sollicitude, vint lui apporter deux sandwiches. Il les refusa carrément, alléguant qu'il ferait un excellent dîner au wagon-restaurant et un excellent petit déjeuner, au même endroit, le lendemain matin.

— Oui, rétorqua-t-elle, tout cela, c'est très bien, mais imaginez un peu combien la nuit sera longue. Il viendra un moment où vous aurez faim, et vous serez content de trouver des sandwiches, ne serait-ce que pour passer le temps. Ils sont au poulet, et il se peut que vous n'en retrouviez pas de tout le séjour. C'est un pays si pauvre, l'Écosse ! Dieu sait ce qu'on y mange !

Grant lui répondit que l'Écosse, aujourd'hui, ne se différenciait plus du reste de la Grande-Bretagne, sinon par sa beauté.

— Je ne m'y connais pas en beauté, maugréa Mrs Field en posant résolument les sandwiches devant lui mais je sais qu'une de mes cousines y a été en service – pour une saison, avec ses patrons de Londres – et qu'il n'y avait pas d'autre maison que la leur dans toute la région, et pas un arbre. Et les indigènes n'avaient jamais entendu parler de cakes pour le thé et appelaient « skons » les scones !

— Quels sauvages ! fit Grant, pliant avec amour son plus vieux costume de tweed dans sa valise.

Lorsque son train quitta King's Cross, Grant se plongea avec ravissement dans l'étude d'une carte du district de Carninnish. Cette chasse en pleine campagne promettait d'être haletante. C'était plus primitif et plus humain, moins mécanisé que la machinerie sans âme qui tendait et détendait sans bruit ses tentacules d'acier sur les rives de la Tamise. Il s'agissait d'un véritable face-à-face. Pas d'autre téléphone que celui du bureau de poste.

Pas de renforts pour rattraper le fugitif : ce serait la lutte d'un cerveau contre un autre cerveau, et peut-être aussi un duel au revolver. Mais Grant espérait ne pas en arriver là. Il n'y avait rien de satisfaisant à présenter un cadavre à la justice, et en tout cas, la police n'aime pas que ses détectives aient recours à des méthodes aussi radicales. Il lui faudrait prendre son temps. Après tout, il n'avait que deux jours de retard. L'homme n'avait pu parvenir à destination que la veille au soir au plus tôt. Plus Grant patienterait, moins sa présence éveillerait de soupçons. Les premiers jours, Lamont se méfierait de chaque rocher derrière lequel pouvait se cacher un policier, mais, au fur et à mesure qu'il s'habituerait à son nouvel environnement, son complet isolement lui donnerait inévitablement un sentiment de sécurité trompeur.

Grant examina la carte. Carninnish s'étend sur la rive sud d'une rivière, la Finley, à l'endroit où elle se jette dans la mer, dans le Loch Finley. À quatre miles vers le sud, un deuxième loch pénètre dans la terre ; sur la côte nord de ce bras de mer se trouve un village un peu plus important, semble-t-il, que Carninnish, appelé Garnie. Carninnish est donc sur la rive nord d'une péninsule, Garnie sur la rive sud, la distance qui les sépare étant d'environ quatre miles par un chemin défoncé et vallonné. Grant décida de s'installer à Garnie – qui disposait d'un hôtel avec salle de bains – et de là, il surveillerait Carninnish, sous prétexte de pêcher dans la Finley. Il étudia longtemps la carte, si bien que la région lui devint aussi familière que s'il l'avait arpentée. Il savait, pour en avoir fait l'expérience, qu'on pouvait avoir de sacrés chocs quand on se retrouvait sur un terrain bien différent de ce qu'indiquait la carte, mais il connaissait probablement beaucoup mieux le district que le fugitif.

La matinée ne lui apporta que des sensations agréables. Lorsque la lumière lui fit ouvrir les yeux, il put voir par la fenêtre défiler lentement les landes brunes. Le halètement du train, qui avait jusque-là roulé à grande allure, lui apprit qu'il gravissait les monts Grampians. Un air vif, frais, qui pétillait le salua tandis qu'il s'habillait et tout en prenant son petit déjeuner, il contempla l'étendue sombre et désolée, qui avait pour arrière-plan le ciel lumineux et la neige éblouissante. Puis le cadre changea, devint une forêt de pins, alignés régulièrement comme de petits bâtons noirs sur le flanc de la montagne. Des bouleaux remplacèrent les pins, descendant le long des pentes pour escorter un ruisseau, ou se groupant en bosquets, leur feuillage léger, au vert d'une incroyable fraîcheur, flottant au-dessus d'un tapis de gazon fin.

Sans transition, le train descendit, et ce furent de nouveau des champs, nichés dans de larges vallons, ou, plus petits et caillouteux, attachés aux coteaux, et des lochs, des rivières, un paysage verdoyant. Debout dans le couloir, tandis que le train roulait, bruyant, secoué par des cahots dans un dernier bond jusqu'à Inverness, Grant se demandait ce que Lamont avait pensé de tout cela, le Londonien arraché à ses rues, à la sécurité des maisons et des serrures. Ses dimanches passés sur la Tamise ne l'avaient sans doute pas préparé aux torrents sombres qui l'attendaient dans l'Ouest, ni à l'étendue solitaire des pâtures du Surrey, ni à la désolation absolue et démoralisante de ces landes. Avait-il regretté sa fuite ? Quel était le caractère de cet homme ? Bon vivant et joyeux, avait dit Mrs Everett. Mais il avait forcément éprouvé un sentiment assez violent pour poignarder un homme dans le dos, même si ce n'était pas l'indication certaine d'un tempérament passionné. Pour une nature très sensible, l'horrible perspective de se trouver seul, impuissant, traqué, dans un pays comme celui-ci, serait pire sans doute que celle de la réclusion dans une geôle de pierre et de ciment.

Autrefois, dans les Highlands, partir pour les collines signifiait fuir la justice – ce que l'Irlandais appelle être en cavale. Mais la civilisation avait complètement changé cela. Pas un criminel sur mille ne partait se cacher aujourd'hui dans les Highlands ou au pays de Galles. Il lui fallait être nourri et logé, et une cabane ou une grotte à flanc de colline était démodé.

Sans la promesse d'un refuge, Mrs Everett elle-même n'aurait pu faire sortir Lamont de Londres – Grant en était sûr. Qu'avait-il ressenti en découvrant l'endroit où il avait atterri ?

À Inverness, Grant abandonna son train direct et confortable, traversa le quai balayé par le vent et prit place dans un petit chemin de fer local qui, tout le reste de la matinée, roula au milieu d'un paysage vert, pour revenir dans un désert brun, comme celui que Grant avait aperçu à son réveil. Vers l'ouest, toujours plus vers l'ouest le train allait sans se presser, faisant des haltes inexplicables à de petites gares qu'on ne se serait pas attendu à rencontrer au milieu de ces vastes landes qui semblaient inhabitées. Enfin, dans l'après-midi, Grant descendit sur un quai de terre, tandis que son train poursuivait sa route sans lui, au milieu des étendues vides. Il devait attendre la voiture de la poste. Il était à trente-six miles de Carninnish, et avec de la chance, il pourrait y arriver vers 8 heures du soir. Cela dépendrait, lui dit-on, des hasards de la route. Quinze jours auparavant, Andy avait eu sa roue droite arrachée par un autre véhicule et il s'était retrouvé à moitié dans le fossé. Grant passa devant un guichet, et derrière la gare, aperçut le véhicule préhistorique, dans lequel il devrait demeurer les cinq heures suivantes, en espérant atteindre Garnie. C'était plutôt un char à bancs. Derrière le siège du conducteur s'alignaient trois bancs de pénitence à peine adoucis par des coussins bourrés de sciure et recouverts de moleskine. Il y avait, si incroyable que cela pût paraître, cinq autres candidats pour prendre place à ses côtés. Grant se renseigna sur les possibilités de louer une voiture pour faire le voyage. L'expression de ses interlocuteurs le convainquit non seulement du ridicule de sa requête mais aussi du fait qu'il s'était rendu coupable d'une grave faute de goût. On ne boudait pas la voiture de la poste. Elle représentait un événement majeur quotidien pour ceux qui vivaient dans les trente-six miles qui les séparaient de la mer. Grant se résigna à l'inconfortable voyage, espérant que des éléments comiques viendraient atténuer l'ennui de l'expédition. Il y avait si longtemps qu'il n'avait pas ri. Il choisit une place derrière le chauffeur, optimiste en dépit des circonstances.

Tandis qu'ils descendaient les routes étroites, ravinées par le passage des ruisseaux torrentueux au moment des crues, Grant comprit toute la portée de la réflexion sur les « hasards de la route ». La plupart du temps, il n'y aurait même pas eu assez de place pour le passage d'une voiture d'enfant.

— Comment faites-vous quand vous croisez un autre véhicule ? demanda Grant au chauffeur.

— Eh bien, quelquefois nous reculons, quelquefois il recule, dit-il.

Au bout de cinq miles environ, lorsqu'ils se trouvèrent face à face avec un tracteur, Grant eut l'occasion de voir ce nouveau Code de la route mis en application. L'engin était de taille moyenne mais encore assez imposant dans les circonstances présentes. La route était bordée d'un côté par le flanc de la colline et de l'autre par un petit ravin. Avec bonne humeur, le conducteur fit reculer son véhicule peu maniable et le gara sur l'accotement, sur une voie réservée. Le tracteur passa devant eux avec un halètement de contentement et le voyage se poursuivit. Au cours des trente-six miles suivants, ils ne rencontrèrent que deux autres obstacles, tous les deux des voitures. Dans le premier cas, les deux véhicules se croisèrent, chacun se poussant un peu sur le côté, la roue extérieure de la voiture de la poste débordant dans le fossé et celle de l'autre voiture passant dans une bordure de bruyère et de gros cailloux. Dans le second cas, la voiture s'avéra être une Ford. Avec l'adaptabilité inventive de cette marque, elle prit de sa propre initiative la direction de la bruyère, et, avec une parfaite insouciance, fila en cahotant devant la voiture de la poste arrêtée. Les conducteurs échangèrent des saluts inintelligibles. Cette démonstration de la nature « amphibie » du véhicule sembla n'étonner personne, et bien que la voiture fût à présent pleine à craquer, personne ne proféra la moindre remarque. C'était de toute évidence la routine.

Grant se demanda comment faisaient les gens qui, sur le trajet, n'avaient aucun autre moyen de locomotion alors que le véhicule était plein à craquer. La même appréhension avait frappé une petite vieille qui attendait près d'un cottage au bord de la route. La voiture de la poste ralentit et le conducteur descendit pour aider la vieille femme. Celle-ci regarda avec effarement les bancs surchargés.

— Comment allons-nous pouvoir nous installer, Andy ? demanda-t-elle.

— Du calme, dit gentiment Andy. Nous n'avons encore jamais laissé personne en rade.

Grant apprit que « du calme » n'était pas un reproche dans ce pays, et n'avait rien à voir avec le sens qu'on lui donne en anglais. C'était une expression à demi teintée d'humour qu'on utilisait pour remettre l'interlocuteur à sa place, ou traduire une sincère admiration mêlée d'incrédulité. On fit de la place et personne ne parut en souffrir, sauf peut-être les poules dans leur cage, à l'arrière, qu'on avait légèrement poussées de côté. Mais elles étaient toujours bruyamment vivantes quand leur heureux propriétaire, qui attendait à l'orée d'un chemin qui semblait ne conduire nulle part, s'en empara et les emporta sur une brouette.

À plusieurs miles avant d'arriver à Garnie, Grant reconnut l'odeur de la mer, la forte senteur des algues sur une grève découpée. C'était étrange de sentir si brusquement l'air marin dans un contexte qui n'avait aucun rapport avec la mer. Et il était encore plus étrange de tomber soudain sur elle tel un étang vert parmi les collines. Seule la brune poussée des algues contre les rochers prouvait qu'il s'agissait bien de l'océan et non d'un lac au milieu de la lande. Mais comme ils faisaient une entrée triomphale dans Garnie – le passage du courrier étant l'événement le plus sensationnel de la journée –, la longue côte sableuse s'étendait nue à la lumière du soir, et la mer violette déposait une mousse légère sur cette bande d'argent placide. L'auto laissa Grant à la porte de son hôtel, mais bien qu'il eût très faim, il resta sur le seuil, contemplant le déclin du jour derrière les contours plats des îles mauves, au couchant. L'air, rempli des sons clairs et lointains du soir, sentait la fumée de tourbe et l'iode. Les lumières du village commençaient à s'allumer çà et là, claires comme des asphodèles. La mer prenait des tons lavande, et les sables n'étaient plus qu'un miroitement pâle dans le crépuscule.

Et c'était ici que Grant comptait arrêter l'homme qui avait commis un meurtre devant un théâtre à Londres !

11

CARNINNISH

L'inspecteur n'avait obtenu d'Andy que fort peu de renseignements, non parce que le chauffeur ne savait rien – après tout, il était censé avoir conduit Lamont pendant trente-six miles à travers les collines, deux jours auparavant – mais, chose extraordinaire, parce que la curiosité d'Andy à l'égard de Grant était tout aussi manifeste que celle de Grant au sujet de Lamont ; à chaque question de Grant, il se contentait de répondre d'un signe de tête ou d'un monosyllabe pour aussitôt lui demander à son tour quelque chose. Grant avait dû renoncer à en apprendre davantage. Après le petit déjeuner, il interrogea sous le porche le propriétaire de l'hôtel de Garnie ; mais le brave homme ne savait rien. Contrairement à Andy qui s'intéressait à tout ce qui se passait à Carninnish, le propriétaire de l'auberge ne se préoccupait que de son village et de ce qui touchait son établissement.

— Vous êtes venu pour pêcher, monsieur ? demanda-t-il.

— Oui, répondit Grant. J'en avais l'intention. Est-ce possible ?

— Certainement, dit l'homme. La Finley n'est qu'à quatre miles derrière la montagne, là-bas. Vous connaissez peut-être le pays ?

Grant jugea plus prudent d'avouer qu'il n'y était jamais venu.

— Eh bien, il y a un petit village de l'autre côté, sur le Loch Finley, mais vous serez mieux ici. L'hôtel est minable, et l'on n'y mange que du mouton.

Grant fit observer qu'il y avait pire.

— Oui, vous croyez cela le premier jour, et peut-être le deuxième, mais, au bout d'une semaine, vous ne pouvez plus supporter la vue d'un mouton sur la montagne. Nous pouvons vous faire conduire tous les jours sur la Finley, avec la Ford, si vous ne voulez pas marcher. Vous avez un permis, je suppose ?

Grant croyait que l'hôtel disposait d'un droit de pêche sur une partie de la rivière.

Non, elle appartenait au propriétaire de Carninnish House.

— Il travaille comme agent de change à Glasgow. Il est ici en ce moment, du moins, il y était il y a huit jours.

— Eh bien, si vous pouvez mettre la Ford à ma disposition tout de suite, je vais aller le voir.

La pêche était le seul prétexte qui lui permettrait de parcourir le pays sans se faire remarquer.

— Comment dites-vous qu'il s'appelle ? s'enquit Grant, prenant place dans une Ford délabrée, à côté d'un chauffeur hirsute.

— Mr Drysdale, précisa le propriétaire. Il n'est pas très généreux avec sa rivière, mais peut-être pourrez-vous vous arranger tout de même.

Ainsi fraîchement encouragé, Grant partit, pour faire une promenade glaciale dans les montagnes, vers la vallée de la Finley.

— Où est le château ? demanda-t-il en chemin à son conducteur, qui s'appelait Roddy.

— À Carninnish.

— Dans le village même ?

Grant n'avait pas l'intention de faire si tôt une apparition en public.

— Non, de l'autre côté de la rivière.

— Est-ce que nous traverserons le village ?

— Non, nous trouverons le pont avant d'arriver aux maisons.

Lorsqu'ils furent sur le bord du versant, toute la vallée se déploya comme une carte devant les yeux émerveillés de Grant, à quelques centaines de pieds au-dessous de lui. Il n'y avait pas de champs, aucune végétation, sinon sur le bord de la rivière qui courait comme un fil d'argent, à travers des bouleaux clairsemés, jusqu'au lointain estuaire. Dans ce paysage brun, l'intensité du bleu de la mer apportait un air presque exotique – des terres féeriques abandonnées par vengeance, pensait Grant. Tandis qu'ils descendaient vers la mer, il remarqua deux églises et saisit aussitôt l'occasion de se renseigner.

— Vous en avez des églises pour un village de cette importance !

— En effet, acquiesça Roddy. Celle-ci est l'*United Free Church*, celle du pasteur Logan. (Il indiqua du doigt vers la droite, au-dessus de la route, une église nue et un presbytère carré et massif, abrité par un bouquet d'arbres, au bord de la rivière.) L'autre se trouve au bout du village, près de la mer.

Grant, fort intéressé, regarda du coin de l'œil la maison d'aspect confortable qui hébergeait sa proie.

— Une belle demeure, admira-t-il. Est-ce que le pasteur prend des pensionnaires ?

Roddy ne le croyait pas. Il louait la maison pour un mois en été. Le pasteur était célibataire, mais sa sœur, Mrs Dinmont, qui était veuve, tenait son ménage. Sa nièce, la fille de Mrs Dinmont, infirmière à Londres, était justement là, en vacances.

Il ne fut pas question d'autres hôtes, et Grant ne pouvait continuer sur le même sujet sans donner l'éveil à l'Écossais, toujours curieux.

— Y a-t-il beaucoup de monde à l'hôtel ?

— Trois clients, dit Roddy.

En bon concurrent, il savait tout sur l'auberge de Carninnish et ses trois pensionnaires, trois messieurs, dont il connaissait l'histoire et les préférences sur le bout du doigt. Grant, d'après les précisions qu'il lui fournit, en déduisit que Lamont n'en faisait pas partie.

Carninnish House se trouvait sur la rive opposée du cours d'eau, par rapport au village, tout près de la mer ; la grand-route, se dirigeant vers le nord, passait juste derrière la maison.

— Attendez-moi, dit Grant, tandis que Roddy s'arrêtait devant la porte.

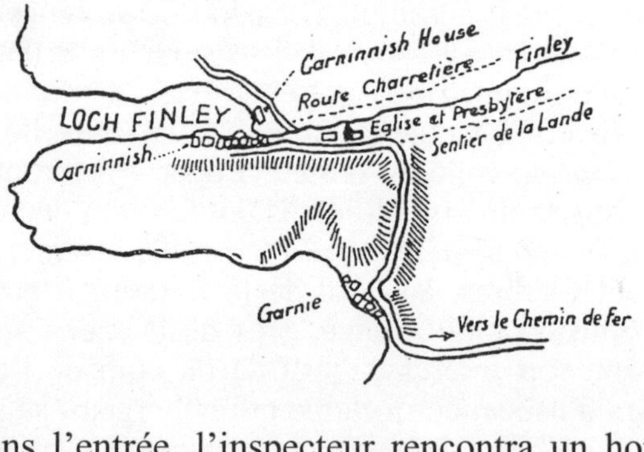

Dans l'entrée, l'inspecteur rencontra un homme maigre, à l'aspect rébarbatif, vêtu de tweed. « L'agent de change donne une réception », pensa Grant.

Il l'avait imaginé rond et rose, avec des jambes de pantalon trop serrées. Ce fut par conséquent un choc quand l'individu s'avança et lui demanda :

— Vous désirez ?

— Je voudrais voir Mr Drysdale.

— Entrez, dit l'homme.

Il l'introduisit dans une pièce encombrée de cannes à pêche. Grant avait eu l'intention d'employer sans vergogne des arguments sentimentaux pour obtenir l'autorisation qu'il convoitait, mais il changea aussitôt de tactique.

Il tendit sa carte professionnelle à l'agent de change et s'amusa de sa surprise. C'était un hommage à la perfection du déguisement que constituaient ses vieux vêtements de pêche.

— Alors, inspecteur, que puis-je faire pour vous ?

— J'aimerais pouvoir pêcher un peu dans la Finley. Deux jours, tout au plus, je pense. Je crois que l'homme que je recherche se trouve dans le voisinage, et la pêche, seule, me permettra de circuler sans attirer l'attention. Je pensais que l'hôtel de Garnie délivrait ce genre de permis, mais il paraît qu'il n'en est rien. Je ne prendrai rien du tout, ne vous inquiétez pas, et comme je m'y connais un peu, je ne ferai pas peur aux poissons.

À sa grande surprise, un sourire éclaira le visage sévère de Mr Drysdale.

— Mais c'est un événement unique que votre présence ici ! C'est tout bonnement incroyable. Un criminel dans Carninnish, et un inspecteur du CID à sa recherche ! Les ivrognes et les incapables sont les plus grands criminels que ce pays ait connus depuis le Déluge !

— Peut-être mon homme y a-t-il justement songé ! répliqua sèchement l'inspecteur. De toute façon, je vous promets de ne pas vous ennuyer longtemps, si vous voulez bien m'accorder ce permis.

— Certainement, vous pourrez pêcher partout où il vous plaira. Je m'apprêtais à remonter la rivière ; voulez-vous m'accompagner ? Je vous montrerai les meilleurs endroits. Autant que vous ayez une bonne journée de pêche, si vous êtes venu pour cela. Renvoyez votre conducteur à Garnie (Roddy plaisantait avec la bonne dans un gaélique haut perché, devant la fenêtre ouverte, tout à fait indifférent à la probable proximité des « messieurs ») et dites-lui qu'il n'a pas besoin de revenir. Je vous ferai reconduire dans la soirée, à l'heure qui vous conviendra.

Charmé de l'amabilité inattendue de son hôte, Grant renvoya Roddy, qui reçut son *congé** avec un respect solennel mais déversa un torrent de mots inintelligibles à l'adresse de la jeune femme. On aurait dit une poule paniquée qui saute une clôture pour se mettre à l'abri. Quand les caquètements se furent dissipés, Drysdale rassembla en silence son matériel de pêche. Grant lui fut reconnaissant de sa discrétion. Puis il l'interrogea sur la Finley, et bientôt ils parlèrent pêche avec enthousiasme.

Ils remontèrent la rive droite de la rivière, opposée au village et à l'église. Drysdale lui signalait les mares et leurs particularités. Le cours d'eau, étroit, couleur fauve, parsemé de cailloux, n'avait pas plus de six miles de long. Il descendait la colline en une course impétueuse interrompue par des mares immobiles, pour rejoindre la mer à Carninnish.

— Je suppose que vous préférez rester près du village, déclara Drysdale qui proposa à Grant de s'installer dans la partie inférieure de la rivière, tandis que lui-même remonterait vers la source, dans la montagne, où il passerait sans doute la journée.

Grant accepta avec reconnaissance. Lorsqu'ils passèrent en face du presbytère, Grant demanda :

— C'est la maison du pasteur ? Le clergé écossais semble être fort à l'aise ?

— Il l'est, reconnut Drysdale avec une certaine emphase, sans poursuivre le sujet.

Grant demanda si le pasteur recevait des pensionnaires. Selon Drysdale ce n'était pas le cas. Il prit congé de Grant avec la brusquerie des timides et s'éloigna, lui laissant l'assurance réconfortante qu'il aurait un allié de poids, si le besoin s'en faisait sentir.

Grant décida qu'il commencerait à pêcher à quelque deux cents mètres au-dessus du presbytère, et qu'il descendrait lentement, surveillant le terrain et les allées et venues autour de la maison. Sur la rive où il se trouvait, il y avait un chemin vicinal qui était presque une route, mais en face on n'apercevait qu'un sentier de chèvres tracé par le pas des pêcheurs, de sorte que, pour remonter le fil de l'eau, on devait passer de son côté. Le presbytère était entouré d'un mur de pierre et donnait sur la grand-route par sa face opposée, de l'autre côté de la rivière. À l'intérieur des murs, une rangée de sapins cachait un peu la maison. Seuls quelques pans de mur blancs, et ses huit cheminées révélaient sa présence. Derrière, le mur du jardin descendait jusqu'à la rivière, à laquelle on accédait par une petite porte de fer du modèle strictement utilitaire populaire dans les Highlands. Bien que la maison cachât à Grant une partie de la grand-route, il pouvait la voir sans interruption de chaque côté. Impossible d'entrer ou de sortir sans qu'il s'en aperçût. Et il pouvait rester où il était toute la journée sans être questionné ni remarqué. C'était une situation idéale. Grant lança sa ligne en cinglant l'air, sur l'eau sombre et luisante, avec un sentiment de parfait contentement. Il y avait cependant trop de soleil pour que le poisson mordît, et la pêche ne s'annonçait pas bonne. Mais une prise plus importante était à sa portée. Personne n'avait dit à Grant qu'un étranger était descendu au presbytère, pourtant il sentait que son homme était là.

Il commença à pêcher vers 11 heures et, pendant une heure au moins, aucun être humain ne vint interrompre le calme absolu du matin. Les deux cheminées du presbytère continuaient à fumer paresseusement dans l'air lumineux. À ses pieds, la rivière gazouillait son éternelle berceuse, et l'eau courait sous ses yeux avec une rapidité hypnotisante. À sa droite, au-delà du pont, les maisons blanchies à la chaux se dressaient près du rivage, se détachant sur la pente légère de la lande, tranquilles et ensoleillées comme un décor de théâtre. Grant avait l'impression que tout cela n'était qu'un tableau semblable à l'illustration grâce à laquelle il avait commencé à apprendre le français dans sa jeunesse, et qu'il fallait qu'il se tînt simplement là, près de la rivière, afin que la scène fût complète. Il n'était pas Grant, du CID, il était le *pêcheur** qu'on montrait du bout d'une baguette en bois pendant une leçon d'écolier. Un facteur, venant du village, appuyant lourdement sur les pédales de sa bicyclette, rompit le charme. C'était toujours un tableau mais il n'en faisait plus partie. Dans ce décor pour marionnettes, il était le géant qui allait tout renverser. Tandis qu'il remuait ces pensées, la porte de fer dans le mur bas du presbytère s'ouvrit, et une jeune fille sortit, suivie par un homme. Ils refermèrent derrière eux avec difficulté, en riant, puis empruntèrent le sentier qui conduisait au pont. Grant n'avait pas bougé de sa place, et aucun des deux jeunes gens ne l'avait remarqué. L'homme, vêtu d'un pantalon de flanelle et d'un vieux trench-coat, était coiffé d'une casquette et, maigreur mise à part, il semblait totalement différent de l'individu qui s'était jeté au milieu des voitures dans le Strand. Grant fut légèrement surpris. Il avait tenu pour acquis que l'homme ferait tache dans le paysage ; l'employé d'un bookmaker ne pouvait pas être propulsé subitement dans les Highlands de l'Ouest et passer pour un *habitué**. Mais ce n'était peut-être pas Lamont. Il espérait que les promeneurs se dirigeraient vers le pont, sur la même rive que lui, et non vers le village. S'ils s'étaient embarqués pour le village, ils seraient sortis par-devant et auraient pris la grand-route. Il les observa, immobile, jusqu'à ce qu'il vît la jeune fille tourner en direction du pont. Il y avait encore une chance cependant pour qu'ils allassent droit vers la grand-route qui passait près de Carninnish House. Grant poussa un soupir de soulagement lorsqu'il vit le couple se diriger du côté de la rivière : ils passeraient à quelques mètres seulement derrière lui. Avec application, il lança sa ligne brillante en visant la rive opposée. Il ne devait plus regarder de leur côté ; dans un instant, ils le verraient. Il était heureux d'avoir un vieux chapeau rabattu sur le visage et des vêtements déformés. Ses bottes mêmes n'auraient pas attiré l'attention des plus suspicieux promeneurs. Il ne jouait pas un rôle. Il n'y avait pas plus authentique que lui et il en était heureux. Aucune trace d'amateurisme qui risquerait d'attirer l'œil expérimenté de miss Dinmont – ce devait être miss Dinmont. Aucune touche « citadine » dans ses vêtements pour appeler des commentaires et susciter l'intérêt immédiat de la compagne du promeneur.

Tout à coup, par-dessus le bruit de l'eau, il put entendre leurs voix ; ils riaient encore, avec animation, et semblaient fort bons amis. Grant ne regarda pas derrière lui lorsqu'ils passèrent. Pas plus qu'il ne se retourna dès qu'ils furent passés. Il ne voulait pas prendre le risque d'être reconnu par l'homme. Mais il les observa tandis qu'ils remontaient le cours d'eau. Était-ce Lamont ? Il essaya de se rappeler la démarche du jeune homme : à moins de boiter, il est presque impossible de déguiser son pas avec succès. Brusquement, l'homme se retourna ; Grant était trop loin pour distinguer ses traits, mais ce mouvement lui apprit tout ce qu'il voulait savoir. Il avait reconnu l'homme de Bedford Street. Il n'y avait aucun doute : c'était bien Lamont. La joie envahit Grant. Lamont se doutait-il de quelque chose ? Il ne le pensait pas : comment aurait-il pu ? C'était sa mauvaise conscience qui l'avait fait se retourner. Si Lamont interrogeait miss Dinmont au sujet du pêcheur, il apprendrait que la pêche était réservée au seul propriétaire de Carninnish House et il serait rassuré.

Et maintenant, que faire ? Attendre son retour et l'arrêter ? Il avait le mandat dans sa poche. Mais il voulut soudain avoir la certitude absolue que Lamont était bien l'assassin de Sorrell. On savait qu'il s'était disputé avec son ami, avant le crime. Mais ce n'était pas une preuve. Le lien qui le rattachait à l'arme manquait. Avant de risquer une arrestation, Grant voulait savoir si la main gauche du jeune homme portait une trace de l'écorchure faite par le poignard. S'il n'y avait aucune cicatrice récente, l'affaire ne tenait plus debout. Il ne devait pas y avoir de faille dans le témoignage qui serait présenté aux jurés, et tant que c'était une possibilité, Grant n'avait pas l'intention d'arrêter qui que ce soit. Il devait se faire inviter au presbytère ; ce ne devrait pas être difficile. Si toutes ses tentatives pour y arriver échouaient, il lui resterait toujours la ressource de se jeter dans la rivière et d'appeler à l'aide.

Il mangeait les sandwiches que lui avait fournis l'hôtel de Garnie sur un rocher à demi immergé, lorsque le couple revint. D'un pas balancé, les jeunes gens redescendirent vers le pont et se rendirent au village, puis ils reparurent, revenant au presbytère par la grand-route. C'était l'heure du déjeuner. Ils allaient être occupés pendant un bon moment, sous la surveillance immédiate de Grant.

Il enveloppait soigneusement les sandwiches qui lui restaient au cas où il aurait faim plus tard, lorsque l'unique policier du village apparut descendant la rivière, poussant à la main sa bicyclette au pneu crevé. Il ralentit quand il aperçut Grant, puis s'immobilisa lorsque ce dernier leva la tête.

— Avez-vous fait bonne pêche, monsieur ? lui demanda-t-il.

Un seul coup d'œil sur son visage rose et sans expression suffit à Grant pour se réjouir d'avoir fait la connaissance de Drysdale. Ses yeux bleu pâle étaient bordés, comme ceux d'une poupée, de fins cils noirs, et une esquisse de moustache dessinait une ligne de soie noire sur la lèvre supérieure. Avec son corps gras et mou, le constable n'était pas taillé pour agir rapidement, ni pour se dissimuler avec facilité. Son cerveau lent ne serait d'aucune utilité dans une situation critique.

Grant reconnut que le poisson n'avait pas mordu, mais il ajouta qu'il s'y attendait, étant donné le soleil de cette radieuse matinée.

— Oui, c'est ainsi, dit l'homme ; mais cela ne durera pas. Ici, il n'y a jamais une journée sans un peu de pluie. Vous prendrez un poisson avant la nuit.

Grant reconnut à cette réflexion comme l'habituel désir du Highlander de dire à son interlocuteur ce qu'il aimerait entendre.

— Vous ne semblez pas avoir eu beaucoup de chance vous-même, reprit-il, montrant la roue.

— Non, certes. Ces routes-là sont la mort des pneus. J'ai une indemnité pour eux, vous savez, mais j'en connais un autre qui n'est pas aussi chanceux. Mr Logan, le pasteur (il secoua la tête en direction du presbytère), me disait justement l'autre jour que les pasteurs devraient avoir une prime de pneus, comme les policemen. Il en a crevé trois dans la semaine. De quoi faire perdre patience, même à un pasteur.

— Y a-t-il beaucoup de voitures dans Carninnish ?

— Mr Drysdale en a deux, comme vous le savez sans doute, Mr Logan en a une, et c'est tout. L'autre pasteur a un side-car.

Mais lorsqu'on voulait louer une auto, comment faisait-on ?

L'hôtel disposait d'une Ford pour les touristes. Le propriétaire vous la louait, lorsqu'il n'en avait pas besoin lui-même. Pour un constable, une Ford n'appartenait évidemment pas à la catégorie des « voitures ».

Puis il ajouta :

— Voilà Mr Logan qui va voir les nouveaux jumeaux nouveau-nés à Arkless.

Une silhouette massive s'avançait sur la grand-route, du côté de Garnie, puis remontait la rivière d'un pas rapide.

— Je pensais que cette route menait seulement de l'autre côté de la colline, à Garnie, fit Grant.

— Oh oui, la grand-route. Mais là où la grand-route commence à grimper la colline, il y a un chemin qui longe la rivière jusqu'aux fermettes que vous pouvez voir. C'est là que se rend en ce moment même Mr Logan. Et c'est pourquoi il y va à pied. Il n'aime pas beaucoup marcher.

Le constable resta longtemps à regarder Grant pêcher, manifestement heureux de trouver quelque chose d'intéressant à voir dans un endroit généralement désert. L'inspecteur, de son côté, réfléchissait à ce qu'il ferait si la voiture de Logan apparaissait soudain sur la grand-route, après le presbytère, en direction de Garnie et du sud. Comment être sûr que Lamont s'y trouvait ? Il était trop loin pour pouvoir identifier qui que ce soit. Et il devrait s'assurer de ce point avant de tenter quelque chose. Il lui faudrait choisir entre se précipiter sur le téléphone ou se lancer à sa poursuite. Il supposa qu'il prendrait la Ford de l'hôtel. À moins que Drysdale ne lui loue sa voiture ? Mais l'après-midi s'avançait et la lumière prenait cet éclat blanc, dur et désagréable qu'elle a vers 16 heures ; le constable poussa sa bicyclette jusqu'au village afin de se procurer le matériel de réparation qu'il avait manifestement oublié, et personne n'était sorti de la maison. À 5 heures, Grant finit ses sandwiches tout en réfléchissant aux procédés à employer pour être invité chez le pasteur. La perspective de se jeter dans la rivière, même pour quelques instants, lui paraissait de moins en moins attirante tandis que la soirée s'avançait. Un pas pesant interrompit ses pensées et vint résoudre miraculeusement l'embarrassant problème. Il se retourna et aperçut Mr Logan derrière lui.

Le pasteur le salua avec cordialité, sa bonne figure rougeaude au nez recourbé exprimant une grande bienveillance.

— Avez-vous fait bonne pêche ?

— Non, répondit Grant.

Il n'avait rien pris de toute la journée. On se moquerait de lui, lorsqu'il retournerait à Garnie.

— Oh, vous n'êtes pas descendu à Carninnish House ?

Non, répondit Grant ; il logeait à l'hôtel de Garnie mais Mr Drysdale lui avait très gentiment donné la permission de pêcher dans la Finley pour un jour ou deux.

— Est-ce qu'on doit venir vous chercher ?

— Non, dit Grant.

Il retournerait à pied lorsqu'il serait fatigué de pêcher ; il n'y avait que quatre miles environ et de surcroît, s'il attrapait du poisson, il le laisserait à Mr Drysdale, naturellement.

— On prend froid et on se décourage, quand ça ne mord pas, dit le pasteur. Voulez-vous venir prendre une tasse de thé bien chaud chez moi ? Je m'appelle Logan. Le thé est servi entre 5 heures et demie et 6 heures ; il doit être prêt maintenant.

Grant le remercia, s'efforçant de dissimuler sa satisfaction. La chance était de son côté. Une fois à l'intérieur du presbytère, ce serait à lui de donner le ton. Il dut se dominer pour ne pas ramasser toutes ses affaires d'un bond, saisir le pasteur par le bras et courir jusqu'à sa demeure. En fait, il rangea ses affaires avec un soin extrême, adopta le pas du pasteur, qui s'était considérablement ralenti depuis le début de l'après-midi, descendit le sentier, traversa le pont et gagna avec lui le presbytère par la grand-route. Grant se sentait tout joyeux, et un sourire de plaisir lui échappa. Il y avait dix jours, maintenant, que Barker lui avait confié cette affaire et remis, un mouchoir, un revolver et un poignard taché de sang. Et dans quelques instants, bien qu'à l'autre bout du royaume, il allait se trouver face à face avec l'homme qu'il cherchait.

Ils se débarrassèrent de leurs vestes et de leurs chapeaux dans l'entrée, et Grant put entendre, à travers la porte fermée, des bruits de tasses et des bavardages.

Alors, Mr Logan ouvrit la porte et le précéda dans la salle à manger.

12

LA CAPTURE

Trois personnes prenaient le thé autour de la table : une femme d'un certain âge qui ressemblait un peu à Mrs Everett, une jeune fille rousse au teint pâle et Lamont. Grant, dissimulé derrière la masse imposante du pasteur, eut le temps de les voir tous, avant que Mr Logan, s'effaçant, lui fît place ; il s'aperçut, avec un plaisir intense, que Lamont le reconnaissait. Pendant une seconde, les yeux du jeune homme se dilatèrent en le voyant, puis le sang lui afflua au visage et s'en retira brusquement, le laissant d'une pâleur mortelle. L'inspecteur pensa combien Danny Miller aurait ricané devant une telle démonstration de frayeur, lui qui était capable de tuer un homme et de l'oublier à l'instant suivant. Lamont était certainement un amateur dans la carrière criminelle ; les circonstances, probablement plus que la préméditation, avaient fait de lui un assassin.

— Je vous ai amené un visiteur, annonça le pasteur. Mr Grant. Je l'ai trouvé qui pêchait sans rien attraper, aussi l'ai-je invité à venir prendre une tasse de thé bien chaud. Ma sœur, Mrs Dinmont, ma nièce, miss Dinmont, et un de nos amis, Mr Lowe. Maintenant, voulez-vous vous asseoir ?

On offrit une place à Grant, à côté de miss Dinmont, en face de Lamont. Celui-ci s'était incliné lorsque le pasteur l'avait présenté, et il ne semblait pas, jusqu'à présent, devoir se livrer à un coup de tête désespéré, soit qu'il fût paralysé par la crainte, soit qu'il se résignât d'avance à prendre les choses avec calme. En s'asseyant, Grant remarqua un détail qui le fit tressaillir : la tasse de Lamont était posée sur le mauvais côté de son assiette, l'homme était gaucher.

— Je suis heureux que vous ayez commencé sans moi, Agnes, dit le pasteur d'un ton qui signifiait clairement : « Je trouve que vous auriez pu m'attendre ! » Il faisait une si belle soirée que je suis passé par le pont tournant, et que je suis revenu par l'autre rive.

— Eh bien, j'en suis ravie, rétorqua sa nièce, parce que vous avez ramené Mr Grant, qui va nous départager ; maintenant, nous allons pouvoir voter. Nous discutions la question de savoir s'il vaut mieux provenir d'un mélange de races, de différentes souches de race blanche, plutôt que d'un sang unique. Ma mère, bien entendu, prétend qu'une origine unique est préférable, mais c'est parce qu'elle est depuis une éternité des Highlands ! Les Logan sont des Maclennan, vous savez, et il n'y a jamais eu un Maclennan qui n'ait possédé son propre bateau. Pour moi, la famille de mon père était de la frontière, ma grand-mère était italienne, aussi sommes-nous résolument de l'opinion adverse. Mon oncle Robert sera certainement du parti de ma mère, puisqu'il est highlandais pur sang et qu'il a à un degré tout aussi pur tout l'entêtement et l'orgueil infect de sa race ! Donnez-nous votre appui, Mr Grant ! Dites-nous que vos ancêtres sont aussi mélangés que les couleurs d'un tartan.

L'inspecteur affirma que, à son avis, les mélanges de sang produisaient des dons très variés chez un même sujet, tendaient à le doter de plus d'intelligence, de plus d'aptitudes, et par conséquent d'idées plus larges et de goûts universels. Dans l'ensemble, il partageait le point de vue de miss Dinmont et de Mr… euh, euh… Lowe.

Grant fut surpris de la véhémence et de la chaleur que le pasteur mit à le contredire. Ses origines étaient pour lui chose sacrée, et il les compara en détail – et à leur plus grand détriment – à tous les autres pays de l'Europe occidentale. Grant apprit par la suite que Mr Logan n'avait jamais quitté l'Écosse de sa vie, ce qui l'amusa fort. Ces Lowlanders qu'il méprisait tant, il les avait rencontrés seulement pendant ses études de théologie quelque trente ans plus tôt, et il n'avait jamais vu d'étranger de sa vie. Frustré dans son effort – noblement secondé par miss Dinmont – pour entretenir une conversation légère, Grant joua le rôle du chœur grec pour Logan et laissa ses pensées se focaliser sur Lamont.

Ce dernier semblait plus à l'aise. Il soutenait carrément le regard de Grant et, l'hostilité de son expression mise à part, son aspect physique ne présentait aucun trait remarquable. Il n'essaya pas de dissimuler la petite écorchure de son pouce, bien qu'il dût savoir qu'elle constituait, ainsi que sa tasse, une preuve irréfutable. Il avait évidemment admis que la partie était perdue. Serait-il aussi calme, lorsque le moment critique serait venu ? Grant était heureux d'entrevoir une lueur d'opposition dans ses yeux. C'était un sale boulot que d'arrêter un poltron. Un officier de police aimait mieux se faire donner un coup de pied en traître sur le tibia que d'être supplié à genoux. Visiblement, ce ne serait pas le cas cette fois-ci !

Les progrès qu'il semblait avoir faits dans l'amitié de miss Dinmont pendant trois jours rendirent Grant encore plus méfiant, alors que le sourire de Lamont répondait à celui de la jeune fille, et que son regard cherchait le sien. Miss Dinmont semblait être capable de veiller sur elle-même – elle avait toute la finesse et la compétence des rousses –, mais cela n'excusait pas le manque de tact de Lamont. N'aurait-il travaillé qu'à s'assurer une alliée ? Un homme poursuivi pour assassinat n'a généralement pas le cœur à faire la cour… surtout si c'est un criminel amateur. Il y avait là un acte d'opportunisme flagrant et cruel. Mais Lamont n'aurait pas l'occasion de faire appel à son alliée ! Grant y veillerait. En attendant, le jeune homme prenait part à la conversation, et rendait justice à la truite frite, *pièce de résistance** du thé de 5 heures et demie chez le pasteur. Grant se demanda par quel effort de volonté il réussissait à avaler chaque bouchée. Avait-il peur, ou bien était-il endurci au point de ne plus éprouver d'appréhension ? Son impudent : « N'est-ce pas votre avis, Mr Grant ? » était-il un coup de bluff ou une réflexion spontanée ? Ses mains ne tremblaient pas – cette main gauche brune et effilée qui avait mis un terme à la vie de son ami – et il participait activement à la conversation. Pour les autres convives, il n'y avait pas de différence sensible entre l'homme du thé et celui du déjeuner. Lamont jouait bien son rôle.

Lorsqu'ils commencèrent à fumer, Grant offrit une cigarette à miss Dinmont, mais elle haussa les sourcils dans une feinte indignation.

— Cher monsieur, s'exclama-t-elle, vous êtes chez un pasteur des Highlands ! Si vous voulez que nous sortions, et que nous nous asseyions sur une pierre, près de la rivière, je fumerai, mais pas sous ce toit.

Le « sous ce toit » était évidemment une citation, mais son oncle feignit de ne pas entendre.

— Rien ne me plairait davantage, répondit Grant, mais il est tard, et comme je dois retourner à Garnie à pied, je ferais mieux de partir. Je vous remercie de cette charmante fin de journée. Peut-être Mr Lowe voudra-t-il faire une partie du chemin avec moi ? Il fait si beau !

— Certainement, accepta ce dernier, et il le précéda dans le vestibule.

Grant abrégea les adieux à son hôtesse, de crainte que Lamont ne disparût, mais il le trouva qui enfilait tranquillement son trench-coat. Miss Dinmont sortit rejoindre son oncle, qui les accompagna jusqu'à la porte, et Grant, brusquement, eut peur qu'elle ne leur offrît de faire route avec eux. Peut-être la manière résolue avec laquelle Lamont lui tournait le dos l'intimidait-elle un peu. Il aurait été si naturel qu'il lui dise : « Venez donc avec nous ! » Mais Lamont se tint coi. Il garda le dos tourné bien qu'il sût qu'elle se trouvait là. Cela ne pouvait signifier qu'une seule chose : il ne désirait pas qu'elle vînt, et la suggestion qu'elle était prête à faire mourut sur ses lèvres. Grant respira : il ne voulait pas de scène avec une femme en larmes.

À la porte, les deux hommes se retournèrent pour prendre congé du pasteur et de sa nièce, et Grant vit le salut de Lamont ; le jeune homme ne fit que se découvrir et remettre sa casquette, mais Grant n'aurait pas cru qu'un geste aussi simple pût exprimer des regrets avec une telle éloquence.

Ils gravirent en silence le chemin, jusqu'à ce qu'ils parviennent au croisement de la grand-route et du sentier qui menait aux petites fermes. Grant s'arrêta :

— Je suppose que vous savez pourquoi je suis là ?

— Que voulez-vous dire exactement ? demanda Lamont en le regardant avec calme.

— Je suis l'inspecteur Grant, de Scotland Yard, et j'ai un mandat d'arrêt contre vous pour l'assassinat d'Albert Sorrell, dans la queue du Woffington, le soir du 13. Je dois vous prévenir que tout ce que vous direz pourra être utilisé contre vous. Je veux voir si vous n'êtes pas armé. Voulez-vous retirer vos mains de vos poches ?

— Vous vous trompez, inspecteur, dit l'homme. J'ai dit que je ferais une partie de la route avec vous, mais je ne vous ai pas dit jusqu'où j'irais : c'est ici que je vous quitte !

Il sortit brusquement sa main gauche de sa poche, et Grant, s'attendant à le voir tenir un revolver, lui donna un coup de poing au moment où il relevait le bras en fermant instinctivement les yeux ; mais il eut le temps de voir la poivrière bleue de la table à thé du pasteur. Impuissant, à demi aveuglé, toussant et éternuant, il entendit l'homme s'éloigner à toute vitesse sur le sentier de la lande. Il tenta désespérément de se maîtriser, afin de pouvoir entendre dans quelle direction Lamont s'éloignait. Mais il lui fallut deux minutes avant d'y voir assez clair pour se lancer à sa poursuite. Le souvenir de leur course dans le Strand lui revint, et il décida de prendre son temps. Aucun homme, si léger fût-il, ne peut courir plus d'un certain temps. Et, à en juger par la direction qu'il avait choisie, Lamont, une fois son seuil d'endurance atteint, se trouverait dans un coin qui ne lui offrirait que peu de ressources pour s'échapper. Par conséquent, il répéterait probablement sa tactique du Strand : il se cacherait jusqu'à ce que les ténèbres lui permissent de se déplacer avec sécurité, puis il se préoccuperait de trouver un moyen de fuite.

Grant se mit à la recherche d'un terrain élevé, afin de dominer les environs. À quelques mètres plus loin, un petit ruisseau descendait le versant de la colline. Sa vallée ne serait pas assez profonde pour dissimuler Grant, s'il restait debout, mais, en se courbant, il pourrait gravir la montagne sans être aperçu de la lande. Il examina les alentours aussi attentivement que le lui permettaient ses yeux encore douloureux, puis il prit par la petite ravine, s'arrêtant chaque fois qu'il avait parcouru quelques mètres pour s'assurer qu'il se trouvait toujours à couvert. Il dépassa des bouleaux rabougris, traversa ensuite un petit plateau clairsemé d'arbres plus robustes. Les bouleaux ne constituaient pas un abri idéal, mais le plateau offrait une large perspective aussi Grant décida-t-il de s'y aventurer. Il rampa jusqu'aux épaisses touffes de bruyères qui bordaient une cassure à pic de plusieurs pieds dans le flanc de la colline. De là, il dominait toute l'étendue de la vallée, à l'exception d'une bande de terrain à sa droite, cachée par un petit bois de pins rectangulaire typique de la région.

Cette vue le rassura. Les arbres ne pouvaient servir Lamont comme l'avait fait la porte du côté opposé de Bedford Street. Il ne doutait pas que le meurtrier n'y fût maintenant tapi en attendant de voir apparaître Grant, quelque part sur la route. Ce qui l'intriguait, c'était ce que Lamont envisageait pour remplacer les bus et les taxis. Les ténèbres aideraient le fugitif, mais, en dehors de cela, que pouvait-il espérer ? Il devait bien savoir que s'il attendait jusqu'à la nuit, Grant donnerait l'alarme. Déjà, le jour commençait à tomber ; Grant devrait-il abandonner son abri et appeler à l'aide ? Mais n'était-ce pas exactement ce que Lamont désirait ? Ne profiterait-il pas de son éloignement ? Jouerait-il le jeu de Lamont s'il abandonnait maintenant la surveillance et allait chercher des rabatteurs ? Il aurait aimé pouvoir se décider – et lire dans le jeu de Lamont. Plus il y réfléchissait, plus il était convaincu que ce dernier attendait qu'il s'éloigne pour chercher des renforts. C'était la seule chose évidente à faire. Il avait offert à Lamont une chance d'agir discrètement et celui-ci ne l'avait pas prise ; il connaissait désormais sa position. Sans aucun doute, Lamont devait s'attendre à ce que l'inspecteur ne ménage pas plus ses sentiments que ceux des autres et qu'il retourne chercher de l'aide pour le capturer. Grant demeura à son poste en surveillant les alentours.

Il demeura un long moment dans la bruyère humide et fanée, épiant à travers les feuilles la paisible vallée. À un moment, les freins d'une voiture grincèrent sur sa gauche, à l'endroit où la grand-route descendait de la colline et, un peu plus tard, il vit une voiture franchir le pont à l'entrée du village et filer comme une petite araignée noire le long de la voie sur l'arrière de Carninnish House, pour disparaître vers la côte en direction du nord. Un mouton bêla, loin dans la montagne, puis une alouette chanta, haut dans le ciel, là où le soleil brillait encore. Mais seule la rivière bougeait dans la vallée. Le lent crépuscule des pays du Nord commençait à tomber.

Et alors, quelque chose remua, près de la rivière. C'était plus net que l'éclat soudain de l'eau. Cela ne dura qu'une seconde. Mais quelque chose avait bougé. Retenant son souffle, le sang lui battant aux oreilles, Grant attendit, à plat ventre sur le gazon. Au bout de quelques minutes, il le vit distinctement cette fois. De derrière un énorme rocher de douze pieds, sur la berge, son homme était sorti, avant de disparaître à nouveau. Grant attendit patiemment. L'homme allait-il se terrer là, ou se déplacer plus loin ? Même au plus fort de son angoisse, il reconnut ce sentiment d'indulgence amusée que l'on éprouve à épier un animal sauvage occupé à ses propres affaires. Cette espèce de titillement que tout un chacun éprouve quand il espionne. Un léger mouvement en aval prouva que Lamont avait décidé d'avancer. Pour un citadin, il se débrouillait très bien. Mais Lamont était d'âge à avoir fait la guerre, il connaissait probablement tous les arcanes de l'art du camouflage. Grant n'avait rien eu le temps de voir ; il avait simplement repéré un mouvement. Il n'aurait sans doute rien aperçu la première fois non plus si Lamont avait pu passer du rocher à l'abri de la rive sans se mettre à découvert.

Il n'y avait plus le moindre signe de mouvement, et Grant se rappela que la rive gauche de la rivière était bordée d'arbres sur presque toute sa longueur. Il était temps qu'il abandonne sa place sur l'estrade et descende dans l'arène. Quel pouvait être le plan de Lamont ? S'il poursuivait dans la même direction, il serait au presbytère dans un quart d'heure. Était-ce son objectif ? Tirerait-il parti de la tendresse qu'il avait éveillée, avec tant de prévoyance, chez miss Dinmont ? Le plan était joli : si Grant avait agi comme Lamont s'y attendait, s'il était parti chercher de l'aide, le dernier endroit où l'on penserait à rechercher le fugitif serait bien le presbytère.

L'inspecteur se laissa glisser dans la petite ravine aussi rapidement qu'il le put sans dévoiler sa présence. Il regagna le sentier et hésita. Quel chemin prendre ? Entre la rivière et lui s'étendait la lande, parsemée de rochers qui n'auraient pu dissimuler que des lapins. Seul le bois de pins, là-bas, avait permis à Lamont de gagner la berge sans être vu. Pourquoi ne pas retourner à présent donner l'alerte ? Et attraper l'homme protégé par la nièce du pasteur ? se demandait le guetteur. « Et pourquoi pas ? se reprit-il avec colère ; si elle le cache, elle mérite ce qui va lui arriver. » Malgré tout, l'idée du scandale lui déplaisait. « Assure-toi qu'il est bien allé à la maison du pasteur, suis-le et arrête-le là-bas », finit par se dire Grant.

Cela semblait assez raisonnable. Tout en espérant que quelqu'un posté aussi loin que Lamont ne pourrait le voir, il traversa la petite lande, courbé en deux, pour rejoindre la rivière, qu'il voulait franchir. En suivant l'homme le long du cours d'eau et de la rive opposée qui était plus élevée que celle-ci, il était sûr de le rattraper. Il espérait que Lamont irait tranquillement se cacher au presbytère, et qu'il pourrait alors l'arrêter sans encombre. Si, par chance, il pouvait traverser le courant, il garderait un œil sur la progression de sa proie du haut de la rive opposée ; il pourrait même avancer parallèlement à lui s'il arrivait à y monter assez discrètement.

Grant regarda le torrent ; le temps pressait, et un bain importait peu maintenant. C'était une chose que de plonger d'un mouvement délibéré et réfléchi dans l'eau glacée et une autre que de se jeter à l'eau dans le feu de la bataille. Grant choisit un endroit où deux gros rochers divisaient la rivière en trois parties. S'il arrivait à négocier le premier, il pourrait prendre appui sur le deuxième et, d'un bond, gagner le bord. Tant pis s'il se mouillait, pourvu que ses mains puissent s'y agripper. Il recula de deux pas et mesura de l'œil la distance au premier rocher. C'était le plus plat des deux et il pourrait y atterrir ; l'autre était pointu, il ne ferait que l'effleurer en sautant.

Il s'élança avec une prière silencieuse, sentit que ses souliers ferrés glissaient sur la pierre, se rétablit ; son point d'appui bascula mais Grant reprit son élan, frôla le deuxième rocher et atteignit la rive opposée avec ses mains, juste à temps pour ne pas s'enfoncer plus haut que la ceinture. Heureux, mais essoufflé, il sortit de l'eau, essora du mieux qu'il put son lourd pantalon de tweed, afin de ne pas être entravé par son poids, puis se dirigea vers la berge surélevée : jamais la lande ne lui avait paru aussi traîtresse. Les touffes d'herbe sèche s'enfonçaient sous les pieds dans la fondrière, les ronces mortes s'accrochaient, tenaces, à son tweed mouillé, les branches invisibles d'un bouleau se redressaient pour le frapper au passage, des trous guettaient ses pieds au milieu de la bruyère. C'était davantage un numéro de music-hall, pensa-t-il rageusement, qu'une tentative sérieuse pour rattraper un criminel. Haletant, il arriva à un coude de la rivière et s'allongea par terre pour explorer les alentours. Son homme était là, à une cinquantaine de mètres au-dessus du presbytère, se déplaçant avec lenteur et circonspection.

Il apparut à Grant que c'était lui, le poursuivant, qui avait toutes les difficultés alors que le poursuivi s'offrait un terrain agréable, une course bien planifiée et à l'air libre. Eh bien, cela n'allait pas durer.

Lorsqu'il franchirait la petite porte de derrière, où il avait plaisanté avec tant de sérénité le matin même avec la jeune fille, Grant sortirait de la lande, suivrait le chemin le long de la rivière et courrait aussi vite qu'il pourrait. Il avait un petit revolver automatique en poche, une paire de menottes, et cette fois, il s'en servirait, si besoin était. Lamont n'était pas armé, sans quoi il n'eût pas dérobé la poivrière du pasteur, mais Grant ne voulait plus prendre de risques. Il ne voulait plus ménager personne, lui-même encore moins que les autres. Que toutes les femmes de la Création piquent une crise de nerfs, cela lui était bien égal !

Grant, furieux, se promettait toutes sortes de dédommagements imaginaires, quand soudain il vit Lamont dépasser la porte ! J'ai toujours regretté de ne pas avoir vu le visage de Grant à ce moment-là – sa colère rentrée, le ressentiment d'un homme qui avait essayé d'agir avec tact seulement pour qu'on abuse de ce tact – se changer en l'étonnement incrédule d'un petit garçon assistant à son premier feu d'artifice. Il avait beau cligner des yeux, le tableau restait le même ; ce qu'il voyait était réel. Lamont avait dépassé la porte et se trouvait maintenant au bout du mur du presbytère, en direction du pont. Que faisait cet idiot ? Oui, Grant le prenait pour un idiot. Il avait mis sur pied un plan excellent pour s'échapper – faire appel à miss Dinmont et mentir effrontément au presbytère – et il n'en tirait pas parti. Qu'avait-il en tête ? Aucun de ses gestes n'était laissé au hasard. Ce n'était pas une progression sans but, ni même particulièrement furtive. Il semblait trop absorbé par la pensée de ce qu'il allait faire pour porter une grande attention à ce qui l'entourait, en dehors du coup d'œil occasionnel jeté derrière lui, vers le lit de la rivière. Non qu'il eût intérêt à chercher un refuge si près du village. Même à cette heure – celle du dîner –, alors que personne ne sortirait avant un bon moment pour venir fumer une pipe dans le crépuscule, au bout du pont, il y avait toujours la possibilité d'un passant, et s'il donnait la plus petite impression qu'il se cachait volontairement, cela ruinerait tous ses plans.

Lamont grimpa, à côté du pont, sur la route, mais ne se dirigea ni vers le nord, sur sa droite, ni vers le village, sur sa gauche. Il traversa et disparut à nouveau sur la berge. Que pouvait-il bien chercher là ? Allait-il revenir à l'hôtel, à l'embouchure de la rivière, et essaierait-il d'y dérober la Ford ? Mais il s'attendait manifestement à ce que Grant ait sonné l'alarme. Il ne s'aventurerait jamais à aller de la rive au garage, après avoir si résolument donné à Grant le temps de chercher de l'aide.

La rive !... Juste Ciel ! Grant avait trouvé ! L'homme était allé chercher un bateau. Il devait y en avoir plusieurs sur la berge déserte, hors de vue du village. La marée était basse – c'était le moment du reflux – et il pouvait s'embarquer discrètement. Grant dévala le long de la pente, admirant à regret l'ingéniosité de Lamont. L'inspecteur connaissait les gens de la côte Ouest et savait pertinemment qu'ils utilisaient rarement leurs bateaux. Faites un séjour dans un de ces villages et vous découvrirez que la plus rare des marchandises se trouve être le poisson frais. Il peut s'écouler des jours entiers avant que quelqu'un découvre que le bateau de MacKenzie a disparu. Et même dans ce cas, on décidera que quelqu'un l'a emprunté, évitant ainsi d'user du « bord acéré de sa langue » – et de gaspiller trop d'énergie – vis-à-vis de l'emprunteur quand il le rapportera.

Grant se demanda si Lamont avait combiné tout cela en prenant le thé, ou si c'était une inspiration divine tombée à pic. S'il était capable de concocter un tel plan, pensa Grant en courant jusqu'au pont – qui lui semblait étrangement loin –, alors, il avait aussi bien pu préméditer le crime du Woffington. Ce que semblait prouver la présence du poignard. L'homme, malgré son manque de sang-froid en deux occasions, était un meurtrier plus endurci que Grant ne l'avait cru tout d'abord.

Avant même d'atteindre la route, tandis qu'il dévalait la colline comme une avalanche, à flanc de coteau, l'inspecteur avait établi son programme d'action. Ce matin, lorsqu'il était sorti de Carninnish House avec Drysdale, il avait remarqué, juste derrière la maison, un garage à bateaux et, le long de la petite jetée qui conduisait de cet abri à la mer, il se rappelait avoir aperçu la poupe d'un canot à moteur. S'il ne faisait pas erreur, si Drysdale était chez lui, et si la nuit ne tombait pas trop vite, la capture de Lamont était chose faite. Mais il y avait trois « si » dans l'affaire ! Il atteignit le pont, hors d'haleine. Épuisé par cette longue marche avec ses bottes de pêche et son pantalon mouillé, il dut faire un réel effort de volonté pour revenir sur ses pas et remonter la route du Nord, jusqu'à Carninnish House. Une fois là, le pire était passé, la maison se dressait à quelques mètres de l'autre côté de la grille, sur une étroite bande de terre entre la route et la mer.

Lorsque le majordome de Drysdale aperçut à la porte cet homme haletant et trempé, il s'inquiéta aussitôt :

— C'est Monsieur ? s'écria-t-il. Qu'est-ce qui lui est arrivé ? Mince ! Il s'est noyé ?

— Il n'est pas là ? Vous disposez d'un canot à moteur ? Est-ce que je peux m'en servir ?

Et Grant indiqua d'une main un peu tremblante le garage à bateaux.

Le majordome le considéra avec méfiance ; aucun des domestiques n'avait assisté à l'arrivée de Grant le matin.

— Non, mon garçon, répondit-il, et plus tôt vous filerez d'ici, mieux cela vaudra. Mr Drysdale vous fera bien déguerpir quand il reviendra, je vous le garantis !

— Quand sera-t-il là ?

— D'un moment à l'autre.

— Mais une minute de plus, et ce sera trop tard !

— Allons, fichez le camp ! s'énerva le majordome, et je vous conseille de lâcher la bouteille !

— Écoutez, fit Grant en le prenant par le bras, ne soyez pas stupide. Je suis aussi sobre que vous. Venez ici, et regardez !

Quelque chose dans le ton de sa voix en imposa au domestique, mais c'est avec une véritable crainte qu'il s'approcha de la mer en compagnie de cet homme qu'il prenait pour un fou. Là-bas, au milieu du loch, on distinguait un canot à rames, que la marée descendante poussait rapidement vers le large, le long de l'étroit estuaire.

— Vous comprenez ? demanda Grant. Il faut que je rattrape ce bateau, et je ne peux pas le faire avec des avirons.

— Non, la marée descend aussi vite que le courant d'un bief.

— Voilà pourquoi j'ai besoin de votre canot à moteur. Qui le pilote ? Mr Drysdale ?

— Non, en général c'est moi.

— Alors, venez, il faut que vous m'accompagniez tout de suite. Mr Drysdale est au courant et me connaît : j'ai pêché dans la rivière toute la journée. Cet homme a volé un bateau, pour commencer, et je dois l'arrêter pour d'autres faits encore, aussi, dépêchez-vous !

— Vous en prenez toute la responsabilité, si j'y vais ?

— Oui, vous aurez la loi pour vous, je vous le garantis !

— Alors, il faut juste que je laisse un message.

Et le majordome se précipita dans la maison.

Grant étendit la main pour l'arrêter mais il était trop tard. Il eut peur, que le domestique, pas convaincu, n'en profite pour s'échapper, mais un instant après, il était de retour ; ils partirent en courant jusqu'au garage où se trouvait le *Master Robert*. Drysdale avait manifestement baptisé le bateau du nom du cheval qui avait gagné le National, lui procurant ainsi l'argent pour l'acheter. Tandis que le majordome essayait de démarrer le moteur, qui toussait et crachotait, Drysdale arriva de l'autre côté de la maison avec son fusil, juste de retour de son expédition dans la montagne. Grant le héla joyeusement et lui expliqua en deux mots ce qui s'était passé. Drysdale revint avec lui jusqu'au garage à bateaux et s'adressa à son domestique :

— C'est bon, Pidgeon. Je vais m'en occuper. Veillez à ce qu'il y ait un bon dîner prêt pour deux – non, pour trois – à notre retour.

Pidgeon sortit du bateau avec une allégresse qu'il ne chercha pas à dissimuler. Il poussa le *Master Robert*, Drysdale mit le moteur en marche et, avec un ronflement, le canot s'éloigna de la jetée telle une flèche pour s'avancer dans le loch. Comme il faisait un détour pour descendre l'estuaire, les yeux de Grant se fixèrent sur un point sombre qui se détachait à l'ouest, sur l'or pâle du ciel. Comment allait réagir Lamont, cette fois-ci ? Se laisserait-il prendre sans résistance ? Le point sombre changea sa direction. Il semblait virer vers le rivage du côté sud et, alors qu'il s'éloignait du ciel lumineux, il devint invisible sur l'arrière-plan montagneux.

— Le voyez-vous encore ? interrogea Grant, anxieux.

— Oui, il va vers le sud. Ne vous inquiétez pas, nous y serons avant lui.

Tandis qu'ils filaient à toute allure, la côte se rapprocha d'eux avec une rapidité miraculeuse. Et un moment après, Grant aperçut de nouveau le bateau. L'homme ramait désespérément pour atteindre le rivage. Il était difficile à Grant, qui n'était pas habitué à la mer, d'évaluer la distance qui en séparait le canot de Lamont, mais la diminution soudaine de la vitesse du *Master Robert* lui apprit ce qu'il voulait savoir. Dans une minute, ils auraient rattrapé le fugitif. Lorsque les bateaux ne furent plus qu'à une cinquantaine de mètres l'un de l'autre, Lamont cessa subitement de ramer. « Il se rend », pensa Grant. Alors, il vit l'homme se pencher vers l'eau. « Croit-il que nous allons tirer ? », se demanda-t-il, intrigué. Mais au moment où Drysdale arrêtait le moteur et où ils glissaient vers lui, Lamont, débarrassé de son trench-coat et de son chapeau, bondit sur ses pieds et sauta sur le plat-bord pour plonger. Ses pieds nus glissèrent sur le bois humide, sa nuque heurta violemment le bateau avec un choc effroyable et il disparut dans l'eau.

Lorsque le *Master Robert* arriva à l'endroit où Lamont avait coulé, Grant avait déjà retiré sa veste et ses bottes.

— Vous savez nager ? demanda Drysdale avec calme. Sinon, nous allons attendre qu'il remonte.

— Je nage assez bien à condition qu'il y ait un bateau à côté pour me venir en aide. Je crois qu'il faudra que j'aille chercher mon homme si je veux l'avoir. Il s'est donné un coup terrible.

Il enjamba le canot. Six ou sept secondes plus tard, une tête brune émergeait à la surface de l'eau, Grant poussait Lamont, évanoui, et, avec l'aide de Drysdale, le hissa dans le bateau.

Ce dernier attacha le canot à la poupe du *Master Robert* et remit le moteur en marche. L'inspecteur tordait ses vêtements trempés en examinant minutieusement sa capture, dont la nuque blessée saignait.

— Je regrette pour votre canot, s'excusa Grant, alors que le sang se rassemblait sur le fond en une petite flaque.

— Ne vous en faites pas, le rassura Drysdale. Ça s'en ira. C'est bien l'homme que vous recherchiez ?

— Oui.

Il considéra un instant le visage brun du présumé coupable.

— Pourquoi l'arrêtez-vous, si ce n'est pas une question indiscrète ?

— Pour meurtre

— Vraiment ? dit Drysdale, comme si Grant lui avait dit : « Pour vol de moutons. »

Il regarda l'homme une fois encore.

— Il est italien ?

— Non, de Londres.

— En tout cas, pour le moment, on dirait bien qu'il va échapper à la potence, n'est-ce pas ?

Grant observa attentivement Lamont. Était-il vraiment si mal que cela ? Certainement non.

Lorsque Carninnish House apparut devant eux, l'inspecteur expliqua :

— Il logeait chez les Logan, au presbytère. Je ne peux guère l'y ramener. Il me semble qu'il vaut mieux l'emmener à l'hôtel ; le gouvernement se chargera de tous les frais.

Pidgeon, qui guettait leur retour, descendit au-devant d'eux.

— Notre homme s'est évanoui, lui indiqua Drysdale. Dans quelle chambre aviez-vous allumé du feu pour Mr Grant ?

— Dans celle qui jouxte la vôtre, monsieur.

— Eh bien, nous allons l'y transporter. Ensuite, vous direz à Matheson d'aller chercher le docteur Anderson à Garnie, et de dire au propriétaire de l'hôtel que Mr Grant passe la nuit avec moi ; que Matheson ramène ses affaires.

Grant protesta contre cette générosité.

— Cet homme a frappé son meilleur ami dans le dos !

— Ce n'est pas pour lui que je le fais, répondit Drysdale en souriant, bien que je ne condamnerais personne, pas même mon pire ennemi, à séjourner dans notre hôtel. Mais vous ne voulez pas perdre votre homme, maintenant que vous l'avez pris. À en juger par les apparences, il vous a donné assez de fil à retordre ! Et d'ici qu'ils aient allumé un méchant feu dans une de leurs chambres glaciales (il montra l'hôtel, de l'autre côté de la rivière) et qu'ils aient mis votre prisonnier au lit, je ne donnerai pas cher de sa vie ! Tandis qu'ici la chambre qui vous était destinée est bien chauffée et prête. Il est plus raisonnable et plus facile de l'y déposer. Pidgeon ! dit-il au moment où le majordome s'éloignait, ne soufflez mot à personne de cette affaire.

Ce monsieur a eu un accident de canotage, et nous sommes allés à son secours.

— Très bien, monsieur.

Grant et Drysdale transportèrent donc, à eux deux, le corps inerte au premier étage et lui donnèrent les premiers soins dans la grande chambre chaude ; puis Pidgeon et Grant le mirent au lit, pendant que Drysdale écrivait un mot à Mrs Dinmont, lui expliquant que son pensionnaire avait été victime d'un léger accident et passerait la nuit chez lui – une simple commotion, il n'y avait pas lieu de se tourmenter.

Grant qui s'était changé, empruntant quelques vêtements à son hôte, attendait, assis près du chevet de Lamont, que le dîner fût annoncé, lorsqu'on frappa à la porte. En réponse à son : « Entrez ! », miss Dinmont pénétra dans la pièce. Tête nue, un petit baluchon sous son bras, elle paraissait parfaitement maîtresse d'elle-même.

— J'ai apporté ses affaires, commença-t-elle, puis elle se rapprocha du lit, examinant Lamont avec calme.

Grant lui expliqua qu'il attendait le médecin, mais que, à son avis, ce n'était pas grave. Lamont avait une plaie à la nuque.

— Comment cela s'est-il produit ? s'enquit-elle.

Grant avait prévu une parade à cette question.

— Nous avons rencontré Mr Drysdale et il a offert de nous emmener. Le pied de Mr Lowe a glissé sur le bord de la jetée où il s'est cogné la nuque en tombant.

Elle hocha la tête. Quelque chose semblait l'intriguer, qu'elle ne parvenait pas à exprimer.

— Eh bien, je vais rester le veiller cette nuit. C'est très aimable à Mr Drysdale de l'accueillir ainsi.

Active et pratique, elle défit son paquet.

— Vous savez, poursuivit-elle, j'ai eu un pressentiment ce matin, lorsque nous remontions la rivière, j'étais sûre qu'il allait se passer quelque chose. Je suis heureuse que ce ne soit pas pire. Quelqu'un aurait pu mourir, et cela aurait été irréparable.

Il y eut un temps d'arrêt, puis, tout en s'affairant, elle lança :

— Vous passez aussi la nuit chez Mr Drysdale ?

— Oui, admit Grant.

Et à ce moment, la porte s'ouvrit et Drysdale lui-même entra.

— Vous êtes prêt, inspecteur ? Vous devez avoir faim, dit-il.

Il aperçut alors miss Dinmont. Sans sourciller, ce qui força l'admiration de Grant : Drysdale avait manqué sa vocation, il aurait dû être membre de l'Intelligence Service. Il possédait un sang-froid à toute épreuve.

— Eh bien, miss Dinmont, vous étiez inquiète pour ce vagabond ? Je crois qu'il n'y a pas lieu de l'être ; un léger choc, c'est tout, comme nous le confirmera le docteur Anderson que j'ai fait appeler.

Avec une autre femme, l'explication aurait pu passer, mais le regard ironique de miss Dinmont inquiéta Grant.

— Je vous remercie de tous ces soins, dit-elle à Drysdale. Il n'y a pas grand-chose à faire, tant qu'il n'aura pas repris connaissance. Mais je passerai la nuit ici, si vous n'y voyez pas d'inconvénient, à son chevet.

Elle se retourna vers Grant et lui demanda, très calme :

— Qu'est-ce que vous inspectez ?

— Les écoles ! répliqua Grant en improvisant, ce qu'il regretta aussitôt.

Drysdale comprit, lui aussi, que c'était une erreur, mais il soutint Grant loyalement.

— On ne dirait pas, n'est-ce pas ? Y a-t-il quelque chose que je puisse faire pour vous, miss Dinmont, avant que nous n'allions dîner ?

— Rien du tout, merci. Pourrai-je sonner la femme de chambre, s'il me manque quelque chose ?

— Je vous en prie. Et sonnez-nous aussi, si vous avez besoin de nous. Nous sommes dans la pièce qui se trouve juste au-dessous de celle-ci.

Il sortit et enfila le couloir, mais comme Grant le suivait, elle quitta la chambre avec lui et ferma la porte derrière elle.

— Inspecteur, vous me prenez pour une idiote ? Vous rendez-vous compte que je travaille dans les hôpitaux de Londres depuis sept ans ? Vous ne me convaincrez pas en me traitant comme une ingénue de la campagne ! Voulez-vous avoir la bonté de m'expliquer ce mystère ?

Drysdale avait disparu dans l'escalier. Grant était seul avec elle. Il sentit que lui mentir serait la pire des insultes.

— Très bien, miss Dinmont, je vais vous dire la vérité. Je voulais vous la cacher jusqu'ici, parce que je pensais que cela aurait pu vous éviter de regretter… certaines choses. Mais ce n'est plus possible. Je suis venu de Londres pour arrêter l'homme qui est descendu chez vous. Il a compris pourquoi j'étais là, quand je suis venu prendre le thé, parce qu'il me connaissait de vue. Il a essayé de se sauver par la route puis il a pris un canot, et c'est en plongeant, lorsque nous le poursuivions, qu'il s'est blessé.

— Et pourquoi vouliez-vous l'arrêter ?

— Il a tué un homme à Londres.

— Un meurtre !

C'était une constatation, pas une question. Elle semblait comprendre que, s'il en avait été autrement, l'inspecteur aurait dit « homicide involontaire ».

— Alors, il ne s'appelle pas Lowe ?

— Non, son nom est Lamont, Gerald Lamont.

Il s'attendait à l'inévitable explosion féminine des : « Je ne le croirai jamais ! Il est incapable d'une chose pareille ! » En vain.

— L'arrêtez-vous parce que vous le soupçonnez, ou parce qu'il a réellement commis le crime ?

— J'ai bien peur qu'il n'y ait aucun doute à ce sujet, dit Grant doucement.

— Mais ma tante, comment se fait-il qu'elle nous l'ait envoyé ici ?

— Je suppose que Mrs Everett a eu pitié de lui. Elle le connaissait depuis longtemps.

— Je n'ai vu ma tante qu'une seule fois, depuis que je suis à Londres – nous ne sympathisions pas –, mais elle ne m'a jamais fait l'effet de quelqu'un qui aurait pitié d'un coupable. Elle serait plutôt du genre à commettre le crime elle-même ! Alors, il n'est pas non plus journaliste ?

— Non. Il est employé chez un bookmaker.

— Je vous remercie de m'avoir enfin dit la vérité. Maintenant je vais tout préparer pour le docteur Anderson.

— Vous tenez toujours à le soigner ? s'étonna Grant malgré lui.

Allait-elle enfin reconnaître qu'elle ne croyait pas à la culpabilité du jeune homme ?

— Certainement, dit miss Dinmont. Qu'il soit un assassin n'empêche pas qu'il a reçu une commotion, n'est-ce pas ? Et qu'il ait abusé de notre hospitalité ne change rien au fait que je suis infirmière par profession. Et vous savez peut-être que, au temps jadis, dans les Highlands, l'hospitalité et le droit de refuge étaient sacrés, même si l'invité avait le sang du frère de son hôte sur son épée. Ce n'est pas souvent que je me réclame des Highlands, ajouta-t-elle, mais les circonstances sont plutôt exceptionnelles.

Sa voix se brisa en un bref soupir, qui pouvait être un rire, ou un sanglot, probablement moitié l'un, moitié l'autre, puis elle retourna dans la chambre soigner l'homme qui avait abusé d'elle et de son foyer sans aucun scrupule.

13

UN TEMPS D'ARRÊT

Grant dormit mal cette nuit-là. Il aurait dû pourtant connaître le juste repos de celui qui a accompli son devoir et a bien dîné. L'affaire était close. Il avait passé une rude journée dans ce grand air qui stimule et étourdit à la fois ; le dîner offert par Drysdale était tout ce qu'un affamé et un fin gourmet pouvait souhaiter. Par la fenêtre, il entendait le bruit apaisé et régulier de la mer ; dans sa cheminée, le feu de tourbe brûlait bien plus doucement que ne l'aurait fait un feu crépitant de bois et de charbon. Pourtant, l'inspecteur s'agitait dans son lit. Quelque chose le tourmentait, et comme tous ceux qui aiment s'analyser, il voulait trouver la nature de son malaise, afin de le mettre en pleine lumière, de pouvoir dire : « Mon Dieu, ce n'était que cela ! », soulagé, rassuré, comme il lui était déjà arrivé de le faire. Il savait bien que cette inquiétude qui ruinait le confort de ses douze matelas de satisfaction n'était, après réflexion que le petit pois du conte. Mais il avait beau chercher, il ne découvrait pas de raison à son état.

Il fit plusieurs hypothèses, les examina et les rejeta. Était-ce la fille ? Regrettait-il pour elle la tournure des événements, en raison de son courage et de la noblesse de son caractère ? Cependant il n'avait aucune raison de penser qu'elle éprouvât pour Lamont autre chose que de l'amitié. La bienveillance indiscutable qu'elle lui avait témoignée au cours du thé pouvait être due au simple fait qu'il était le seul homme intéressant dans cette campagne désolée.

Était-il trop fatigué ? Cela faisait longtemps qu'il n'avait pas passé toute une journée à pêcher, puis à courir la campagne à une allure aussi accélérée.

Était-ce la crainte que son prisonnier ne lui échappât ? À en croire le docteur Anderson, il n'avait pas de fracture, et il pourrait voyager d'ici un jour ou deux. Ses chances de fuite, d'ici là, ne méritaient pas qu'on s'y arrêtât, même à titre d'hypothèse.

Il n'y avait donc rien d'inquiétant et cependant, il se sentait mal à l'aise. Il continuait à se tourner et à se retourner, lorsqu'il entendit l'infirmière passer dans le couloir ; il décida de se lever pour voir s'il pouvait lui être utile. Il enfila sa robe de chambre et se dirigea vers le triangle lumineux de la porte, qu'elle avait laissée entrouverte. Elle arriva bientôt derrière Grant, une bougie à la main.

— Ne craignez rien pour lui, inspecteur, il est en sûreté, se moqua-t-elle avec une ironie injustifiée qui le blessa.

— Je ne dormais pas, je vous ai entendue passer, et j'ai pensé que je pourrais peut-être vous aider, dit-il avec autant de dignité que l'on peut en avoir, dans le *déshabillé** du petit matin.

Elle s'adoucit un peu.

— Je vous remercie, dit-elle, il faut attendre. Il n'a pas repris connaissance.

Elle ouvrit la porte toute grande et fit entrer Grant.

Seul le chevet était éclairé dans la chambre pleine du bruit de la mer. Comme elle l'avait dit, Lamont gisait, toujours inconscient, et Grant le considéra d'un œil critique à la lumière de la lampe. Il avait meilleure mine et sa respiration paraissait plus régulière.

— Il aura repris connaissance avant le matin, dit-elle.

Et cela sonna plus comme une promesse que comme une déclaration.

— Je ne puis vous dire combien je suis désolé, reprit soudain Grant, de vous avoir mêlée à tout cela.

— Ne vous en faites pas, inspecteur, je ne suis pas une chose fragile. Mais j'aimerais que ma mère et mon oncle n'en sachent rien. Cela vous paraît possible ?

— Je le crois. Nous demanderons au docteur Anderson de lui prescrire un changement d'air, dans le Sud.

À son mouvement brusque, il se rendit compte qu'il venait de prononcer une phrase malheureuse, mais ne voyant pas le moyen d'y remédier, garda le silence.

— Est-il un très mauvais sujet, demanda-t-elle tout à coup – je veux dire : en dehors de…

— Non, dit Grant, pas à notre connaissance.

Puis, craignant que la jeune fille ne se fît encore des illusions, qui lui réserveraient de nouvelles peines, il ajouta :

— Mais il a poignardé son meilleur ami dans le dos !

— L'homme du Woffington ? dit-elle.

Grant acquiesça. Il attendait encore le classique : « Je ne le croirai jamais ! », mais rien ne vint. Il avait enfin rencontré une femme dont le bon sens l'emportait sur les sentiments. Elle ne connaissait Lamont que depuis trois jours, pendant lesquels il n'avait cessé de mentir, et la police l'arrêtait pour assassinat. C'était suffisant à ses yeux pour qu'elle n'entamât pas un plaidoyer en sa faveur.

— J'ai mis de l'eau à chauffer sur le réchaud à gaz de la salle de bains pour faire du thé, dit-elle. En voulez-vous ?

Grant accepta, et ils burent le liquide brûlant près de la fenêtre ouverte, la mer montant au-dessous d'eux, dans la nuit étrangement douce de la côte.

L'inspecteur retourna se coucher, certain, cette fois, que ce n'étaient pas les sentiments de miss Dinmont qui le tourmentaient, mais toujours inquiet cependant, sans raison précise. Ce sentiment d'insatisfaction le poursuivit plus tard, tandis qu'il adressait à Barker un télégramme de triomphe – le fumet réconfortant des œufs au bacon se mêlait agréablement à l'odeur des algues. Miss Dinmont était venue, avec son grand tablier blanc qui lui donnait un air moitié chirurgien et moitié religieuse, lui annoncer que le malade avait repris connaissance ; Grant voudrait-il bien attendre pour le voir que le docteur Anderson l'eût examiné ? Elle avait peur de trop d'excitation. Grant accéda à cette requête qu'il jugea parfaitement raisonnable.

— Il vient seulement de reprendre ses esprits ? demanda-t-il.

— Non, il est revenu à lui depuis quelques heures.

Elle le quitta le front serein, laissant Grant se demander ce qui avait bien pu se passer entre le malade et son infirmière pendant ce laps de temps.

Drysdale vint le rejoindre, étrangement taciturne et aimable à la fois, et s'arrangea pour que Grant pût passer une bonne journée sur la rivière. Ce dernier lui dit que, après la visite et le rapport du docteur, il partirait vers la Finley. Il supposait qu'on pourrait lui apporter ses télégrammes, s'il en recevait.

— Oh oui. Pidgeon adore se montrer indispensable. Il est vraiment dans son élément, en ce moment.

Le docteur Anderson, un petit homme vêtu d'un costume de tweed élimé et couvert de taches, trouva que le malade allait vraiment très bien – sa mémoire n'était même pas atteinte –, mais il conseilla à Grant, qu'il prenait pour l'ami le plus proche de Lamont, de ne pas aller le voir avant le soir. Il valait mieux lui laisser toute une journée de calme. Et puisque miss Dinmont semblait décidée à s'occuper de lui, Grant n'avait absolument rien à craindre. Elle était excellente infirmière.

— Quand pourra-t-il voyager ? demanda l'inspecteur. Nous sommes pressés de partir pour le Sud.

— Si c'est très urgent, après-demain, peut-être.

Il ajouta en voyant son air désappointé :

— Ou peut-être demain, si le voyage lui est rendu aussi confortable que possible. Mais je préférerais après-demain.

— Qu'est-ce qui vous presse ? intervint Drysdale. Ne vous inquiétez pas, l'excellent Pidgeon sera ravi d'être gardien en chef.

Grant se retourna alors vers le docteur, surpris, et lui expliqua franchement la situation.

— Ne risque-t-il pas de s'échapper, si nous le laissons ici jusqu'à ce qu'il reprenne des forces ?

— Il n'y a rien à craindre aujourd'hui, dit Anderson. Il ne peut même pas lever le petit doigt pour le moment. Pour qu'il s'échappe, il faudrait le porter, et je suppose que personne ici n'est disposé à le faire.

Ainsi, Grant, conscient d'être tout à fait déraisonnable et peu fidèle à lui-même, accepta, adressant un deuxième rapport à Barker, pour compléter celui qu'il avait écrit la veille au soir, avant de partir pêcher avec Drysdale.

Après une journée pleinement satisfaisante, interrompue seulement par l'arrivée d'un subordonné de Pidgeon, un jeunot avec un nez retroussé et des oreilles en feuille de chou, qui lui apportait des télégrammes de Barker, ils revinrent entre le thé et le dîner. Grant, après avoir fait sa toilette, frappa à la porte de la chambre de Lamont. Miss Dinmont le fit entrer : Grant éprouva une sensation très nette de soulagement : son prisonnier était toujours là !

Lamont parla le premier.

— Eh bien, vous m'avez eu, dit-il d'une voix qui traînait un peu.

— On le dirait, répondit Grant, mais vous vous êtes payé une fameuse course !

— Oui, acquiesça l'homme, après un rapide coup d'œil vers miss Dinmont.

— Dites-moi, pourquoi avez-vous plongé ? Qu'aviez-vous en tête ?

— Je suis un excellent nageur. Si je n'avais pas glissé, j'aurais pu gagner les rochers sous l'eau, et ne sortant que le nez et la bouche pour respirer, attendre que vous abandonniez vos recherches, ou qu'il fasse nuit. Mais vous avez gagné… d'une tête !

Le jeu de mots sembla lui plaire.

Il y eut un court silence, puis miss Dinmont déclara de sa voix claire et bien articulée :

— Je crois, inspecteur, qu'il est assez bien pour qu'on le laisse maintenant. Il n'a plus besoin de soins particuliers. Peut-être quelqu'un, dans la maison, pourra-t-il le veiller cette nuit ?

Grant en déduisit que c'était sa façon à elle de dire que Lamont était maintenant assez fort pour qu'on le gardât d'une façon plus efficace, et il lui en fut reconnaissant.

— Désirez-vous partir maintenant ?

— Dès que quelqu'un pourra me remplacer.

Grant sonna et expliqua la situation à la femme de chambre qui se présenta.

— Je resterai, si vous voulez partir tout de suite, proposa-t-il quand la femme de chambre fut sortie.

Miss Dinmont accepta.

Grant alla à la fenêtre et contempla le loch, afin qu'elle puisse parler librement à Lamont ; elle commença à ramasser ses affaires. L'inspecteur n'entendit pas de bruit de conversation et, en se retournant, il vit que la jeune fille semblait veiller très consciencieusement à ne rien laisser derrière elle. Lamont l'observait d'un regard avide, attendant de tout son être le moment des adieux. Grant se retourna vers la mer et entendit miss Dinmont demander :

— Vous reverrai-je avant votre départ ?

Il n'y eut pas de réponse. Grant se retourna et s'aperçut que c'était à lui qu'elle s'adressait.

— Oh ! oui, je l'espère, dit-il. Si vous le permettez, j'irai vous rendre visite au presbytère, si je ne vous vois pas avant.

— C'est entendu, dit-elle. Alors, ce n'est pas la peine que je vous dise adieu maintenant.

Et elle sortit de la pièce avec son baluchon.

Grant regarda son prisonnier et détourna aussitôt les yeux. Il est indécent de scruter une âme, même celle d'un assassin. Lorsqu'il l'observa de nouveau, Lamont avait les yeux fermés et son visage exprimait une détresse si indicible que Grant en fut ému plus qu'il n'aurait pu le supposer. Ainsi, Lamont aimait miss Dinmont, ce n'était pas que de l'opportunisme.

— Puis-je faire quelque chose pour vous, Lamont ? demanda Grant.

Le jeune homme contempla son interlocuteur de ses yeux noirs.

— Demander que l'on me croie innocent, c'est trop, n'est-ce pas ? dit-il enfin.

— Il me semble, répliqua Grant sur le même ton sec.

— Je n'ai pas tué Sorrell, vous savez.

— Non ? Nous n'espérions pas que vous avoueriez.

— C'est ce qu'*elle* m'a dit.

— Qui ? s'enquit Grant, surpris.

— Miss Dinmont, quand je lui ai déclaré que j'étais innocent.

— Vous voyez, nous vous avons découvert en procédant par élimination. Et tout concorde trop bien pour qu'une erreur soit possible. Même ceci confirme le reste !

Et, prenant la main de Lamont sur la couverture, Grant montra l'écorchure à l'intérieur du pouce.

— Où vous êtes-vous fait cela ?

— En montant ma malle dans l'escalier de mon nouveau logement à Brixton, ce matin-là.

— Écoutez, fit Grant, indulgent, nous n'allons pas discuter l'affaire maintenant, vous n'êtes pas en état de faire une déposition. On pourrait m'accuser de vous avoir extorqué des aveux alors que vous n'étiez pas en possession de toutes vos facultés.

— Ma déposition sera la même, à quelque moment que vous l'entendiez, s'énerva Lamont. Mais je sais que personne ne me croira, sinon, je ne me serais pas enfui.

Grant avait déjà entendu cette histoire-là, la tactique favorite des criminels désespérés. Lorsqu'un homme joue l'innocence outragée, le public envisage aussitôt la possibilité d'une erreur judiciaire, mais le policier, qui a une grande habitude des coupables sans l'ombre d'un doute, est moins impressionnable ; en fait, il n'est pas impressionné du tout. Celui qui se laisserait influencer par des histoires de malchance, si ingénieuses soient-elles, serait de peu d'utilité dans un corps établi pour détruire la plus convaincante des créatures : le criminel.

Aussi Grant se borna-t-il à sourire. Il reprit sa position à la fenêtre. Le loch, comme un miroir, les collines qui le bordaient se reflétaient jusqu'au moindre détail dans ses eaux calmes. Le *Master Robert* flottant sous le garage à bateaux composait un vrai tableau, si ce n'est qu'aucune peinture ne pouvait rendre la transparence de la mer telle qu'elle était à ce moment.

Lamont reprit alors :

— Comment m'avez-vous découvert ?

— Par les empreintes digitales, répondit Grant, laconique.

— Les miennes ?

— Non, je n'avais pas les vôtres. Je vais les prendre dans une minute.

— Lesquelles, alors ?

— Celles de Mrs Everett.

— Qu'est-ce qu'elle vient faire là-dedans ? protesta l'homme, méfiant pour la première fois.

— Vous le savez mieux que moi ! Mais cessez de parler : je veux que vous puissiez voyager demain ou après-demain.

— Vous ne lui avez rien fait, n'est-ce pas ?

Grant eut un sourire ironique.

— Non, c'est plutôt elle qui s'est jouée de nous.

— Que voulez-vous dire ? Vous ne l'avez pas arrêtée ?

Il était clair que l'homme ne serait pas en repos tant qu'il ignorerait comment il avait été dépisté, aussi Grant le mit-il au courant.

— Nous avons trouvé une empreinte de Mrs Everett dans votre logement, et comme elle nous avait dit qu'elle ne savait pas où vous habitiez, on pouvait conclure facilement qu'elle trempait dans l'affaire. Nous avons découvert que sa famille habitait ici, puis nous avons interrogé l'homme que vous aviez berné à la gare de King's Cross, la description qu'il nous a faite de Mrs Everett a confirmé nos soupçons. Nous vous avons raté de peu à Brixton.

— Mrs Everett n'aura pas d'ennuis pour cela, n'est-ce pas ?

— Je ne pense pas, maintenant que nous vous avons.

— J'ai été bête de me sauver. Si j'étais venu dire la vérité dès le début, ma situation ne pourrait pas être pire qu'elle ne l'est maintenant, et j'aurais évité tout cet enfer dans l'intervalle.

Il avait les yeux tournés vers la mer.

— C'est curieux de penser que si quelqu'un n'avait pas tué Sorrell, je n'aurais jamais vu ce pays, et le reste !

« Le reste. » Grant supposa que cela représentait le presbytère.

— Hum ! Et à votre avis, qui l'a tué ?

— Je ne sais pas. Parmi les gens que je connais, il n'y en a pas un seul qui aurait fait cela à Bert. Peut-être est-ce une erreur ?

— Vous voulez dire que l'assassin ne savait pas ce qu'il faisait avec son poignard ?

— Non, en prenant Sorrell pour un autre.

— Vous, vous êtes gaucher, avec une écorchure au pouce, vous vous êtes disputé avec Sorrell juste avant sa mort, vous avez tout l'argent qu'il possédait ici-bas, et vous vous dites innocent !

Lamont détourna la tête avec lassitude.

— Je sais, dit-il, inutile de me rappeler que je n'ai aucune chance.

On frappa à la porte et le garçon aux oreilles décollées apparut sur le seuil. On l'envoyait relever Mr Grant si c'était ce que celui-ci souhaitait.

— Revenez dans cinq minutes. Ou plutôt, quand je sonnerai.

Le garçon se fondit dans l'ombre du couloir avec un sourire fendu jusqu'aux oreilles, comme le chat du Cheshire.

Grant sortit un objet de sa poche, qu'il manipula un instant au-dessus du lavabo. Puis il revint au chevet du lit.

— Je vais prendre vos empreintes digitales, c'est sans danger aucun, ne craignez rien.

Il releva l'empreinte des deux mains de Lamont, sur les feuilles de papier préparées, et ce dernier se laissa faire avec une docilité non dénuée d'intérêt pour cette expérience nouvelle. Grant savait, en pressant le bout de ses doigts sur le papier, qu'il n'avait pas de dossier à Scotland Yard. Les empreintes n'auraient d'intérêt que comparées à celles déjà recueillies au cours de l'enquête.

Grant mettait les feuilles de côté pour les faire sécher, lorsque Lamont lui dit :

— Vous êtes l'as des as de Scotland Yard ?

— Pas encore, dit Grant, vous vous flattez.

— Ah ! je croyais, à voir votre photographie dans les journaux.

— C'est donc pour cela que vous vous êtes sauvé, samedi dernier, dans le Strand ?

— Ce n'était que samedi dernier ? Si seulement j'avais pu être écrasé par une voiture ce jour-là.

— C'est bien ce qui a failli m'arriver.

— Oui, ça m'a fait un choc de vous voir si vite derrière moi !

— Si cela peut vous consoler, Lamont, cela m'a donné un coup encore plus fort, lorsque je vous ai vu retourner dans le Strand. Qu'est-ce que vous avez fait, à ce moment-là ?

— J'ai pris un taxi qui passait.

— Dites-moi donc, poursuivit l'inspecteur, entraîné par sa curiosité, est-ce que vous aviez combiné de vous échapper en bateau pendant que nous prenions le thé chez le pasteur ?

— Non, je n'avais aucun plan. Je n'ai pensé au bateau qu'après, parce que je suis habitué au canotage, et je supposais que vous n'y songeriez qu'en dernier lieu. Je ne voulais qu'une chose : m'enfuir, n'importe comment. Je n'ai eu l'idée de la poivrière qu'au moment de partir. C'était la seule arme possible : Bert avait mon revolver.

— Votre revolver ? C'était votre revolver qu'il avait dans sa poche ?

— Oui, c'est pour cela que j'étais allé le retrouver au théâtre.

Mais Grant ne voulait pas de confidence de cette nature ce soir-là.

— Ne parlez plus, dit-il, et il sonna. Je prendrai votre déposition demain. S'il y a quelque chose que je puisse faire pour vous, cette nuit, prévenez le domestique qui va venir vous garder, et il me le fera savoir.

— Je vous remercie. Vous avez été extrêmement chic, je n'aurais jamais cru que la police le fût autant, avec… les criminels !

C'était une version anglaise si évidente du *gentil** de Raoul, que Grant sourit involontairement, et la physionomie sombre de Lamont s'éclaira un peu.

— Vous savez, dit-il, j'ai beaucoup réfléchi à la mort de Bert et, à mon avis, ou bien il a été tué par erreur, ou bien c'est une femme qui a fait le coup.

— Merci du tuyau, répliqua Grant sèchement en le laissant aux soins du jeune domestique souriant.

Il descendit au rez-de-chaussée en se demandant pourquoi il avait soudain songé à Mrs Ratcliffe.

14

LA DÉPOSITION

Ce ne fut pas à Carninnish, cependant, que Lamont fit sa déposition, mais dans le train qui les emmenait à Londres. Lorsque le docteur Anderson entendit parler de ce voyage, il demanda un jour de répit de plus pour son malade.

— Vous ne voulez pas qu'il déclenche une fièvre cérébrale, n'est-ce pas ?

Grant, qui mourait d'envie de voir cette déposition dûment enregistrée, allégua que Lamont lui-même était désireux de la faire, ce qui le soulagerait bien plus que d'y réfléchir sans trêve.

— Peut-être au commencement, rétorqua Anderson, mais lorsqu'il aura terminé, il sera mûr pour une autre journée de lit. Suivez mon conseil et laissez-le tranquille pour le moment.

Grant avait donc cédé, donnant à son prisonnier le temps de mettre la dernière main à l'histoire qu'il élaborait sans doute de toutes pièces. Mais aucun fignolage, se disait Grant, rassuré, ne supprimerait les preuves. Rien ne les changerait, aucun récit ne pouvait anéantir les faits. C'était autant par curiosité que par crainte pour le sort de Lamont qu'il avait hâte d'apprendre ce qu'il avait à déclarer. Aussi l'inspecteur se contraignit-il à la patience. Il alla pêcher en mer avec Drysdale, dans le *Master Robert*, et le ronflement du moteur lui rappela la capture qu'il avait faite deux soirs auparavant. Il alla prendre le thé au presbytère. Le visage imperturbable de miss Dinmont en face de lui, une poivrière dépareillée sur la table ramenaient invariablement ses pensées vers Lamont. Il alla ensuite au temple, un peu pour faire plaisir à son hôte, mais bien plutôt pour échapper à un *tête-à-tête** avec miss Dinmont qui eût été inévitable s'il était resté, et il écouta d'un bout à l'autre le sermon de Mr Logan dans lequel le pasteur arguait, à la satisfaction de ses ouailles et à la sienne propre, que le Roi des Rois aurait condamné le fox-trot. Mais il songea sans arrêt à la déposition que Lamont allait faire. Quand le bruit incroyablement triste de la « louange » des Highlands se fut évanoui dans le silence et que Mr Logan eut prononcé une bénédiction onctueuse, l'idée qu'il allait pouvoir retourner auprès de Lamont le réjouit. Cela devenait vraiment une obsession, il l'admettait. Mrs Dinmont – elle n'avait pas assisté au service – lui rappela, lorsqu'il prit congé d'elle, que l'auto qui les conduirait à la gare le lendemain s'arrêterait à la porte du presbytère, pour lui permettre, ainsi qu'à son frère, de dire adieu à Mr Lowe. Grant se prépara donc, avec horreur, à jouer la comédie une fois de plus avant de quitter Carninnish. Mais les choses se passèrent mieux qu'il ne s'y attendait : Lamont remplit son rôle avec autant de perfection que pendant le thé fatidique, et ses hôtes ne soupçonnèrent point qu'il avait pu lui arriver quelque chose de plus grave qu'un simple accident. Miss Dinmont était absente.

— Ma fille m'a dit qu'elle vous avait déjà fait ses adieux, et que cela portait malheur de recommencer, expliqua la mère. Elle m'a raconté que vous aviez eu assez de déveine comme cela jusqu'à présent ; vous êtes donc très malchanceux ?

— Très, fit Lamont avec un sourire admirable.

Lorsque l'auto démarra, Grant sortit les menottes.

— Excusez-moi, dit-il brusquement, ce n'est que pour la route.

Mais Lamont se bornait à répéter le mot « malchanceux », comme s'il y trouvait un plaisir insoupçonné. À la gare, un agent en civil les rejoignit, et à Inverness, ils eurent un compartiment pour eux tout seuls. Ce fut ce soir-là, après dîner, tandis que le jour se couchait sur les montagnes, que Lamont, pâle et défait, proposa à nouveau de dire ce qu'il savait.

— Ce n'est pas grand-chose, mais je tiens à ce que vous soyez au courant.

— Vous rendez-vous compte que ce que vous allez dire peut être utilisé contre vous ? lui demanda Grant. Votre avocat vous conseillerait probablement le silence. Comprenez-vous que vous mettez votre plan de défense entre nos mains ?

Et tout en disant cela, il se demandait : « Pourquoi suis-je pointilleux ? Je l'ai déjà prévenu que tout ce qu'il dirait pourrait être utilisé contre lui. »

Lamont s'obstina. Le constable sortit son carnet.

— Par où dois-je commencer ? demanda Lamont.

— Dites-nous, par exemple, comment vous avez passé la journée du 13 – celle où Sorrell a été tué.

— Eh bien, le matin, nous avons fait nos valises. Bert partait le soir même pour l'Amérique. J'avais emporté mes affaires dans mon nouveau logement, à Brixton, et lui à la gare de Waterloo.

À ces mots, l'inspecteur tressaillit. Avait-il été bête ! Il avait complètement négligé les bagages du mort. La fausse piste des Ratcliffe et la poursuite de Lamont l'avaient tellement absorbé qu'il ne s'en était pas préoccupé. En tout cas, ce ne devait pas être d'une importance extrême.

— Cela nous a pris toute la matinée. Nous avons déjeuné ensuite au Lyons de Coventry Street.

— Quelle table occupiez-vous ?

— Une dans un coin au premier étage.

— Bon, continuez.

— Nous avons alors discuté pour savoir si je l'accompagnerais ou non. Je voulais aller jusqu'à Southampton pour le voir s'embarquer, mais il ne voulait même pas me laisser venir au train spécial à Waterloo. Il détestait les adieux, surtout lorsqu'il partait pour un grand voyage. Je me rappelle qu'il m'a dit : « Si l'on ne va pas loin, c'est inutile, et si l'on va à l'autre bout du monde, c'est nuisible ! Que signifient quelques minutes de plus ou de moins ? » Alors, dans l'après-midi, nous sommes allés au Woffington voir *Didn't You Know?*

— Comment ? s'exclama Grant, vous êtes allés au Woffington en matinée ?

— Oui, c'était convenu depuis longtemps. Bert avait pris des places, des fauteuils d'orchestre. C'était comme une célébration. À l'entracte, il m'a dit que, dès que nous sortirions, il se joindrait à la foule qui faisait la queue pour la représentation du soir, et que nous nous dirions adieu à ce moment-là. Il était allé plusieurs fois voir *Didn't You Know?* C'était une espèce de toquade, et j'y étais souvent allé avec lui. Cela me semblait une bien pauvre façon de se séparer d'un vieux camarade comme Bert, mais il avait toujours été assez original, et puisqu'il ne voulait pas de moi, je n'insistai pas pour rester avec lui. Aussi nous sommes-nous dit adieu dehors, devant le Woffington, et je suis retourné à Brixton pour déballer mes affaires. J'étais triste, parce que Bert et moi avions été de si bons amis que je n'en avais pas d'autre digne de ce nom et que je me trouvais très seul à Brixton, après mon séjour chez Mrs Everett.

— N'aviez-vous pas pensé à partir avec Sorrell ?

— Je l'aurais bien voulu, mais je n'avais pas d'argent. J'avais un peu espéré qu'il offrirait de m'en prêter. Il savait que je le lui aurais rendu à coup sûr, mais il ne me l'a jamais proposé. Cela aussi m'avait fait de la peine. J'avais tout ce qu'il fallait pour broyer du noir. Et Bert lui-même ne semblait pas heureux de partir. En me disant adieu, il ne me lâchait plus la main, et il me remit un petit paquet que je dus lui promettre de ne pas ouvrir avant le surlendemain, c'est-à-dire un jour après son embarquement. Je pensais qu'il s'agissait d'une sorte de cadeau d'adieu. C'était une petite boîte, enveloppée dans du papier comme celui qu'emploient les bijoutiers ; j'étais certain qu'elle contenait une montre. La mienne était toujours détraquée et Sorrell me disait : « Si vous n'en achetez pas une autre, Jerry, vous ne serez même pas à l'heure pour le Jugement dernier ! »

L'émotion étrangla brusquement Lamont qui s'arrêta. Il essuya longuement la buée de la fenêtre et reprit :

— Après cela, j'entrepris de déballer mes affaires, et je me suis soudain aperçu que je n'avais pas mon revolver. Je ne m'en étais jamais servi, bien entendu. C'était un souvenir de guerre. J'étais officier, ce qui vous étonnera peut-être. Et, à dire vrai, je préférerais mille fois retourner couper des fils barbelés que d'être poursuivi dans Londres par la police. Ce n'est pas si terrible en rase campagne. Ça ressemble davantage à un jeu. Mais à Londres, on dirait que l'on est dans un piège. *Vous* n'avez pas eu cette impression que ce n'était pas aussi épouvantable ?

— Si, reconnut l'inspecteur. Mais je suis étonné, je vous supposais plus heureux en ville.

— Plus heureux ! Ah ! Dieu, s'écria Lamont qui se tut, revivant en esprit ces quelques jours.

— Donc, souffla Grant, vous vous êtes aperçu que vous n'aviez plus votre revolver ?

— Oui, impossible de le trouver. Et bien que je ne m'en sois jamais servi – il était rangé dans un tiroir chez Mrs Everett –, je savais exactement où je l'avais mis en faisant mes valises. Tandis que je déballais mes affaires, j'ai vu tout de suite qu'il n'était pas là. Et j'ai commencé à paniquer, même si je serais incapable de vous dire pourquoi. Je me rappelais combien Bert s'était montré peu communicatif ces derniers temps. Il était d'un caractère renfermé, mais récemment, cela avait empiré. Je me dis ensuite qu'il avait sans doute estimé avoir besoin d'un revolver en partant pour l'étranger, mais il aurait pu me le demander. Il savait que je ne le lui aurais pas refusé. Enfin, j'ai paniqué, et je suis retourné immédiatement au Woffington. Sorrell y faisait la queue, plutôt bien placé dans le premier tiers environ, et j'ai pensé qu'il s'était fait garder sa place par un gamin. Il avait dû projeter depuis longtemps de retourner au théâtre pour cette dernière soirée. Il était sentimental, Bert. Je lui ai demandé s'il avait pris mon revolver, et il a reconnu que oui. J'ai été pris de sueurs froides, tout d'un coup. Quand on y réfléchit, il ne semble pas cependant qu'il y ait lieu de s'affoler parce que votre camarade a emporté votre revolver. Mais je me suis énervé et j'ai exigé qu'il me le rende tout de suite ! Il m'a demandé pourquoi. « Parce qu'il est à moi, et que je le veux ! » Il m'a répondu : « Vous n'êtes vraiment pas chic, Jerry ! Je ne peux rien vous emprunter, alors que je pars pour l'autre bout du monde, et que vous restez bien tranquille dans ce bon vieux Londres ? » Mais j'ai insisté. Alors, il m'a lancé : « Eh bien, vous n'avez qu'à défaire mes malles pour le récupérer ! Je vais vous donner ma clé et mon ticket de bagages ! » J'avais cru jusque-là qu'il avait l'arme sur lui. Je commençais à me sentir penaud et ridicule. J'agis toujours par impulsion, et je réfléchis après, tandis que Bert réfléchissait longtemps avant de passer à l'acte et exécutait ensuite exactement ce qu'il avait projeté. Nous étions de caractère opposé à bien des points de vue. Je lui ai dit de garder le ticket et le revolver, et je suis parti.

Cependant, l'on n'avait pas trouvé de ticket de consigne en possession de Sorrell.

— Aviez-vous vu le ticket ?

— Non, il a seulement proposé de me le donner. Le lendemain matin, je suis sorti tard parce que je n'étais pas habitué à préparer mon petit déjeuner et faire mon ménage, et puis je n'étais pas pressé, car je n'avais pas de travail. J'espérais trouver un emploi, à la reprise des courses de plat. Il était presque midi lorsque je sortis. Je n'avais cessé de penser à Bert. J'étais si peiné que nous nous soyons séparés de cette manière et de m'être comporté aussi bêtement, que je suis entré dans un bureau de poste et lui ai envoyé un télégramme, disant : *Excusez-moi. –* JERRY.

— À quel bureau de poste vous êtes-vous rendu ?

— Celui de Brixton High Street.

— Très bien, continuez.

— J'achetai un journal, revins chez moi et lus l'histoire du crime du Woffington. On ne décrivait pas la victime, on disait seulement qu'il était jeune et blond, et je ne fis pas de rapprochement avec Bert. Lorsque je pensais à lui, je le voyais toujours à bord du *Queen of Arabia* vous comprenez ? S'il avait été tué d'un coup de revolver, cela m'aurait mis la puce à l'oreille ; mais poignardé, c'était une autre affaire.

Grant, étonné et incrédule, contempla longuement Lamont. Se pouvait-il, par quelque hasard invraisemblable, qu'il dise la vérité ? Si ce n'était pas le cas, Lamont était le pire scélérat que Grant ait jamais eu le malheur de rencontrer. Mais, entièrement absorbé par son histoire, le jeune homme ne semblait pas avoir conscience de la perplexité de l'inspecteur. S'il jouait la comédie, Grant n'avait encore jamais rien vu d'aussi réussi, et il se tenait pour connaisseur.

— Le jeudi matin, en rangeant ma chambre, je me rappelai le paquet de Bert, et je l'ouvris. Il contenait tout son argent. Sidéré, je sentis la peur me reprendre. Si quelque chose était arrivé à Sorrell, je l'aurais su – du moins, je pensais que je l'aurais su –, mais ce cadeau d'adieu me semblait louche. Il n'y avait aucun mot à l'intérieur. Sorrell m'avait juste dit, en me le tendant : « Voilà pour vous ! » et il m'avait fait promettre de ne pas l'ouvrir avant le jour fixé. Je ne savais pas quoi faire de cet argent, parce que je croyais toujours Bert en route pour New York. Je sortis et achetai le journal. Tous les quotidiens avaient en manchette le crime du Woffington, mais cette fois, ils donnaient la description complète de la victime, de ses vêtements, du contenu de ses poches ; je reconnus aussitôt Bert. Bouleversé, je pris l'autobus, pour me rendre immédiatement à Scotland Yard, et dire tout ce que je savais. Là, je lus le reste de l'article ; on disait que le crime avait été commis par un gaucher, et on suspectait quelqu'un qui aurait quitté la queue. Je me rappelai alors que nous avions eu une discussion, que tout le monde avait pu nous entendre, et que je détenais tout l'argent de Bert sans pouvoir prouver comment il était tombé entre mes mains. Je descendis à l'arrêt suivant, angoissé, et tout en marchant, réfléchis à ce qu'il fallait faire. Plus j'y pensais, et plus il me semblait impossible d'aller à Scotland Yard avec une histoire comme la mienne. J'étais partagé entre la peur de m'expliquer avec la police et le regret de laisser Bert assassiné de cette manière, sans rien faire pour que l'on puisse attraper le misérable qui l'avait tué. J'étais à moitié fou, ce jour-là. Je pensais que si je n'allais pas à Scotland Yard, on trouverait peut-être le vrai coupable ; et puis je me demandais si ce n'était pas là un prétexte pour fuir – pour commettre une lâcheté. Mes pensées tournaient dans le même cercle, indéfiniment, et je n'arrivais pas à prendre une décision.

« Le vendredi, j'ai appris que l'enquête aurait lieu le jour même, et que personne n'avait encore identifié Bert. Il y eut un moment, ce jour-là, où je faillis me rendre au poste de police ; la pensée de Bert me redonnait du courage, mais je me rappelai soudain dans quelle triste position j'étais moi-même. À la place, j'envoyai de l'argent pour ses obsèques. Le lendemain matin, j'appris que la police avait ma description, que j'étais recherché. J'avais décidé de me rendre à ce moment-là ; seulement, dans le signalement, on disait que le suspect avait une écorchure à l'intérieur du pouce ou de l'index. La peur l'emporta. Je m'étais fait cette blessure (il tendit la main), comme je vous l'ai dit, en montant ma malle chez moi, dans l'escalier. Qui me croirait maintenant ? J'attendis la fin de l'après-midi et allai voir Mrs Everett, la seule amie véritable que je possédais. Je lui racontai tout, jusqu'au moindre détail. Elle me crut, parce qu'elle me connaissait bien, mais elle comprit que personne n'ajouterait foi à mon histoire. Elle me traita d'idiot pour ne pas avoir été immédiatement avouer à la police ce que je savais. *Elle*, elle l'aurait fait. Elle nous gouvernait, tous les deux. Bert l'avait surnommée lady Macbeth, parce qu'elle était écossaise et qu'elle nous poussait toujours à agir lorsque nous étions irrésolus. Elle me conseilla de ne pas me montrer. Si l'on ne me découvrait pas, il y avait toujours une chance pour que l'on trouvât le vrai coupable, et plus tard, elle me donnerait de l'argent pour partir à l'étranger, car je ne pouvais toucher à celui de Bert. Après l'avoir quittée, je déambulai dans la ville à pied, parce que je ne pouvais supporter la pensée de rentrer chez moi et de passer mon temps à guetter les bruits de pas dans l'escalier. Je songeai que je serais plus en sûreté au cinéma, et décidai d'aller à celui de Haymarket. Voilà comment vous êtes tombé sur moi dans le Strand. Vous connaissez la suite. Je regagnai immédiatement mon logement et ne bougeai plus jusqu'à la visite de Mrs Everett, le lundi. Elle m'apprit que vous étiez allé la voir. Elle m'accompagna à la gare de King's Cross et me donna une lettre d'introduction auprès de ses parents de Carninnish. Le reste, vous le savez. Après avoir passé une journée à Carninnish, je commençais à espérer que j'avais une chance de m'en sortir, jusqu'au moment où je vous ai vu entrer dans la pièce.

Il se tut ; Grant remarqua que ses mains tremblaient.

— Pourquoi croyez-vous que la somme laissée par Sorrell représentait toute sa fortune ?

— Parce qu'elle correspondait au montant de son compte personnel à la banque. C'était moi qui en avais fait l'encaissement en son nom, plus d'une semaine avant la date de son embarquement. Il avait tout retiré, moins une livre.

— Aviez-vous l'habitude de tirer des chèques pour lui ?

— Non, cela se produisait rarement. Mais cette semaine-là, il était très occupé à régler ses affaires au bureau et à tout mettre en ordre.

— Pourquoi avait-il retiré cet argent aussi tôt, puisqu'il est évident qu'il n'en avait pas besoin pour son voyage ?

— Je ne sais pas ; peut-être avait-il craint de ne pas avoir une encaisse suffisante pour payer tous les comptes. Mais il avait ce qu'il fallait. Il n'a pas laissé un sou de dettes.

— Les affaires étaient bonnes ?

— Oui, aussi bonnes qu'elles peuvent être en hiver.

— Alors, la fin de l'hiver représentait toujours la morte-saison pour Sorrell ?

— Oui.

— Quand lui avez-vous remis l'argent ?

— Dès que je suis revenu de la banque.

— Vous dites que vous vous êtes disputé avec lui au sujet du revolver ; pouvez-vous prouver qu'il était à vous ?

— Non ; comment le prouverais-je ? Personne ne connaissait son existence – en dehors de Bert, je veux dire. Il était chargé comme au moment de l'armistice : ce n'était pas une chose à laisser traîner.

— À votre avis, pourquoi Sorrell le voulait-il ?

— Je n'en ai pas la moindre idée. J'ai bien pensé au suicide, mais il n'avait aucune raison de se donner la mort.

— Lorsque vous m'avez dit, à Carninnish, que, selon vous, c'était une femme qui l'avait tué, que vouliez-vous dire ?

— Eh bien, je connaissais tous les camarades de Sorrell, et il n'avait pas d'amie – de simples connaissances, et c'est tout. Mais j'ai toujours pensé qu'il avait pu avoir une femme dans sa vie avant que je le connaisse. Il était très renfermé pour les choses auxquelles il tenait le plus et, de toute façon, il ne m'en aurait jamais parlé. Il recevait quelquefois des lettres d'une écriture féminine, mais il ne m'avait jamais fait la moindre confidence, et il n'était pas de ceux que l'on peut taquiner sur ce chapitre.

— Avait-il récemment reçu une lettre de ce genre, je veux dire depuis six mois ?

Lamont réfléchit un peu ; il croyait que oui.

— Quel type d'écriture ?

— Très grosse, avec des lettres toutes rondes.

— Vous avez lu la description du poignard qui a tué Sorrell. Cela évoque quelque chose pour vous ?

— Non, rien du tout, je n'en ai jamais vu de semblable.

— Selon vous, qui était, et que faisait cette femme hypothétique ?

— Je l'ignore.

— Vous avez donc été l'ami intime de cet homme – vous avez vécu avec lui pendant quatre ans – et vous ignorez tout de son passé ?

— Pas tout, bien au contraire, mais je ne sais rien sur ce point. Si vous aviez connu Bert, vous ne vous étonneriez pas qu'il ne m'en eût jamais parlé. Il n'était pas cachottier pour les choses ordinaires, mais pour les choses intimes, oui.

— Pourquoi allait-il en Amérique ?

— Je ne sais pas. Je vous ai dit que je le sentais malheureux depuis quelque temps. Mais c'était juste une impression.

— Est-ce qu'il partait seul ?

— Oui.

— Pas avec une femme ?

— Certainement pas ! s'exclama Lamont, comme si Grant l'avait insulté, lui, ou son ami.

— Comment le savez-vous ?

Lamont réfléchit, visiblement embarrassé. Il était clair que, pour la première fois, il envisageait que son ami ait pu vouloir partir avec quelqu'un, sans le lui dire. Il étudia cette hypothèse, puis la rejeta.

— Je ne peux vous expliquer comment je le sais, mais j'en suis sûr. Il me l'aurait dit.

— Alors, vous niez savoir quoi que ce soit quant à la façon dont Sorrell est mort ?

— Oui. Croyez-vous qu'autrement je vous le cacherais ?

— J'espère que non, dit Grant. L'imprécision de vos soupçons est un point faible pour votre défense.

Il demanda au constable de relire la déclaration ; Lamont en confirma l'exactitude avant de signer chaque page d'une main un peu tremblante. Puis il murmura :

— Je n'en peux plus. Est-ce que je peux m'allonger ?

Grant lui administra un remède que lui avait donné le docteur Anderson, et un quart d'heure plus tard, le prisonnier, complètement épuisé, était terrassé par le sommeil, tandis que Grant, les yeux grands ouverts, méditait sur sa déposition.

Elle était extraordinairement plausible, et s'adaptait en tout point. En dehors de son invraisemblance de principe, il était difficile d'y reprendre quelque chose. L'homme avait une explication pour tout, les heures, les lieux, les causes même concordaient. La façon dont il avait décrit ses émotions à partir du moment où il s'était aperçu de la disparition de son revolver était un triomphe de vraisemblance. Était-il possible que Lamont dise la vérité ? N'y aurait-il, dans l'ensemble des preuves à charge contre lui, qu'une série de coïncidences, sans relation entre elles mais établissant une monstrueuse erreur ? Après tout, Lamont avait eu presque une quinzaine pour préparer ses explications, les méditer, les mettre au point. Il faudrait être bien sot pour ne pouvoir imaginer un conte à peu près acceptable, lorsque c'est une question de vie ou de mort. Le fait que personne ne pouvait contrôler la véracité des points essentiels était une malchance et un avantage à la fois. Grant eut l'idée que la seule façon de vérifier les allégations de Lamont était de percer à jour le roman de Sorrell – car, Grant en était sûr, Sorrell avait eu son roman. S'il pouvait établir que Sorrell avait réellement voulu se tuer, cela permettrait de corroborer l'histoire de Lamont, en ce qui concernait le vol du revolver, et le don de l'argent. Là-dessus, Grant se ressaisit. Corroborer l'histoire de Lamont ? Cela serait-il donc possible ? S'il devait en être ainsi, toute son affaire se réduirait en fumée, Grant aurait arrêté un innocent ! Mais pouvait-on véritablement imputer à une simple coïncidence le fait que deux hommes se trouvent dans la même file d'attente d'un théâtre, qu'ils soient tous les deux gauchers, qu'ils aient tous les deux une coupure à un doigt de la main gauche, que tous les deux aient connu la victime, et par voie de conséquence, ses assassins potentiels ? Il ne pouvait le croire. Ce n'était pas seulement parce que les arguments de Lamont étaient crédibles que le doute s'était insinué en lui mais parce qu'il avait tout raconté d'une manière extraordinairement convaincante. Et plausible !

Il ressassa ces pensées. Le fait que les empreintes du revolver et celles de la lettre contenant les billets étaient identiques jouait en faveur de Lamont. Si les empreintes prises à Carninnish leur correspondaient, il disait vrai jusque-là. L'histoire de la correspondance féminine que Sorrell aurait reçue pouvait être vérifiée en s'adressant à Mrs Everett, même si celle-ci, prévenue en faveur de son locataire, ne pouvait faire un juge impartial.

En supposant même que Lamont ait tout inventé, quel motif avait-il pour tuer Sorrell ? Son dépit de le voir partir, sans lui proposer de l'aider, avait-il suffi pour le pousser au crime ? Mais il avait tout l'argent de Sorrell en sa possession… S'il l'avait obtenu avant sa mort, il n'avait aucune raison de le tuer, et s'il n'avait pas eu cette somme avant, on aurait dû la retrouver sur Sorrell. S'il l'avait volée dans l'après-midi en s'emparant du portefeuille de son ami, il eût été inutile de le tuer le soir ; et il n'aurait eu aucune raison de se trouver dans la queue. Plus il y réfléchissait, et plus il était impossible à Grant de trouver une bonne explication à l'assassinat de Sorrell par Lamont. Ce qui abondait en ce sens était son arrivée dans un lieu aussi public que la file d'attente d'un théâtre pour se disputer avec son ami. Ce n'est pas ainsi, généralement, que l'on prépare un assassinat. Mais peut-être n'avait-il pas eu l'intention de tuer. Lamont ne donnait pas l'impression d'un homme capable de préméditer longtemps à l'avance un crime.

La discussion des deux amis avait-elle eu lieu à propos d'un sujet plus brûlant que le revolver, une femme, par exemple ? Grant, se rappelant le visage de Lamont après le départ de miss Dinmont à Carninnish, et le son de la voix du jeune homme lorsqu'il lui parlait du roman qu'il prêtait à Sorrell, repoussa cette hypothèse.

Et s'il s'agissait d'affaires ? Lamont avait évidemment beaucoup souffert de sa pauvreté relative et du manque de sympathie de son ami. Cette peine, dont il avait parlé, était-ce un euphémisme pour désigner un ressentiment aigu qui serait devenu de la haine ? Cependant, après avoir touché les deux cent vingt-trois livres… Il est vrai qu'il n'avait connu la valeur du cadeau de Sorrell que plus tard. Car cette histoire de paquet pouvait être vraie ; Lamont avait supposé qu'il contenait une montre. Après tout, l'on ne s'attend pas à ce qu'un ami qui vous quitte vous remette deux cent vingt-trois livres, surtout lorsque cette somme représente toute sa fortune. Les explications de Lamont étaient donc vraisemblables, et même probablement exactes. Il avait dit adieu à Sorrell, et après cela… Mais pourquoi s'être disputé avec lui ? S'il était revenu dans l'intention de le poignarder, il n'aurait rien fait pour attirer l'attention. Mais que voulait donc faire Sorrell ? Seule la thèse du suicide expliquait sa conduite, si le récit de Lamont était exact. Des éclaircissements sur l'histoire de Sorrell élucideraient le problème et prouveraient la culpabilité de Lamont, ou – plus incroyable – son innocence.

Dès son retour à Londres, l'inspecteur devait réparer sa négligence et retrouver les bagages de Sorrell. Puis si cela ne donnait rien, revoir Mrs Everett. Il avait hâte de se retrouver face à elle !

Il jeta un dernier regard sur Lamont, qui sommeillait paisiblement, donna d'ultimes recommandations au constable impassible et vigilant, et il s'installa pour dormir, contrarié, mais fermement résolu à ne pas en rester là.

15

LE MONOGRAMME DE PERLES

Après avoir pris un bain, pendant lequel il avait joué avec ses orteils dans la pièce couverte de vapeur, Grant, qui ne parvenait toujours pas à éprouver le contentement du détective qui a pris son homme, se rendit au Yard, pour s'entretenir avec son chef.

Dès qu'il le vit, Barker se répandit en compliments.

— Mes félicitations, Grant, le félicita-t-il. C'est du beau travail.

Il lui demanda les détails sur l'arrestation que Grant n'avait pas introduits dans son rapport. L'inspecteur lui brossa un tableau pittoresque des trois jours passés à Carninnish. Barker témoigna d'une vive satisfaction.

— Bien manœuvré ! dit-il. Il valait mieux que ce fût vous que moi : courir dans les fondrières n'a jamais été un de mes sports favoris. Il me semble que vous étiez l'homme de la situation, Grant !

— Oui, reconnut Grant sans enthousiasme.

— En tout cas, vous ne vous laissez pas griser par vos triomphes ! se moqua Barker avec un sourire ironique.

— J'ai eu de la chance, mais j'ai commis une grave erreur.

— Comment cela ?

— J'ai découvert que Sorrell avait vraiment l'intention de se rendre en Amérique – il avait retenu sa couchette – et je n'ai pas songé que ses bagages attendaient à la gare qu'on les examine.

— Cela ne me paraît pas un oubli capital. Vous saviez qui était la victime et qui étaient ses amis ; qu'auriez-vous découvert de plus pour vous aider à retrouver Lamont ?

— Il ne s'agit pas de lui. C'est parce que j'étais si obsédé par sa capture que j'ai négligé une piste essentielle. Mais je veux en savoir plus sur Sorrell. Pour vous parler franchement, ajouta brusquement Grant, je ne suis pas du tout content de l'enquête.

La figure de Barker s'allongea un peu.

— Que lui reprochez-vous ? C'est l'affaire la plus claire que le Yard ait eue depuis quelque temps.

— Oui, en surface. Mais quand on creuse un peu, on s'aperçoit qu'il y a autre chose que ce qui paraît à première vue.

— Que voulez-vous dire ? Y aurait-il plusieurs coupables ?

— Non ; mais il se peut que nous n'ayons pas arrêté le bon.

Il y eut un court silence.

— Grant, reprit enfin Barker, c'est la première fois que je vous vois démoralisé. Vous avez besoin de vacances. Je ne crois pas que les courses-poursuites dans la lande vous aient fait du bien. Cette arrestation vous a brouillé les idées : vous avez perdu votre sens critique.

Grant se borna à répondre :

— Dans ce cas, lisez la déposition que Lamont a faite hier soir.

Il la tendit à Barker, puis s'approcha de la fenêtre et contempla la pelouse et la Tamise ensoleillée en se demandant s'il n'était pas idiot de se tourmenter ainsi, alors qu'il avait une excellente affaire. Absurde ou pas, il était décidé à aller à Waterloo dès que son chef aurait terminé avec lui ; il verrait bien ce qu'il découvrirait.

Lorsque Barker reposa la déposition sur la table, Grant se tourna vers lui avec impatience, pour voir quel effet elle lui avait produit.

— Eh bien, dit Barker, cela me donne un grand désir de rencontrer Mr Lamont.

— Pourquoi ? demanda Grant.

— Parce que je voudrais voir en personne l'individu qui a réussi à impressionner l'imperturbable inspecteur Grant avec des histoires sentimentales !

— C'est tout l'effet que cela vous produit ? marmonna Grant, l'air sombre. Vous n'en croyez pas un mot ?

— Pas un mot, admit allégrement Barker. De toutes les histoires que j'ai entendues, c'est bien celle qui me paraît la plus tirée par les cheveux. Je crois que votre homme a eu toutes les peines du monde à trouver un moyen de nier l'évidence. Il a fait de son mieux, je le reconnais.

— Voyons, prenez l'affaire par l'autre bout, et dites-moi si vous pouvez trouver une explication raisonnable au meurtre de Sorrell par Lamont ?

— Ta, ta, ta, Grant, vous êtes au Yard depuis je ne sais combien d'années, et vous voilà encore, à ce stade avancé de votre carrière, à chercher des crimes raisonnables ! Vous avez besoin de vacances, mon vieux ! Lamont a probablement tué Sorrell parce que sa façon de manger lui tapait sur les nerfs… En outre, ce n'est pas notre affaire d'étudier la psychologie des gens, de découvrir les motifs, ni autres balivernes du même genre. Aussi, ne vous cassez pas la tête ! Des preuves irréfutables, une bonne prison : vous n'avez pas à chercher plus loin !

Les deux hommes se turent, puis Grant ramassa ses papiers et se prépara à partir pour la gare de Waterloo.

— Voyons, dit enfin Barker, rompant le silence, plaisanterie à part, vous *croyez* que Lamont n'est pas coupable ?

— Je ne vois pas comment il pourrait *ne pas* l'être, répliqua Grant. Il y a les preuves. Et pourtant je ne suis pas satisfait de cette affaire.

— Serait-ce une manifestation de votre fameux flair ? demanda Barker d'un ton léger.

Mais Grant était déterminé à ne pas se départir de sa gravité, ce matin-là.

— Non, je crois que c'est parce que j'ai vu Lamont, et que j'ai parlé avec lui pendant qu'il racontait son histoire, et pas vous,

— C'est bien ce que je disais, lui rappela Barker. Lamont a réussi à vous attendrir. Chassez tout cela de votre esprit, Grant, jusqu'à ce que vous ayez au moins une petite preuve pour étayer vos craintes. Le flair est une bonne chose, et je reconnais que vous vous êtes montré extraordinaire, une fois ou deux, mais votre intuition n'avait jamais été en contradiction formelle avec les preuves existantes, comme c'est le cas actuellement.

— C'est bien ce qui m'ennuie le plus. Pourquoi ne *suis-je* pas satisfait de l'enquête ? Il y a quelque chose qui ne va pas, mais le diable m'emporte si je sais ce que c'est. Il y a quelque chose qui ne va *pas* quelque part. Il nous faut un nouvel élément pour renforcer les preuves contre Lamont, ou les détruire !

— Alors, poursuivez, allez au bout, dit Barker, jovial, vous pouvez vous permettre de vous amuser pendant quelques jours de plus, le cas est assez clair pour le tribunal.

Par cette belle matinée ensoleillée, Grant se rendit donc à Waterloo, sans parvenir à dissiper son mécontentement. En quittant la rue pour entrer sous la voûte froide de la gare, la plus triste de Londres dont le nom seul évoque des pertes et des séparations, une mélancolie de mauvais augure était empreinte sur ses traits. Ayant obtenu l'autorisation d'ouvrir les colis laissés par Sorrell, Grant se dirigea vers la consigne où un employé, vivement intéressé – oui, monsieur, je les connais. On les a déposés il y a une quinzaine de jours –, lui indiqua les bagages de Sorrell, deux malles très usées. Grant remarqua qu'elles ne portaient pas l'étiquette de la Compagnie Rotterdam-Manhattan, comme elles auraient dû le faire si Sorrell avait eu l'intention de s'embarquer à Southampton. Elles ne comportaient pas davantage d'adresse. Juste son nom et son prénom. Grant les ouvrit, le cœur battant. Dans la première malle, une fois les vêtements retirés, il trouva le passeport et les billets de Sorrell. Pourquoi les avait-il laissés là, plutôt que de les ranger dans son portefeuille ? Les étiquettes de bagages fournies par la compagnie de navigation se trouvaient avec le passeport. Peut-être Sorrell avait-il eu l'intention de rouvrir sa malle, avant d'aller au train spécial, et avait-il repoussé jusque-là l'opération de l'étiquetage, laissant ses billets et son passeport afin, sans doute, qu'ils fussent plus en sûreté que dans son portefeuille, pendant qu'il ferait la queue.

Grant continua son examen. Rien d'autre ne pouvait faire croire que Sorrell n'ait pas eu l'intention de s'embarquer ainsi qu'il l'avait dit. Ses vêtements étaient pliés avec un soin méticuleux, comme des effets que l'on tient à remettre, et disposés avec une certaine méthode. Les articles dont on aurait sans doute besoin en premier étaient à portée de main et les moins nécessaires, plus loin dessous. Tout cela ne permettait guère de prêter à Sorrell d'autres desseins que celui de déballer lui-même ses affaires par la suite. Mais il n'y avait pas un papier, pas une lettre, pas une photographie ! C'est ce qui frappa le plus Grant : un homme qui part pour l'étranger emporte généralement quelques souvenirs personnels. Il trouva enfin ce qu'il cherchait, tout à fait au fond de la malle : un petit paquet d'instantanés. Il le dénoua impatiemment et l'examina. La moitié au moins des photographies représentait Lamont, soit seul, soit avec Sorrell, et le reste était composé de clichés de soldats pris à l'armée. Les uniques représentantes féminines étaient Mrs Everett et quelques dames du Voluntary Aid Department qui semblaient se rattacher aux souvenirs de guerre. Grant en grogna presque de désappointement. Il refit le paquet et le mit dans sa poche.

Et voilà ! C'était tout ce qu'il tirait de ces bagages, sur lesquels il avait tant compté ! Déçu et découragé, il commença à remettre tout en place. En prenant un vêtement pour le plier, quelque chose glissa d'une poche et roula par terre. Il s'agissait d'un écrin de velours bleu. Grant se précipita sur la petite boîte tel un terrier apercevant un rat et ouvrit le couvercle d'une pression du pouce. Une broche – comme celles que les femmes portent sur leurs chapeaux – se détachait sur la doublure bleu sombre. Elle était faite d'un monogramme en petites perles, fort simple, et assez joli. Grant lut à haute voix : « M. R. » Margaret Ratcliffe !

Ses lèvres avaient prononcé le nom involontairement. Il regarda un instant le bijou, le retira de son lit de velours, le tourna dans sa main, puis le remit en place. Tenait-il enfin le fil conducteur ? Ces initiales, assez répandues, désignaient-elles bien la femme dont le nom ne cessait de s'immiscer dans cette affaire ? Elle faisait la queue derrière Sorrell, lorsqu'il avait été tué, elle avait retenu le même jour que lui une cabine sur le même bateau, pour la même destination ; et maintenant, le seul objet de valeur trouvé parmi les affaires du jeune homme était une broche à ses initiales à elle !

Il étudia le bijou ; ce n'était pas le genre d'article que l'on vend à la douzaine, et le nom gravé sur l'écrin indiquait une maison dont la clientèle n'est généralement pas composée de jeunes bookmakers sans fortune. C'était une firme réputée de Bond Street, dont les prix étaient proportionnels à la réputation. Grant pensa que la première démarche à faire consistait à aller voir Messrs Gallio et Stein. Il referma les malles, mit le bijou dans sa poche avec les photographies et quitta la gare.

En montant dans l'autobus, il se souvint que Lamont lui avait dit que le paquet de billets remis par Sorrell était enveloppé d'un papier blanc comme celui des bijoutiers. Un bon point de plus pour Lamont ! Mais si Sorrell partait en compagnie de Margaret Ratcliffe, ou à cause d'elle, pourquoi avait-il remis une telle somme à Lamont ? Mrs Ratcliffe possédait une fortune personnelle à en croire le rapport de Simpson, mais un homme ne se prépare pas à vivre aux dépens de la femme qu'il enlève, même s'il lui est pénible de laisser son ami dans une gêne relative.

Messrs Gallio et Stein tenaient, dans Old Bond Street, une petite boutique assez sombre, où Grant ne trouva qu'un seul vendeur. L'inspecteur ouvrit l'écrin bleu, et l'homme reconnut aussitôt la broche. C'était lui qui avait traité avec le client. Non, il ne l'avait pas en magasin.

Elle avait été exécutée sur commande pour un certain Mr Sorrell, un jeune homme blond. La broche avait coûté trente guinées et avait été remise le… (il consulta un livre) le 6, un mardi. Mr Sorrell était venu la chercher, l'avait payée et emportée ce même jour. C'était la première fois que le vendeur voyait ce client. Mr Sorrell avait expliqué ce qu'il voulait, sans discuter le prix.

Grant s'en alla, plongé dans de profondes réflexions, mais pas beaucoup plus avancé. Qu'un homme dans la situation de Sorrell ait accepté de payer un bijou trente guinées supposait une passion extrême. Il n'avait pas offert son cadeau avant le jour de son départ : peut-être ne pouvait-il le donner qu'après avoir quitté l'Angleterre. Le bijou était emballé au fond de sa malle. Personne ne connaissait à Sorrell d'amis en Amérique, mais… Margaret Ratcliffe partait par le même bateau ! Cette femme s'insinuait partout ! Et sa présence, au lieu de rendre les choses plus claires, ajoutait à l'impénétrabilité du mystère. Car Grant était convaincu qu'il y avait un mystère.

Il était presque l'heure de déjeuner, mais il retourna au Yard parce qu'il attendait une communication du bureau de poste. Elle était arrivée : le matin du 14, un mercredi, on avait envoyé du bureau de poste de Brixton High Street, à l'adresse d'Albert Sorrell, à bord du *Queen of Arabia*, un télégramme ainsi conçu :

Excusez-moi.

JERRY.

Il avait sans doute été délivré à son destinataire, mais étant donné la quantité de missives qui accompagnaient le départ d'un grand transatlantique, il avait pu être égaré.

— Alors, c'est bien cela ! s'écria Grant à haute voix.

Et Williams, qui était de service, fit : « Oui, monsieur », d'un ton accommodant.

Que faire maintenant ? Grant voulait voir Mrs Ratcliffe, mais il ne savait pas si elle était de retour. S'il téléphonait pour le demander, elle serait avertie qu'il recommençait à s'occuper d'elle. Il lui faudrait donc y envoyer de nouveau Simpson. Mrs Ratcliffe attendrait pour le moment. Il irait faire une visite à Mrs Everett. Il donna ses instructions à Simpson et, après avoir déjeuné, se rendit à Brightling Crescent.

Mrs Everett lui ouvrit la porte sans témoigner ni crainte ni embarras. À en juger par l'expression de ses yeux, son hostilité était trop grande pour lui permettre d'éprouver d'autres sentiments. Quelle tactique employer avec elle ? Une attitude sévère, officielle, ne réussirait pas à l'impressionner, ni à lui arracher des renseignements. Sorrell avait raison quand il la surnommait lady Macbeth. Et si Grant, généreusement, affectait de passer l'éponge sur le rôle qu'elle avait joué dans la fuite de Lamont, il n'obtiendrait rien du tout. La flatterie n'attirerait que le mépris. Grant en vint à penser que la seule façon de procéder avec quelque chance de succès était de lui dire la vérité.

— Mrs Everett, déclara-t-il lorsqu'elle l'eut fait entrer, Gerald Lamont est impliqué dans une affaire pour laquelle il risque la pendaison. Mais les preuves ne me paraissent pas tout à fait suffisantes. Jusqu'ici, je n'ai pas encore pris Lamont en flagrant délit de mensonge, et il y a une toute petite chance pour que ses déclarations soient exactes. Cependant aucun jury ne les croira. Elles sont très insuffisantes, et mal présentées devant le tribunal, deviendront absolument inacceptables. Je sens que des précisions supplémentaires feront pencher le plateau de la balance – ou bien elles établiront, sans l'ombre d'un doute, la culpabilité de Lamont, ou bien elles l'innocenteront tout à fait. C'est pour les avoir que je suis venu vous trouver.

Elle l'examina en silence, essayant de deviner ses intentions secrètes.

— Je vous ai dit la vérité, poursuivit-il. C'est à prendre ou à laisser. Ce n'est pas la tendresse pour Gerald Lamont qui m'a conduit ici, je vous le garantis. C'est une question de conscience professionnelle. Je ne puis clore cette affaire tant que je ne suis pas *sûr* de tenir le vrai coupable.

— Que voulez-vous savoir ? demanda-t-elle.

Et sa question semblait une capitulation – tout au moins un compromis.

— En premier lieu : quelles lettres Sorrell recevait-il généralement, et d'où venaient-elles ?

— Il recevait très peu de courrier ; il n'avait pas beaucoup d'amis avec lesquels il fût en correspondance.

— Avez-vous remarqué des lettres d'une écriture féminine ?

— Oui, de temps en temps.

— D'où étaient-elles expédiées ?

— De Londres, je crois.

— Comment était l'écriture ?

— Toute ronde, régulière, assez grosse.

— Savez-vous qui les envoyait ?

— Non.

— Depuis combien de temps recevait-il ces lettres ?

— Oh ! depuis des années, je ne me rappelle pas combien exactement.

— Et pendant tout ce temps-là, vous n'avez jamais su qui était sa correspondante ?

— Non.

— Aucune femme n'est jamais venue le voir ici ?

— Non.

— Ces lettres arrivaient fréquemment ?

— Non, à peu près une fois toutes les six semaines, ou un peu plus souvent peut-être.

— Lamont a dit que Sorrell était cachottier. Est-ce vrai ?

— Non, mais il était jaloux, je veux dire jaloux de ce qu'il aimait. Quand il tenait beaucoup à quelque chose, il le serrait en lui, si vous voyez ce que je veux dire.

— Est-ce que l'arrivée de ces lettres agissait sur son humeur ? Cela le rendait-il joyeux, ou non ?

— Il ne montrait pas ses émotions, il n'était pas expansif, vous savez.

— Dites-moi, continua Grant en sortant l'écrin de velours, aviez-vous déjà vu cela ?

Il ouvrit le couvercle, sous les yeux de Mrs Everett.

— M. R., dit-elle lentement, tout comme Grant l'avait fait. Non, je ne l'ai jamais vu. Qu'est-ce que cela a à voir avec Bertie ?

— On a trouvé ce bijou dans la poche d'un de ses vêtements dans sa malle.

Elle avança une main abîmée par le travail, prit la broche, la regarda avec curiosité, puis la rendit à Grant.

— Connaîtriez-vous une raison qui aurait pu pousser Sorrell à se suicider ?

— Non. Mais je peux vous dire qu'une semaine environ avant son départ il avait reçu par la poste un petit paquet qui l'attendait lorsqu'il est rentré le soir. Ce jour-là, il était revenu à la maison avant Jerry – Mr Lamont.

— Le paquet était-il aussi petit que celui-ci ?

— Pas tout à fait ; il était un peu plus gros, comme le serait cet écrin avec un emballage.

Cependant, le vendeur, chez Gallio et Stein, avait dit que Sorrell avait pris la broche sur lui.

— Pouvez-vous vous rappeler quel jour c'était ?

— Je ne le jurerais pas, mais je crois que c'était le jeudi qui a précédé son départ.

Le mardi, Sorrell avait pris le petit paquet chez le bijoutier, et le jeudi soir, il lui était adressé chez lui. La conclusion était évidente : la destinataire avait refusé son cadeau.

— Quelle était l'écriture, sur le paquet ?

— Il n'y avait que l'adresse sur l'étiquette, et elle était en lettres majuscules.

— Sorrell a-t-il laissé apparaître une quelconque émotion en l'ouvrant ?

— Je n'étais pas là à ce moment.

— Et après ?

— Non, je ne crois pas. Bert ne montrait pas ses sentiments, ce n'était pas son genre.

— Je comprends. Quand Lamont est-il venu vous dire ce qui s'était passé ?

— Le samedi.

— Vous saviez à ce moment-là que la victime du crime était votre locataire ?

— Non. Sa description complète n'a pas été publiée avant le jeudi, et je pensais naturellement que Bert s'était embarqué le mercredi. Je savais que Jerry devait rester avec lui jusqu'à la dernière minute, aussi ne m'étais-je pas inquiétée. Ce n'est qu'en lisant le signalement de l'homme recherché par la police que je l'ai rapproché de celui de la victime. C'était le samedi.

— Qu'avez-vous pensé à ce moment-là ?

— J'ai supposé, comme je le fais encore maintenant, qu'une grave erreur avait été commise.

— Voulez-vous me répéter ce que Lamont vous a dit ? Il nous a déjà fait sa déposition.

Elle hésita un instant, déclara :

— Eh bien, je ne crois pas que les choses puissent être pires qu'elles ne sont !

Puis elle rapporta à Grant l'histoire que Lamont lui avait racontée. Elle coïncidait, jusqu'au moindre détail, avec ce qu'il avait dit à Grant et au constable, dans le train en revenant à Londres.

— Et vous n'avez rien trouvé de louche là-dedans ?

— Je ne sais pas si je l'aurais cru, venant d'un inconnu (l'inspecteur trouva qu'elle ressemblait étonnamment à sa nièce, à ce moment-là), mais j'ai confiance en Jerry.

— Vous connaissiez Sorrell depuis plus longtemps encore, et cependant, vous ignoriez les faits essentiels de sa vie ?

— Oui, mais c'était à cause de son caractère, le temps n'a rien à y voir. Je savais tout ce qui arrivait à Jerry, même ses aventures féminines.

— Eh bien, je vous remercie de votre honnêteté, conclut Grant en se levant. S'il n'y a rien, dans ce que vous m'avez raconté, qui aide beaucoup Lamont, cela du moins ne l'incrimine pas davantage. N'avez-vous jamais supposé que Sorrell ait pu ne pas se rendre en Amérique ?

— Pourquoi ? Il avait d'autres projets ?

— Non, je veux dire que s'il avait eu l'intention de se tuer, son départ pour les États-Unis aurait pu constituer un leurre.

— Certainement pas ! Je suis sûre qu'il avait bien l'intention de partir pour l'Amérique.

Grant la remercia une fois encore et retourna au Yard. Il apprit de Simpson que Mrs Ratcliffe et sa sœur étaient toujours à Eastbourne, et qu'elles n'envisageaient pas de rentrer.

— Alors, Mr Ratcliffe fait la navette entre Eastbourne et Londres ?

Non, Mr Ratcliffe n'y avait séjourné qu'une fois depuis leur arrivée, et encore n'y avait-il pas passé la nuit.

— Avez-vous découvert le sujet des querelles du couple ?

Non. La petite bonne l'ignorait certainement. Un plaisir contenu rayonnait sur le visage taché de son de Simpson. Grant en conclut que son entretien avec la soubrette avait été plus divertissant que fructueux, et, maussade, il le renvoya.

Il lui faudrait donc aller à Eastbourne, questionner Mrs Ratcliffe… comme par hasard ; mais demain, il devrait assister à l'instruction du procès de Lamont devant le tribunal de police. C'était une pure formalité, mais il ne pouvait s'en dispenser. Il n'avait pas le temps, aujourd'hui même, d'aller à Eastbourne et d'en revenir, s'il tenait à provoquer avec Mrs Ratcliffe la rencontre fortuite qu'il projetait. Mais si l'instruction était terminée dans la journée du lendemain, il partirait aussitôt après.

Il espérait que ses fonctions ne le retiendraient pas au tribunal. Cela, c'était la routine, et la visite à Mrs Ratcliffe était un événement nouveau, gros de hasards et d'imprévus.

Il désirait tant voir son expression lorsqu'il lui montrerait la broche !

16

MISS DINMONT INTERVIENT

Le tribunal de police de Gowbridge n'est pas un lieu très joyeux. Il combine l'odeur de moisi d'un mausolée, la gaieté hygiénique et artificielle d'un hôpital, l'atmosphère confinée d'un métro, l'austérité et la laideur d'une salle de classe ou de réunion publique. Grant n'y pénétrait jamais sans un mouvement de répulsion instinctif, dû bien plus à l'ennui de passer une matinée dans un tel cadre qu'à la tristesse qui y persistait. Dans des occasions de ce genre, il lui arrivait de traiter sa profession de « vie de chien ». Et ce jour-là, il était de mauvaise humeur. Il regardait d'un œil désabusé les magistrats joviaux et contents d'eux. Il se sentait profondément dégoûté, et en chercha la raison. Il la découvrit au bout d'un instant : il était désolé d'avoir à prêter témoignage ! Du fond de son cœur, il aurait voulu dire : « Attendez un instant ! Il y a quelque chose que je ne comprends pas encore, donnez-moi le temps d'en découvrir un peu plus long ! » Mais, en tant qu'inspecteur de police, avec des preuves excellentes et l'appui de ses chefs, une telle conduite lui était interdite.

Il observa de l'autre côté du tribunal l'avocat de Lamont. Il faudrait à l'accusé un défenseur d'une autre envergure que celui-ci, lorsqu'on le jugerait à la cour d'assises, l'Old Bailey, sinon, il n'aurait pas la moindre chance d'en sortir ! Mais les grands avocats coûtent très cher : ce sont des professionnels, et non des philanthropes !

On commença par expédier rapidement deux procès, puis Lamont fut présenté au tribunal. Il paraissait souffrant, mais parfaitement calme. Il salua même Grant d'un léger sourire. Son arrivée suscita une certaine agitation dans le public. La presse n'avait pas annoncé que l'instruction aurait lieu ce jour-là, et l'assistance était composée de curieux, ou d'amis des principaux intéressés des affaires précédentes. Grant chercha du regard Mrs Everett, sans la trouver. Le seul ami de Lamont semblait être son avocat, payé pour le défendre. Grant examina les visages de l'assistance : il savait qu'ils peuvent fournir des indications précieuses, même dans un public indifférent, ou supposé tel. Mais la curiosité seule se lisait sur leurs traits.

En quittant la barre après avoir fourni son témoignage, Grant aperçut une nouvelle venue au fond de la salle : miss Dinmont. Pourtant ses vacances ne se terminaient pas avant une semaine encore, et elle avait dit, au thé fatidique chez le pasteur, que puisqu'elle n'avait qu'un congé par an, elle le passait tout entier dans sa famille.

Tandis qu'elle s'asseyait, l'inspecteur Grant s'étonnait que la jeune fille eût abrégé son séjour et fait un voyage de cinq cents miles pour venir entendre les témoignages, alors qu'elle s'était montrée si dure à l'égard de l'homme qu'elle croyait coupable d'un crime atroce. Lamont lui tournait le dos, et il était probable qu'il ne la verrait pas, sauf s'il se retournait en sortant. Le regard de miss Dinmont croisa celui de Grant, et elle le salua, sans manifester la moindre émotion. Avec son costume tailleur sombre, à la coupe impeccable, son petit chapeau, elle avait tout de la femme du monde accomplie, charmante et maîtresse de soi. Elle aurait pu être une journaliste en quête de copie, à en juger par son calme absolu. Son joli visage demeura impassible, même lorsque Lamont fut renvoyé du tribunal. Comme elles se ressemblaient, la tante et la nièce ! songea Grant. C'était sans doute pour cela qu'elles ne s'aimaient pas. Au moment où elle partait, il la rejoignit et la salua.

— Que faites-vous, maintenant, miss Dinmont ? Voulez-vous venir déjeuner avec moi ?

— Je croyais que les inspecteurs vivaient de comprimés d'extrait de bœuf, ou de quelque chose de ce genre ! Ont-ils vraiment le temps de s'asseoir pour les repas ?

— Non seulement ils en ont le temps, mais encore ils mangent fort bien ! Venez et vous verrez.

Elle sourit et le suivit.

Il l'emmena chez *Laurent*.

— Je ne pouvais plus rester à Carninnish, après ce qui s'est passé, lui expliqua-t-elle en déjeunant. Et comme je mourais d'envie d'en savoir plus, je suis venue. C'est la première fois de ma vie que j'assiste à ce genre de procès. Ce n'est pas bien impressionnant.

— Au tribunal de police, peut-être, admit Grant, mais attendez de voir les assises !

— J'espère bien que je n'en verrai jamais, mais je crois que je ne vais pas y échapper ! Vous avez là une belle affaire, n'est-ce pas ?

— C'est ce que semble penser mon chef.

— Et vous n'êtes pas de son avis ? demanda-t-elle vivement.

— Oh ! si, sûrement.

Reconnaître devant Mrs Everett qu'il n'était pas content était une chose, mais le claironner devant tous en était une autre. Et il classait certainement l'indépendante miss Dinmont sous la rubrique « tous ».

Elle parla ensuite de Lamont lui-même.

— Il n'a pas l'air remis, dit-elle, pensive. Sera-t-il soigné en prison ?

— Oh ! oui, la rassura Grant.

— Mais est-ce qu'il ne court pas le risque d'être harcelé ? Parce que je vous avertis qu'il n'y résistera pas dans l'état où il est. Ou bien il tombera sérieusement malade, ou bien il avouera sa culpabilité.

— Alors, vous n'y croyez pas ?

— Je crois que c'est peu probable, mais je sais fort bien que mon opinion est inutile. Je voudrais seulement qu'il soit traité avec équité.

Grant lui fit remarquer qu'elle avait accepté comme un fait accompli ce qu'il lui avait dit à Carninnish, relativement au crime de Lamont.

— Eh bien, reprit-elle, vous en saviez beaucoup plus long que moi à ce sujet. Je ne le connaissais que depuis trois jours. Il me plaisait, mais cela ne le rendait pas innocent pour autant. De plus, il vaut mieux être dur que dupe.

Grant réfléchit en silence à cette affirmation peu féminine, et elle lui répéta sa question :

— Ne va-t-on pas le harceler ?

— Non, réaffirma Grant, nous ne sommes pas en Amérique. Il a fait sa déposition, comme vous venez de l'entendre, et il est probable qu'il ne changera pas d'avis pour en faire une autre.

— A-t-il des amis ?

— Il n'a que votre tante, Mrs Everett.

— Et qui paiera pour sa défense ?

Grant le lui expliqua.

— Alors, il ne peut pas avoir un bon avocat ! Cela ne me paraît pas particulièrement juste que le ministère public dispose de grands avocats et que les criminels dénués de ressources n'en aient que de mauvais pour les défendre.

Grant sourit.

— Oh ! il aura un traitement équitable, ne vous en faites pas ! C'est la police qui est le plus malmenée dans une affaire de crime.

— Au cours de votre carrière, vous n'avez jamais connu d'erreurs judiciaires ?

— Si, plusieurs, reconnut Grant avec bonne humeur. Mais il s'agissait de confusions sur l'identité de la personne. Et ce n'est pas le cas ici.

— Oui, mais il doit y avoir des crimes dans lesquels les preuves ne sont qu'une série de petits faits sans relation entre eux, et qui ont l'air de quelque chose lorsqu'on les réunit. Comme un couvre-lit en patchwork !

Grant essaya de rassurer miss Dinmont devinant l'inquiétude qui sous-tendait ses questions. Il changea doucement de sujet de conversation, puis se tut : une idée venait brusquement de lui traverser l'esprit. S'il allait seul à Eastbourne, Mrs Ratcliffe ne manquerait pas de le soupçonner, si fortuite que puisse paraître la rencontre. Mais s'il arrivait en compagnie d'une jeune femme, on admettrait aussitôt qu'il était en congé, et Mrs Ratcliffe ne serait plus sur ses gardes. Tout le succès de l'expédition dépendait de cela : qu'elle ne s'attendît pas à une manœuvre de sa part.

— Écoutez, reprit-il, que faites-vous cet après-midi ?

— Rien, pourquoi ?

— Avez-vous fait votre bonne action, aujourd'hui ?

— Non, il me semble que j'ai été tout à fait égoïste !

— Eh bien, soulagez votre conscience en m'accompagnant cet après-midi à Eastbourne et en vous faisant passer pour ma cousine, jusqu'au dîner. Qu'en pensez-vous ?

Elle le regarda d'un air grave.

— Je ne crois pas. Vous êtes encore sur la piste d'un pauvre malheureux ?

— Pas exactement, mais sur quelque chose d'intéressant.

— Je n'irai pas, déclara-t-elle lentement. Si c'était pour s'amuser, j'accepterais tout de suite. Mais là, vous me demandez de faire quelque chose pour quelqu'un que je ne connais pas, vous comprenez ?

— Oui, je ne puis vous dire de quoi il s'agit, mais si je vous donne ma parole que vous ne le regretterez pas, me croirez-vous ?

— Pourquoi vous croirais-je ? argumenta-t-elle doucement.

L'inspecteur fut un peu interloqué. Il avait admiré sa réserve vis-à-vis de Lamont, mais l'application logique du même principe sur lui le déconcerta.

— Pourquoi, en effet ? reconnut-il. Je suppose que les policiers sont capables de raconter des craques, comme les autres.

— Et qu'ils sont infiniment moins scrupuleux que la plupart, ajouta-t-elle sèchement.

— Alors, c'est à vous de décider. Vous ne regretterez pas d'être venue, je vous le jure, si cela peut vous faire plaisir ! Les policiers n'ont pas l'habitude du parjure, si peu scrupuleux soient-ils !

Elle éclata de rire.

— Je vous ai eu, n'est-ce pas ? dit-elle malicieusement. (Puis après une pause :) Oui, je viendrai, et je serai ravie d'être votre cousine. Mes cousins ne sont pas aussi beaux garçons !

Mais son ton était si moqueur que Grant ne tira aucun plaisir du compliment.

Ils traversèrent une campagne verdoyante avant d'arriver à la mer, en bavardant comme de vieux amis. Grant fut surpris par l'apparition des dunes, comme quelqu'un qui entre dans une pièce sur la pointe des pieds, sans faire de bruit, et effraie les occupants en surgissant soudain. Jamais voyage ne lui avait paru aussi court. Ils étaient seuls dans leur compartiment et il entreprit de donner à miss Dinmont les indications indispensables.

— Je séjourne à Eastbourne, ou plutôt non – je ne suis pas habillé pour cela –, nous sommes venus tous les deux passer l'après-midi. Je vais engager la conversation avec deux femmes qui me connaissent déjà, pour m'avoir vu dans l'exercice de mes fonctions. Lorsque vous nous entendrez parler de broches à chapeaux, je vous demande de sortir celle-ci de votre sac, et de dire que vous venez de l'acheter pour votre sœur. À propos, vous vous appelez Eleanor Raymond, et votre sœur Mary. C'est tout. Laissez la broche bien en vue, jusqu'à ce que j'arrange ma cravate. Cela signifiera que j'ai obtenu le renseignement que je voulais.

— Très bien. Quel est votre prénom ?

— Alan.

— Parfait, Alan. J'allais oublier de vous le demander. Ç'aurait été joli, si je n'avais pas su le prénom de mon cousin ! Quel monde étrange, n'est-ce pas ? Regardez ces primevères dans le soleil et pensez à tous ces gens qui, en cet instant, ont de terribles ennuis.

— Non, n'en faites rien. Cela mène à la folie. Pensez plutôt à cette plage si merveilleusement déserte que nous allons voir dans quelques minutes.

— Allez-vous toujours au Old Vic ? demanda-t-elle.

Et ils étaient encore en train de faire l'éloge de miss Baylis quand ils entrèrent en gare.

— Venez, Eleanor !

Grant, la prenant par le bras, l'entraîna vers la sortie comme un enfant impatient de jouer avec sa pelle dans le sable.

Comme il l'avait prédit, la plage était merveilleusement déserte, situation qui rend la côte sud si attirante hors saison. Il faisait une chaleur caniculaire, et quelques groupes étaient éparpillés çà et là sur les galets, lézardant dans un isolement aristocratique inconnu des visiteurs de l'été.

— Nous allons passer par la promenade et nous reviendrons le long de la plage, proposa Grant. Je suis sûr que nous trouverons ces dames dehors, par ce beau temps !

— Dieu veuille qu'elles ne soient pas sur les dunes, protesta miss Dinmont. La marche ne me fait pas peur, mais nous ne les trouverions pas avant demain.

— Je crois qu'on peut écarter cette hypothèse : la personne qui m'occupe n'est pas une grande marcheuse.

— Comment s'appelle-t-elle ?

— Je ne vous dirai pas son nom avant de vous avoir présentée. Vous êtes censée n'avoir jamais entendu parler d'elle, et ce sera mieux si c'est vraiment le cas.

Ils déambulèrent en silence sur le front de mer, si coquet, en direction de Holywell. Tout était soigné et avait cet air propret si caractéristique d'Eastbourne. Même la mer présentait un aspect un peu élitiste. Beachy Head avait l'air d'avoir été posée là comme l'aboutissement heureux de la promenade et d'en être très fière.

Ils marchaient depuis une dizaine de minutes, lorsque Grant annonça :

— Allons maintenant sur la grève, je suis presque certain que nous avons dépassé les dames que je cherche ; j'ai cru les voir en bas, sur les galets.

Ils redescendirent vers la jetée et s'approchèrent de deux femmes allongées sur des transatlantiques, contemplant la mer. La plus mince lisait, tournant le dos à miss Dinmont et à l'inspecteur. L'autre était entourée de revues, de papier à lettres, d'une ombrelle, et de tout le matériel habituel des baigneurs sur une plage. Elle semblait somnoler à moitié. Au moment où il s'approchait d'elles, l'inspecteur les regarda comme par hasard et s'arrêta.

— Tiens ! Mrs Ratcliffe ! s'écria-t-il. Alors, vous êtes venue reprendre des forces ? Quel temps merveilleux !

Mrs Ratcliffe, après un coup d'œil ébahi, lui tendit la main.

— Vous connaissez ma sœur, miss Lethbridge ?

L'inspecteur la salua et dit :

— Je ne crois pas que vous connaissiez ma cousine…

Mais les dieux furent favorables à Grant, ce jour-là. Avant qu'il eût eu le temps de se compromettre, miss Lethbridge s'exclama, de son accent traînant :

— Mon Dieu ! Mais… c'est Dandie Dinmont ! Comment allez-vous, chère mademoiselle ?

— Vous vous connaissez donc ? s'étonna Grant, se rendant compte qu'un pas de plus l'aurait fait tomber dans un précipice.

— Je pense bien ! s'exclama miss Lethbridge. J'ai été opérée de l'appendicite à l'hôpital Saint-Michel, et c'est Dandie Dinmont qui me tenait la tête et les mains, alternativement. Et je puis vous garantir qu'elle les tenait très bien ! Meg, je te présente miss Dinmont. Ma sœur, Mrs Ratcliffe. Qui aurait pu croire que vous aviez des cousins dans la police ?

— Je suppose que vous reprenez des forces, vous aussi, inspecteur ? intervint Mrs Ratcliffe.

— Si l'on veut, dit l'inspecteur. Ma cousine disposait d'un jour de congé et, moi, j'ai terminé mon enquête. Aussi nous accordons-nous un peu de repos.

— Il n'est pas encore l'heure de prendre le thé, dit miss Lethbridge. Asseyez-vous et bavardons. Je n'ai pas vu Dandie depuis des siècles.

— Vous devez être content d'être débarrassé de cette affreuse histoire, inspecteur, poursuivit Mrs Ratcliffe, tandis qu'ils s'asseyaient sur les galets.

Elle parlait du crime comme s'il s'était agi d'un événement aussi important dans la vie de Grant que dans la sienne, mais l'inspecteur laissa passer sa remarque, et la conversation dévia bientôt sur des questions de santé, de restaurants, d'hôtels pour aboutir à une discussion sur l'élégance.

— J'aime beaucoup la broche de votre chapeau, dit miss Dinmont à son amie d'un ton détaché. C'est amusant, parce que nous venons d'en acheter une pour une de nos cousines qui se marie. Vous savez, c'est comme lorsque vous avez un nouveau manteau : vous regardez celui des autres d'un œil différent. Je l'ai ici quelque part…

Elle prit son sac et finit par en extraire l'écrin de velours bleu.

— Comment trouvez-vous notre emplette ? demanda-t-elle.

Elle ouvrit le couvercle et leur passa la broche.

— Oh ! très jolie ! admira miss Lethbridge.

Mais Mrs Ratcliffe garda un instant le silence.

— M. R., dit-elle enfin. Tiens ! les initiales sont les mêmes que les miennes. Comment s'appelle votre cousine ?

— Mary Raymond.

— On dirait le nom d'une sainte-nitouche sortie tout droit d'un roman, fit remarquer miss Lethbridge. Est-ce un modèle de vertu ?

— Non, pas particulièrement, encore qu'elle épouse un homme abominablement rassis. Alors, vous le trouvez bien, notre cadeau ?

— Je vous crois ! s'écria miss Lethbridge.

— Superbe, confirma sa sœur. Est-ce que je peux la voir de près ? (Elle prit l'écrin dans sa main, examina la broche de tous les côtés et la remit à miss Dinmont.) Superbe ! répéta-t-elle. Et pas ordinaire du tout. Est-ce que l'on trouve cela « tout fait », si l'on peut dire ?

Un mouvement de tête imperceptible de Grant répondit à la question muette de miss Dinmont.

— Non, nous l'avons fait faire, dit-elle.

— Eh bien, elle a de la chance, Mary Raymond, et si elle n'aime pas ce bijou, c'est qu'elle n'a pas de goût !

— Oh ! nous ne le saurons jamais, dit Grant, elle peut toujours raconter des histoires et nous dire qu'elle l'aime ! Les femmes sont des expertes en mensonges !

— Écoutez-moi ça ! se moqua miss Lethbridge. Pauvre être désillusionné !

— N'est-ce pas la pure vérité ? Votre vie mondaine n'est qu'une longue série de mensonges. Vous êtes désolée – vous n'êtes pas chez vous ! – vous auriez voulu venir, mais… vous regrettez tant que l'on ne puisse pas rester un moment de plus ! Lorsque vous ne mentez pas à vos amis, vous mentez à vos domestiques !

— Il peut m'arriver de mentir à mes amis, protesta Mrs Ratcliffe, mais jamais à mes domestiques !

— Vraiment ? insista Grant en se retournant légèrement pour la regarder.

À le voir ainsi, le chapeau rabattu sur les yeux, assis sur la grève, personne n'aurait pu penser que l'inspecteur était de service.

— Vous partiez pour les États-Unis le lendemain du crime, n'est-ce pas ?

Elle acquiesça tranquillement.

— Alors, pourquoi avez-vous dit à votre domestique que vous alliez dans le Yorkshire ?

Mrs Ratcliffe fit un mouvement pour se redresser et se laissa retomber au fond de son fauteuil.

— Je ne sais pas ce que vous voulez dire ! Je n'ai certainement jamais parlé du Yorkshire.

C'était tellement possible que Grant se hâta de corriger : « Eh bien, elle croit l'avoir entendu », avant que Mrs Ratcliffe lui pose l'inévitable question :

— Comment le savez-vous ?

— Il n'y a rien qu'un inspecteur de police ne sache, dit Grant.

— Vous voulez dire qu'il n'y a rien qu'il ne fasse ? lança-t-elle, fâchée. Vous êtes sorti avec Annie ? Je ne serais pas étonnée que vous me soupçonniez d'avoir commis le crime moi-même.

— Oh, vous savez, continua Grant, les inspecteurs soupçonnent tout le monde !

— Alors, il semble que je vous doive bien de la reconnaissance de ce que vos soupçons ne vous mènent à rien de plus grave que de faire la cour à ma domestique !

Grant aperçut les yeux de miss Dinmont, sous le court rebord de son chapeau, et il y lut une expression nouvelle. Elle venait de comprendre que Mrs Ratcliffe était mêlée à l'affaire du Woffington et réfléchissait sérieusement. Grant lui adressa un sourire rassurant.

— Elles me trouvent désagréable, dit-il, mais, vous, défendez-moi ! C'est pour la justice que je vis !

Elle avait dû saisir que ces recherches ne pouvaient guère incriminer Lamont, au contraire, peut-être.

— Allons prendre le thé, offrit miss Lethbridge. Venez à notre hôtel. Ou si nous allions ailleurs, Meg ? J'en ai assez des sandwiches aux anchois et du gâteau aux raisins !

Grant proposa une maison de thé réputée pour son cake, et il commença à grouper les affaires éparses de Mrs Ratcliffe. Il fit tomber par mégarde le bloc de papier à lettres, qui s'ouvrit sur la première feuille, une lettre inachevée. Les grosses lettres rondes de l'écriture de Mrs Ratcliffe s'étalaient en plein soleil.

— Excusez-moi ! dit-il en ramassant le bloc, les journaux et les revues.

Au point de vue gastronomique, le thé fut peut-être un succès mais, au point de vue mondain, Grant sentit que c'était un échec lamentable. Sur ses trois compagnes, deux le considéraient avec un mépris qu'il ne pouvait ignorer, et la troisième – miss Lethbridge – était si allégrement déterminée à ignorer la mauvaise humeur de sa sœur que cela même prouvait à quel point elle était sensible à la tension des uns et des autres. Lorsqu'ils eurent pris congé, Grant et miss Dinmont regagnèrent la gare, au soir tombant.

— Vous avez été merveilleuse, miss Dinmont ! Je ne l'oublierai jamais, la remercia-t-il.

Mais elle ne lui répondit pas. Elle fut si taciturne pendant le voyage du retour que le mécontentement de Grant s'accentua. Pourquoi ne lui faisait-elle pas confiance ? Le prenait-elle pour un ogre parce qu'il l'utilisait sans grands scrupules ? Et pendant tout ce temps, une moitié de lui-même souriait sardoniquement en disant : « Vous, un inspecteur de police, vous parlez de confiance ! Eh bien, Machiavel était un enfant de chœur comparé à un homme du CID. »

Lorsque Grant partait en guerre contre lui-même, sa bouche se tordait légèrement, et ce soir-là, sa mimique était très marquée. Il n'avait pas trouvé une seule réponse définitive aux problèmes qui le troublaient. Il ne savait pas si Mrs Ratcliffe avait reconnu la broche, ni si elle avait dit à sa domestique qu'elle partait pour New York, et bien qu'il ait vu une lettre d'elle, il ne pouvait pas en conclure grand-chose : beaucoup de femmes possèdent une écriture grosse et ronde. Elle avait examiné la broche un peu longuement, mais c'était peut-être pour déchiffrer les initiales. Les questions déguisées qu'elle avait posées pouvaient être totalement innocentes – ou ne pas l'être le moins du monde ! Si elle avait eu une part quelconque au crime, il fallait reconnaître qu'elle s'était montrée assez intelligente et assez forte pour ne pas se trahir. Elle l'avait déjà dupé une fois lorsqu'il l'avait chassée si légèrement de son esprit, le premier jour de l'enquête. Il ne pouvait rien faire pour l'empêcher de recommencer à moins de trouver un fait accablant que rien ne pourrait justifier.

— Que pensez-vous de Mrs Ratcliffe ? demanda-t-il à miss Dinmont.

Ils étaient seuls dans leur compartiment, avec un rustre de la campagne et sa promise.

— Pourquoi ? interrogea-t-elle. Est-ce une conversation, ou un interrogatoire ?

— Miss Dinmont, vous êtes fâchée contre moi ?

— Ce n'est pas le terme exact pour ce que j'éprouve, fulmina-t-elle. Je me suis rarement sentie aussi bernée que ce soir !

Grant fut navré de l'amertume qu'il perçut dans sa voix.

— Mais il n'y a pas lieu, protesta-t-il, sincèrement affligé. Vous vous en êtes tirée comme une professionnelle, et rien, dans tout ce que nous avons fait, ne peut vous donner cette impression. Je bute contre quelque chose et je voudrais que vous m'aidiez. Voilà pourquoi je vous demande ce que vous pensez de Mrs Ratcliffe. J'ai besoin d'une opinion de femme, sans parti pris.

— Eh bien, si vous voulez mon avis sincère : je crois que Mrs Ratcliffe est une sotte !

— Oh ! Vous ne croyez pas qu'elle est intelligente, dans le fond ?

— Je crois qu'elle n'a pas de fond !

— Vous la trouvez superficielle ? Mais…

Il réfléchit.

— Vous m'avez demandé ce que je pensais, et je vous l'ai dit. C'est une sotte superficielle.

— Et sa sœur ? s'enquit Grant, bien qu'elle n'eût rien à faire avec ses recherches.

— Oh ! Tout le contraire, futée, du caractère, malgré les apparences.

— Mrs Ratcliffe serait-elle capable de commettre un crime ?

— Non, certainement pas !

— Pourquoi ?

— Parce qu'elle n'aurait pas assez de cran ! expliqua élégamment miss Dinmont. Elle pourrait tuer dans un accès de rage, mais alors tout le monde le saurait une minute après, et elle en parlerait toute sa vie !

— Pensez-vous que si elle savait quelque chose sur un crime, elle pourrait le garder pour elle ?

— Vous voulez dire : si elle connaissait le nom du coupable ?

— Oui.

Miss Dinmont étudia un instant le visage impassible de l'inspecteur, éclairé par les lampes d'une gare, qui défilaient doucement tandis que le train ralentissait pour s'arrêter. « Eridge ! Eridge ! » cria un employé en descendant d'un pas lourd sur le quai désert. Le train repartit avant que miss Dinmont ne reprenne la parole.

— Je voudrais vraiment savoir ce que vous pensez, dit-elle d'un ton désespéré. Est-ce que vous me prenez pour une sotte encore une fois ?

— Miss Dinmont, croyez-moi, je ne vous ai encore jamais vue agir comme une idiote, et je parierais tout ce que vous voudrez que cela n'arrivera jamais !

— Bien. Je crois que Mrs Ratcliffe pourrait garder le secret au sujet d'un crime, mais pour cela, il faudrait une raison qui la concerne elle, personnellement, d'une façon capitale. C'est tout.

Grant se demanda si ces deux derniers mots signifiaient que c'était tout ce qu'elle voulait lui dire, ou s'ils indiquaient qu'il ne fallait plus la questionner.

Mais elle lui avait donné matière à réflexion, et il garda le silence jusqu'à l'arrivée à Victoria.

— Où demeurez-vous ? demanda-t-il. Pas à l'hôpital ?

— Non, je loge à mon club, dans Cavendish Square.

Il l'accompagna, malgré ses dénégations, et prit congé sur le seuil, puisqu'elle ne voulait pas dîner avec lui.

— Vous avez encore quelques jours de vacances, dit-il, plein de bonnes intentions. Qu'allez-vous faire ?

— En premier lieu, je vais aller voir ma tante. J'en suis arrivée à la conclusion que les maux que l'on connaît sont moins redoutables que ceux que l'on ignore !

L'inspecteur aperçut alors le sourire de miss Dinmont éclairé par la lumière de l'entrée, et il partit un peu réconforté. Le sort contraire qui semblait s'acharner contre lui depuis quelques heures s'adoucissait un peu.

17

LA SOLUTION

Grant était d'une humeur noire ; au Yard, on n'avait jamais vu chose pareille. Le fidèle Williams lui-même essuyait des remarques cinglantes, et seul l'étonnement douloureux de sa bonne figure colorée rappelait un instant Grant à une plus juste notion des choses. Mrs Field en rejetait la faute sur les Écossais, leur nourriture, leurs habitudes, leur climat et leur pays, et elle déclara d'un ton théâtral à son mari, dans une sorte de calcul enfantin : « Si quatre jours dans un tel pays nous le ramènent dans cet état, qu'en serait-il après un mois ? » en exhibant le costume de tweed déchiré et maculé de boue que Grant avait rapporté de son incursion dans les collines. Elle ne faisait point secret de ses opinions, et de ses préjugés, et l'inspecteur la supportait aussi patiemment que le lui permettait son âme tourmentée.

Repris par la routine quotidienne, et mettant à jour son travail en retard, il revivait sans cesse son enquête, reprenant l'affaire depuis le début, sans pouvoir découvrir à quel moment on avait commis une erreur ou une négligence. Il essayait délibérément de s'empêcher de chercher plus loin, d'accepter la thèse générale qui voulait que la conclusion de la police soit trop bonne pour ne pas être vraie, de souscrire à l'opinion de Barker quand celui-ci lui disait qu'il était « à bout de nerfs » et devait prendre un congé. Mais c'était inutile. Dès qu'il cessait de se raisonner, l'intuition que quelque chose ne collait pas revenait aussitôt. Et cette conviction grandissait au fur et à mesure que les jours lents, stériles et ternes s'écoulaient. Il retournait en esprit à ce premier jour, il y avait un peu plus d'une quinzaine, quand il avait vu un corps inconnu. Il repartait de ce point de départ pour repasser toute l'enquête. Avait-il manqué un détail ? Le poignard s'était révélé être un indice inutile, il ne lui avait rien appris. Personne n'avait reconnu en avoir vu ou possédé un semblable. Tout ce qu'il avait à son actif, c'était d'avoir fait une entaille à la main du meurtrier – une pièce à conviction probante à condition qu'elle soit reliée à d'autres.

Chaque fait pouvait être isolé et passé au crible sans pour autant perdre son utilité dans le tableau général ; et Grant restait, comme avant, avec le sentiment intense et irrationnel que tout cela tenait de la superstition, que la broche au monogramme était la clé du mystère. Son histoire expliquerait tout mais il fallait la déchiffrer. Elle était rangée avec le poignard, dans un tiroir de son bureau, et Grant, lorsqu'il n'avait rien à faire, les sortait tous les deux pour les contempler, d'un air absent comme le compatissant Williams l'avait rapporté à son subordonné. Ils devenaient pour lui des fétiches. Il devait exister un lien entre les deux – entre le cadeau que Sorrell avait fait à une femme et le poignard qui l'avait tué. Il le sentait aussi fortement et aussi nettement que le soleil qui lui chauffait les mains tandis qu'il manipulait les objets sur la table. Et pourtant, sa propre raison, comme celle des autres, riait à cette idée. Qu'avait à voir la broche avec cette affaire ! Gerald Lamont avait tué Sorrell avec un petit poignard italien – sa grand-mère était italienne et, s'il n'avait pas hérité du poignard, il avait sûrement hérité de la volonté de s'en servir – après une querelle dans une file d'attente. De son propre aveu, il avait été froissé que Sorrell quittât l'Angleterre en le laissant sans travail et plus ou moins sans argent. Sorrell aurait pu payer sa traversée mais ne l'avait pas fait. De son propre aveu, il ignorait que Sorrell lui avait donné de l'argent deux jours encore après le meurtre. Où intégrer dans tout cela une broche avec un monogramme de perles ? La dague en argent et émaux était le pivot de l'affaire – la pièce maîtresse. Elle allait être photographiée, découpée en entrefilets dans les journaux et discutée dans tous les foyers anglais, et la petite fente sur le manche allait faire pendre un homme. Pendant tout ce temps-là, la broche, qui ne figurait pas dans l'enquête, opposait un refus total et silencieux à toutes leurs ridicules théories.

C'était absurde. Grant détestait cet objet et pourtant, il y revenait sans cesse, comme un homme revient toujours à une maîtresse moqueuse. Il essaya de « fermer les yeux », son recours favori quand il se heurtait à une difficulté et, soit s'abandonnait au plaisir de se distraire, soit se concentrait sur son travail pendant une longue période. Mais lorsqu'il les rouvrit, c'était toujours la broche qu'il voyait. Cela ne lui était encore jamais arrivé : pour la première fois, il ne voyait pas l'affaire sous un autre angle. Ou il était totalement obsédé, ou il était parvenu à la dernière hypothèse, le nerf vital, mais cela ne lui apprenait rien ; c'était posé là devant ses yeux pour qu'il le décrypte mais il ne savait pas comment faire.

Supposons, pensait-il, supposons que le meurtre soit finalement l'œuvre d'un comparse et non le résultat d'une querelle dans une file d'attente. Quel genre d'individu pourrait être ce comparse ? En aucun cas un de ceux qui se trouvaient le plus près de l'homme assassiné. Mais personne d'autre ne s'était approché de la file d'attente, excepté le policier, le portier et Lamont. Quelqu'un d'autre aurait-il pu s'enfuir sans se faire remarquer ? Raoul Legarde était parti sans attirer l'attention et Lamont avait disparu avec la même facilité – le premier parce que les gens dans la queue étaient absorbés par eux-mêmes ; le second parce qu'ils étaient absorbés par le crime. S'il y avait eu quelqu'un d'autre ? Il se souvenait à quel point les témoins s'étaient révélés indifférents à leur entourage. Pas un seul n'avait été capable de donner une description exacte des gens qui s'étaient tenus près d'eux, à l'exception de Raoul Legarde, à l'esprit plus critique parce que, étant étranger, une foule d'Anglais représentait encore pour lui un spectacle. À part lui, personne ne s'était préoccupé de son voisin ; tous avaient fait montre de l'égoïsme des Londoniens et de l'attitude classique des habitués des queues. Quelqu'un d'autre avait pu s'éclipser sans être remarqué. Mais dans ce cas, quelle chance avaient-ils désormais de le capturer ? Quels indices possédaient-ils ?

La broche, lui répondit son autre moi, la broche !

Le vendredi, Lamont comparut à nouveau devant le tribunal de Gowbridge et, ainsi que Grant le prévoyait, l'avocat protesta au sujet de la déposition que son client avait faite à la police. L'inspecteur s'attendait bien à des objections de principe, mais il s'aperçut vite que le défenseur de Lamont était sincèrement convaincu. Le ministère public pourrait tirer parti du ressentiment que l'accusé avait reconnu éprouver à l'égard de Sorrell à cause de son départ, et l'avocat voulait parer le coup. Le magistrat répondit que la police ne semblait avoir exercé aucune pression sur le prisonnier, puisque de toute évidence, il avait lui-même demandé à faire sa déposition. L'avocat de Lamont fit observer que son client n'était pas en état, mentalement et physiquement, de faire des déclarations aussi importantes, qu'il était à peine remis d'une commotion grave, ce qui ne lui permettait pas de…

Et la discussion se poursuivit, intarissable, sur des vétilles. Ceux qu'elle intéressait le plus directement, Lamont et Grant, attendaient, las et ennuyés, que le flot verbal s'arrêtât, pour partir, l'un vers sa cellule, l'autre vers son obsédant problème. Miss Dinmont se trouvait dans la salle, aujourd'hui bondée, et cette fois-ci, on ne pouvait douter de ses dispositions amicales à l'égard de Grant. Son entretien avec sa tante semblait avoir eu le singulier effet de l'adoucir, et Grant, se rappelant Mrs Everett, ne manqua pas de s'en étonner. Ce ne fut qu'en retournant au Yard qu'une explication se présenta à son esprit : la foi de sa tante en l'innocence de Lamont avait fait naître chez la jeune fille un espoir, étranger à la raison comme à la logique ; et c'était cet espoir qui lui donnait ce charme rare, inconnu, qui tenait presque du rayonnement. Grant maugréa. Après tout, elle pouvait bien espérer en l'innocence de Lamont, cela ne l'avancerait guère, s'il était condamné !

Que disait donc cette broche de perles ? qui avait eu accès à la file d'attente ? L'inspecteur revint en hâte à son bureau et regarda par la fenêtre. Il abandonnerait le service : il n'était pas doué pour cela. Il persistait à trouver des difficultés là où personne n'en voyait. C'était une preuve certaine d'incompétence. Comme Barker devait se moquer de lui ! Eh bien, qu'il se moque ! Barker avait à peu près autant d'imagination qu'un pavé ! Par contre, lui, Grant, en avait trop pour rester dans la police. Il démissionnerait. Il y aurait au moins deux personnes qui lui en sauraient gré : les deux hommes qui aspiraient à le remplacer. Quant à cette affaire, il n'y penserait plus !

Et au moment même où il prenait cette résolution, il quitta la fenêtre pour retirer une fois encore la broche de son tiroir, mais il fut interrompu par l'arrivée de Barker.

— Eh bien, lui dit son chef, j'apprends qu'ils font toute une histoire au sujet de la déposition ?

— Oui.

— À quoi pensent-ils donc que cela les avance ?

— Je ne sais pas ; c'est pour la forme, je suppose, à cause de certains faits admis par Lamont dont on pourrait se servir contre lui.

— Oh ! laissons-les s'agiter, fit Barker. Ils ne peuvent supprimer les preuves. Déposition ou pas, nous les tenons. Vous continuez à vous tourmenter pour cette affaire ?

— Non ! J'y ai renoncé. À partir de maintenant, je ne crois plus que ce que je vois et entends, et non ce que je sens !

— Parfait ! approuva Barker. Mettez un frein à votre imagination, Grant, et un jour ou l'autre, vous deviendrez un grand homme. Ne montrer du flair qu'une fois tous les cinq ans : c'est bien assez !

Et, jovial, il sourit à son subordonné.

Un constable apparut dans la porte et dit à Grant :

— Il y a une dame qui veut vous voir, monsieur.

— Qui est-ce ?

— Elle n'a pas voulu me donner son nom, mais elle a dit que c'était très important.

— Très bien, faites-la entrer.

Barker se leva, comme pour s'en aller, mais se laissa retomber sur son siège, et les deux hommes attendirent en silence. Barker se trouvait devant le bureau Grant derrière, sa main gauche caressant la poignée du tiroir qui renfermait la broche. Alors, la porte s'ouvrit, et le constable introduisit la visiteuse en annonçant :

— C'est la dame qui vous demande, monsieur.

C'était la grosse femme qui faisait la queue au Woffington.

— Bonjour, Mrs… Wallis.

Grant fit un effort pour se rappeler son nom. Il ne l'avait pas revue depuis l'enquête.

— Que puis-je faire pour vous ?

— Bonjour, inspecteur, commença-t-elle, avec un invraisemblable accent cockney. Je suis venue, parce que je trouve que cette affaire a assez duré. J'ai tué Bert Sorrell, et je ne veux pas qu'un autre paie pour moi, si je puis l'éviter.

— Quoi ? manqua s'étrangler Grant.

Il contempla la figure, grasse, luisante, les yeux en boutons de bottine, les vêtements de satin noir qui la boudinaient, sa toque.

Barker jeta un coup d'œil à son subordonné, et le voyant absolument abasourdi – vraiment, Grant avait besoin de vacances –, il prit l'initiative de diriger la conversation.

— Asseyez-vous, Mrs Wallis, dit-il aimablement. Vous avez trop réfléchi à cette histoire, n'est-ce pas ? (Il lui avança une chaise et l'aida à s'y installer, comme si elle était venue le consulter pour des brûlures d'estomac.) C'est mauvais de ruminer de vilaines choses comme les crimes. Qu'est-ce qui vous fait croire que vous avez tué Sorrell ?

— Je ne le crois pas, protesta-t-elle d'un ton plutôt acerbe. Je n'ai pas hésité pour le tuer, hein ? C'était du beau travail !

— Voyons, voyons, insista Barker, indulgent, qu'est-ce qui nous prouve que vous l'avez tué ?

— Qu'est-ce qui vous le prouve ? répéta-t-elle. Que voulez-vous dire ? Rien ne vous le prouvait, jusqu'à maintenant ; mais puisque je vous l'ai dit, vous le savez !

— Mais, voyez-vous, le simple fait que vous nous dites avoir tué Sorrell n'est pas une raison pour que nous vous croyions, indiqua Barker.

— Vous ne me croyez pas ! s'exclama-t-elle en élevant la voix. Est-ce que c'est souvent que l'on vient avouer que l'on a tué des gens, alors que l'on n'a rien fait ?

— Oh ! très souvent ! l'informa-t-il.

Elle resta muette de surprise, ses yeux noirs brillants et sans expression passant rapidement d'un visage à l'autre. Barker cligna de l'œil à l'adresse de Grant, toujours silencieux, mais c'est à peine si ce dernier s'en aperçut. Il fit le tour du bureau, comme si l'envoûtement qui l'avait cloué sur place avait pris fin, et s'approcha de la femme.

— Mrs Wallis, lui demanda-t-il, voulez-vous retirer vos gants un instant ?

— Allons, voilà qui est plus raisonnable, dit-elle en enlevant ses gants de coton noir. Je sais ce que vous cherchez, mais c'est parti maintenant.

Elle lui tendit sa main gauche. Sur le côté de l'index, guérie mais encore visible sur la peau abîmée par les gros travaux, il y avait la marque d'une écorchure irrégulière. Grant poussa un long soupir ; Barker s'approcha et se pencha pour examiner la main de la femme.

— Mais, Mrs Wallis, dit-il, qu'est-ce qui vous a poussée à tuer Albert Sorrell ?

— Ne vous occupez pas de cela. Je l'ai tué, c'est tout.

— Je ne le crois pas, s'énerva Barker. Le fait que vous avez une petite écorchure au doigt n'est pas du tout la preuve que vous ayez joué un rôle dans la mort de Sorrell.

— Mais puisque je vous dis que je l'ai tué ! répéta-t-elle. Pourquoi ne me croyez-vous pas ? Je l'ai tué avec le petit poignard que mon mari a rapporté d'Espagne.

— C'est vous qui le dites, mais rien ne nous prouve que ce soit vrai.

Elle regarda les deux hommes avec hostilité.

— On ne dirait pas que vous êtes de la police, à vous entendre, remarqua-t-elle. Si ce n'était pour le jeune homme que vous avez arrêté, je repartirais chez moi tout de suite. Je n'ai jamais vu des idiots pareils ! Que voulez-vous de plus, puisque j'avoue ?

— Oh ! beaucoup plus ! dit Barker, tandis que Grant restait toujours silencieux. Par exemple, comment avez-vous pu tuer Sorrell, alors que vous étiez devant lui dans la queue ?

— Je n'étais pas devant ! J'ai été derrière lui tout le temps, jusqu'à ce que la queue commence à avancer. À ce moment-là, je lui ai enfoncé le poignard dans le dos, tout en restant contre lui, pour qu'il ne tombe pas.

Cette fois, Barker abandonna son air bonhomme et la regarda avec attention.

— Qu'était donc Sorrell par rapport à vous, pour que vous le poignardiez ? demanda-t-il.

— Bert Sorrell ne m'était rien, mais il fallait qu'il meure et je l'ai tué, vous comprenez ? C'est tout !

— Connaissiez-vous Sorrell ?

— Oui.

— Depuis combien de temps ?

Quelque chose, dans cette question, la fit hésiter.

— Depuis quelque temps, répondit-elle.

— Vous avait-il fait un tort quelconque ?

Mais sa bouche pincée se serra plus étroitement encore. Barker la regarda d'un air découragé, et Grant comprit qu'il changeait de tactique.

— Eh bien, je regrette beaucoup, Mrs Wallis, dit-il comme si l'entretien était terminé, mais nous ne pouvons attacher aucune foi à votre histoire. C'est un conte à dormir debout. Vous avez trop réfléchi à cet assassinat. Cela arrive très souvent, vous savez, que les gens s'imaginent avoir commis le crime. La meilleure chose à faire est de rentrer chez vous, et de ne plus y songer.

Comme Barker s'y attendait, cela la fit capituler. Une légère inquiétude apparut sur son visage rouge. Puis ses yeux noirs se dirigèrent sur Grant et l'examinèrent.

— Je ne sais pas qui vous êtes, lança-t-elle à Barker, mais l'inspecteur Grant me croit, lui.

— Monsieur est mon chef, le superintendant Barker, indiqua Grant. Il faut en raconter plus long que cela au superintendant, Mrs Wallis, pour qu'il vous croie !

Elle marqua le coup, et avant qu'elle puisse riposter, Barker redemanda :

— Pourquoi avez-vous tué Sorrell ? Je crains que nous ne puissions vous croire, tant que vous ne nous aurez pas donné une réponse satisfaisante. Il n'y a pas d'autre indice que cette petite cicatrice pour vous rattacher au crime. Je suppose que c'est elle, n'est-ce pas, qui vous a fait imaginer tout cela ?

— Pas du tout, protesta-t-elle. Vous me croyez donc folle ? Eh bien, je ne le suis pas ! Je l'ai tué, et je vous ai raconté exactement comment cela s'est passé ; cela ne vous suffit pas ?

— Non. Il nous faut une preuve !

— Eh bien, j'ai le fourreau du poignard chez moi ! déclara-t-elle, triomphante. Voilà la preuve qu'il vous faut !

— Je crois que cela ne vaut rien non plus ! dit Barker, imitant à merveille un regret sincère. N'importe qui peut détenir ce fourreau. Il faudra que vous nous disiez la raison pour laquelle vous avez tué Sorrell, pour que nous ayons une raison de vous croire.

— Eh bien, commença-t-elle de mauvaise grâce, après un long silence, si vous tenez à le savoir, je l'ai tué parce qu'il voulait tirer sur ma Rosie.

— Qui est Rosie ?

— Ma fille.

— Pourquoi aurait-il tiré sur votre fille ?

— Parce qu'elle ne voulait rien avoir à faire avec lui, ni avec des gens de son espèce.

— Votre fille demeure avec vous ?

— Non !

— Alors, voulez-vous me donner son adresse ?

— Non ; elle est partie pour l'étranger.

— Mais alors, si elle est partie pour l'étranger, comment Sorrell aurait-il pu lui faire du mal ?

— Elle n'était pas encore partie lorsque j'ai tué Bert Sorrell.

— Alors... poursuivit Barker.

Mais Grant l'interrompit.

— Mrs Wallis, dit-il lentement, est-ce que Ray Marcable est votre fille ?

La femme bondit sur ses pieds, avec une rapidité surprenante chez une personne de sa corpulence. Sa bouche pincée se détendit soudain, et des sons inarticulés sortirent de sa gorge.

— Asseyez-vous, recommanda Grant doucement en la ramenant jusqu'à sa chaise. Asseyez-vous et racontez-nous tout. Prenez votre temps.

— Comment le savez-vous ? demanda-t-elle lorsqu'elle se fut calmée. Comment *avez-vous pu* le savoir ?

Grant feignit de ne pas entendre sa question.

— Pourquoi croyiez-vous que Sorrell en voulait à la vie de votre fille ?

— Parce que je l'ai rencontré un jour dans la rue. Je ne l'avais pas vu depuis des années, et je lui ai parlé du départ de Rosie pour l'Amérique. Et il m'a dit : « Je pars aussi ! » Je n'aimais pas cela, parce que je savais qu'il ennuyait Rosie. Et alors, il m'a fait un drôle de sourire et il a ajouté : « Du moins, ce n'est pas certain. Ou bien nous irons tous les deux, ou bien nous n'irons ni l'un ni l'autre ! » Alors je lui ai demandé : « Que voulez-vous dire ? Rosie y va certainement : elle a un contrat qu'elle doit exécuter. » Et il m'a répondu : « Elle avait un contrat antérieur avec moi. Croyez-vous qu'elle l'exécutera aussi ? » Et je lui ai dit de ne pas être ridicule, qu'il valait mieux oublier ses amourettes de jeunesse. Et il a refait ce drôle de sourire inquiétant en répétant : « Eh bien, où qu'elle aille, nous irons ensemble ! », et là-dessus, il est parti.

— Quand était-ce ? demanda Grant.

— Il y a trois semaines aujourd'hui. C'était le vendredi avant le crime.

Le lendemain du jour où Sorrell avait reçu le petit paquet chez Mrs Everett.

— Très bien, continuez.

— Alors, je suis rentrée chez moi et je me suis mise à réfléchir. Je revoyais son visage, il avait eu une expression sombre et mauvaise, et c'est là que j'ai compris qu'il voulait tuer Rosie.

— Est-ce que votre fille avait été fiancée avec lui ?

— C'est ce qu'il prétendait. C'était une histoire de jeunesse. Ils se connaissaient depuis qu'ils étaient tout petits. Bien entendu, Rosie ne voulait plus entendre parler de l'épouser maintenant.

— Bon, continuez.

— Je savais que le théâtre était le seul endroit où il pourrait la voir. Je suis allée en parler à Rosie tout exprès – je ne la voyais pas très souvent –, mais elle ne semblait pas s'inquiéter. Elle m'a seulement dit : « Oh ! Bert a toujours employé de grands mots et, en tout cas, je ne le vois plus ! » Elle avait tellement d'autres choses en tête qu'elle ne s'en faisait pas ; mais je me faisais du mauvais sang, moi, je vous le garantis. Je suis allée au théâtre ce même soir, et j'ai surveillé les gens qui venaient faire la queue de l'autre côté de la rue. Mais il n'est pas venu. Je suis allée à la matinée du samedi, et le soir encore : toujours rien. Et encore le lundi soir, et le mardi après-midi. Et puis le mardi soir, je l'ai aperçu ; il était seul, je me suis approchée pour faire la queue derrière lui, à l'entrée du parterre. Au bout d'un moment, je me suis aperçue que quelque chose gonflait la poche droite de son pardessus. J'ai tâté, discrètement. J'étais sûre que c'était un revolver, et qu'il voulait tuer Rosie. J'ai donc attendu, jusqu'à ce que la queue avance, comme je vous l'ai dit, et je l'ai poignardé. Il n'a pas fait un bruit. Et alors, je me suis faufilée devant, ainsi que je vous l'ai expliqué.

— Est-ce que Sorrell était seul ?

— Oui.

— Qui faisait la queue à côté de lui ?

— Pendant un moment, il y a eu un jeune homme brun, très bien de sa personne. Puis un autre individu est venu parler à Bert, et l'a poussé par-derrière, près de moi.

— Et qui était derrière vous ?

— Le monsieur et la dame qui ont témoigné le jour de l'enquête.

— Et comment Rosie Markham est-elle votre fille ?

— Voilà. Mon mari était un marin – c'est comme cela que j'ai eu ce poignard d'Espagne, parce qu'il me rapportait des tas de choses ; mais il est mort en mer, alors que ma fille était encore toute petite, et sa sœur, la tante de Rosie, qui était très bien mariée avec Markham, a offert de la prendre, et de l'élever comme sa fille, car elle n'avait pas d'enfants. Je la lui ai confiée, et elle lui a donné une bonne éducation, il n'y a pas à dire. C'est une vraie lady, ma Rosie. Moi, j'ai fait des ménages pendant des années, mais depuis que Rosie a de l'argent, elle me verse une rente, et c'est ce qui me fait vivre en grande partie, maintenant.

— Comment votre fille a-t-elle connu Sorrell ?

— La tante qui élevait Bert vivait dans la maison mitoyenne à celle des Markham. Bert et Rosie sont allés à l'école ensemble. Ils étaient très amis, à ce moment-là, bien entendu. Puis sa tante est morte pendant que Bert était au front.

— Mais c'est après la guerre qu'ils se sont fiancés, sans doute ?

— Ils n'étaient pas vraiment fiancés. Ils avaient juste un béguin l'un pour l'autre. Rosie faisait à ce moment-là une tournée avec *The Green Sunshade*, et ils se voyaient quand elle était en ville, ou à proximité.

— Mais Sorrell se considérait comme fiancé ?

— Peut-être ! Beaucoup d'hommes auraient aimé être fiancés avec Rosie ! Comme si elle avait pensé à des gens comme lui !

— Ils étaient tout de même restés en relation ?

— Oh ! oui, elle le laissait quelquefois venir la voir à son appartement, mais elle ne voulait pas sortir avec lui, ni rien de semblable. Et elle ne le recevait pas très souvent. Je crois qu'elle n'avait pas eu le cœur de le renvoyer pour de bon, vous comprenez ? Mais elle le laissait tomber tout doucement. Seulement, je ne suis pas sûre de tout cela. Je n'allais pas souvent voir Rosie, moi. Oh, elle était gentille avec moi, mais cela ne valait rien pour elle. Elle n'avait pas besoin d'une pauvre vieille comme moi, elle qui était à tu et à toi avec des lords et du beau monde !

— Pourquoi n'avez-vous pas rapporté tout de suite à la police que Sorrell menaçait votre fille ?

— J'y avais bien pensé, mais je m'étais dit qu'après tout je n'avais pas de preuves. Et à en juger par la façon dont vous m'avez reçue aujourd'hui, je crois que j'ai eu raison. Ensuite, à supposer même que la police l'ait bouclé, elle ne l'aurait pas bouclé indéfiniment ! Il l'aurait tuée en sortant. Et je ne pouvais pas être toujours là à le surveiller. Aussi, je me suis dit que le mieux serait de le supprimer quand je le pourrais. J'avais ce petit poignard, et je pensais que ce serait une bonne façon. Je ne connais rien aux pistolets et à tout cela.

— Dites-moi, Mrs Wallis, votre fille avait-elle vu ce poignard ?

— Non !

— En êtes-vous bien sûre ? Réfléchissez un peu !

— D'accord, elle l'avait vu. Je viens de vous dire un mensonge. Lorsqu'elle était au lycée, avant qu'elle ne quitte l'école, les élèves avaient joué une pièce de Shakespeare, dans laquelle il y avait un poignard. Je ne me rappelle plus son nom.

— *Macbeth* ? suggéra Grant.

— Oui, c'est cela. Et elle était l'héroïne. Elle était si merveilleuse pour jouer la comédie. Toute petite déjà, elle avait fait la fée, dans une pantomime, à l'école. J'assistais à tous ses spectacles. Et lorsqu'elles jouèrent cette pièce, *Macbeth*, je lui prêtai le petit poignard que son père avait rapporté d'Espagne. Pour lui porter chance, comprenez-vous ? Elle me le rendit après la représentation, mais la chance, elle la tenait et bien ! Elle a eu de la veine toute sa vie. C'est la veine qui a fait que Ladds l'a vue lors d'une tournée et l'a recommandée à Barron, et Barron lui a accordé une audition. C'est comme cela qu'elle a pris son nom – Ray Marcable. Tout le temps qu'elle dansait et chantait, Barron répétait : « Re-mar-qua-ble ! » Rosie en a fait son nom. Ce sont les mêmes initiales que le sien, du moins que celui qu'elle a adopté, vous comprenez ?

Il y eut un silence. Barker et Grant, muets depuis un instant, semblaient perplexes. Seule la grosse femme au visage rouge paraissait tout à fait à son aise.

— Il y a une chose que vous ne devez pas oublier, poursuivit-elle. Le nom de Rosie ne doit pas paraître dans tout cela. Pas un mot sur elle ! Vous n'aurez qu'à dire que j'ai tué Sorrell parce qu'il menaçait ma fille qui est à l'étranger maintenant.

— Je regrette beaucoup, Mrs Wallis, mais je doute que ce soit possible. Le nom de miss Marcable paraîtra certainement.

— Mais il ne faut pas ! s'écria-t-elle, il ne faut pas ! Cela gâcherait tout si elle était mêlée à cette affaire ! Pensez au scandale, aux commérages. Messieurs, vous êtes sûrement assez malins pour trouver le moyen d'éviter cela ?

— Je ne vois pas comment, Mrs Wallis. Nous le ferions, si nous le pouvions, mais on ne pourra rien cacher si votre histoire est vraie.

— Oh ! bien, admit-elle avec un calme qui surprenait après son emballement précédent, je ne crois pas que cela lui fera beaucoup de tort. Rosie est la plus grande actrice d'Angleterre, en ce moment, et sa position est trop bonne pour qu'une chose comme celle-là puisse la lui gâcher. Seulement, il faudra me pendre avant son retour d'Amérique !

— C'est un peu trop tôt pour parler de pendaison, dit Barker avec un pâle sourire. Avez-vous la clé de votre maison sur vous ?

— Oui, pourquoi ?

— Si vous voulez me la donner, je vais envoyer un agent vérifier vos dires au sujet du fourreau du poignard. Où pourra-t-il le trouver ?

— Il est au fond du tiroir de gauche, en haut de la commode, dans une boîte qui contenait autrefois un flacon de parfum.

Barker appela un homme, lui remit la clé et lui donna ses instructions.

— Ayez soin de laisser les choses comme vous les trouverez, hein ? lui ordonna Mrs Wallis d'un ton sec.

Lorsqu'il fut parti, Grant tendit à Mrs Wallis une feuille de papier et une plume.

— Si vous voulez bien inscrire votre nom et votre adresse là-dessus.

Elle prit la plume de la main gauche et écrivit assez laborieusement ce qu'il lui demandait.

— Vous rappelez-vous lorsque je suis allé vous voir avant l'enquête ?

— Oui.

— Vous n'étiez pas gauchère, ce jour-là ?

— Je peux me servir d'une main ou de l'autre pour la plupart des travaux. Il y a un nom pour cela, mais je l'ai oublié. Seulement, lorsque je fais quelque chose de difficile, je me sers de ma main gauche. Rosie est gauchère aussi, et mon père l'était également.

— Pourquoi n'êtes-vous pas venue plus tôt nous raconter cette histoire ? demanda Barker.

— Je ne pensais pas que vous arrêteriez une autre personne. Mais quand j'ai vu dans les journaux que la police avait fait une bonne prise, j'ai pensé qu'il fallait intervenir. Alors, je suis allée aujourd'hui au tribunal, pour jeter un coup d'œil sur l'accusé. (Elle avait donc assisté au procès, parmi la foule, sans que Grant la vît !) Il n'avait pas l'air d'un mauvais bougre, et il paraissait bien malade. Alors, je suis rentrée chez moi, j'ai tout mis en ordre, et je suis venue.

— Je vois, dit Grant.

Il haussa les sourcils en regardant son chef. Le superintendant appela un de ses hommes et lui dit :

— Mrs Wallis va attendre dans la pièce voisine, pour le moment, et vous lui tiendrez compagnie. Si vous avez besoin de quelque chose, Mrs Wallis, demandez-le à Simpson.

Et la porte se referma sur l'opulente personne vêtue de satin noir.

18

CONCLUSION

— Eh bien ! s'exclama Barker après un instant de silence, je ne vous parlerai plus de votre flair, Grant !… La croyez-vous folle ?

— Elle l'est, si la logique portée à son extrême limite est de la folie, dit Grant.

— Mais elle ne semble éprouver aucun regret de toute cette affaire, pas plus pour elle que pour Sorrell.

— Non, peut-être est-elle un peu exaltée.

— Mais son histoire ne serait-elle pas fausse ? Elle est, à mon sens, beaucoup moins vraisemblable que celle de Lamont.

— Non, elle dit la vérité, on ne peut en douter. Elle vous paraît étrange parce que vous n'avez pas vécu l'affaire comme moi. Tout s'explique, maintenant : le désir de se tuer de Sorrell, le don de son argent à Lamont, son billet de passage pour les États-Unis, la broche. J'ai été bête de ne pas voir que les initiales sont aussi bien R. M. que M. R. Mais j'étais obsédé par Mrs. Ratcliffe à ce moment-là ; cependant, cela ne m'aurait pas beaucoup avancé de lire le monogramme dans le bon sens, si Mrs Wallis n'était pas venue avouer son crime. Malgré tout, j'aurais dû faire un rapprochement avec Ray Marcable. Le premier jour de mon enquête, je suis allé au Woffington, pour parler avec le portier ; je vis alors Ray Marcable, qui m'offrit le thé. Tout en goûtant, je lui décrivis le poignard – la description devant en paraître dans la presse le soir même. Elle eut l'air si frappé que j'eus l'impression qu'elle avait vu quelque chose d'analogue auparavant. Mais il n'y avait pas moyen de le lui faire dire : je n'insistai pas. Depuis le début de l'affaire, il n'y avait rien eu qui la rattachât au crime… jusqu'à maintenant. Sorrell avait dû se décider à aller en Amérique dès qu'il avait appris qu'elle partait. Elle avait beau être Ray Marcable, une grande étoile, pour lui elle n'avait jamais cessé d'être Rosie Markham. C'est là toute la tragédie de sa vie. Elle, évidemment, était bien différente : il y a beau temps que Ray Marcable avait oublié Rosie Markham ! Je suppose qu'elle fit comprendre définitivement à Sorrell qu'il ne devait garder aucun espoir lorsqu'elle lui renvoya la broche qu'il avait fait faire pour elle. Un bijou comme celui-là ne représentait rien pour Ray Marcable. Lui avait eu réellement l'intention de partir pour l'Amérique, jusqu'au jeudi soir, lorsqu'il reçut le paquet dont me parla Mrs Everett. C'était la broche, et cela précipita les événements. Peut-être lui avait-elle annoncé son intention d'épouser Lacing. Vous avez su qu'il s'est embarqué sur le même bateau qu'elle ? Sorrell a dû alors se décider à la tuer en tirant sur elle du parterre, à la fin de la pièce, ou bien lorsqu'elle quitterait le théâtre, après la représentation, puis à se donner la mort. Le parterre du Woffington n'est pas le meilleur endroit d'où tirer sur la scène des coups de revolver, mais je pense qu'il comptait sur le bruit qui accompagnerait la fin du spectacle. Il n'y a pas si longtemps j'ai vu la moitié du parterre envahir l'orchestre à la fin de la dernière, à l'Arena. Il aurait pu le faire très facilement pendant la matinée – Lamont et lui se trouvaient à l'orchestre – mais je suppose qu'il voulait garder ses amis dans l'ignorance, aussi longtemps qu'il lui serait possible. Il s'est arrangé pour les convaincre qu'il était en route pour l'Amérique. C'est pour cela que tous les indices d'identification manquaient. Ni Mrs Everett ni Lamont n'auraient fait de rapprochement entre le suicide d'un inconnu qui aurait tué Ray Marcable, et l'homme qu'ils croyaient à bord du *Queen of Arabia*. Sorrell avait sans doute oublié sa rencontre dans la rue avec Mrs Wallis, ou bien il avait jugé qu'elle n'avait pu l'inquiéter. Lorsqu'on y réfléchit, cette femme s'est montrée d'une perspicacité rare pour deviner ses intentions de la sorte. Évidemment, elle avait toutes les données du problème : elle connaissait les sentiments de Sorrell pour Ray Marcable, elle était même la seule, puisque l'actrice ne sortait jamais avec lui nulle part. Sorrell fit de son mieux, à l'égard de son ami, en lui remettant sa fortune, avec la recommandation de ne pas ouvrir le paquet avant le jeudi. Ou bien, il a cru que Lamont pourrait ignorer indéfiniment ce qui lui était arrivé, ou bien il lui était indifférent qu'il l'apprenne, si ses desseins à lui étaient exécutés auparavant. Qu'en pensez-vous ?

— Est-ce que je sais ? dit Barker. Je ne crois pas qu'il ait eu le cerveau trop solide non plus, celui-là.

— Non, Sorrell n'était pas fou. Au contraire, comme l'a expliqué Lamont, il a dû longtemps réfléchir à ce qu'il ferait, avant d'exécuter son plan exactement comme il l'avait conçu. La seule éventualité qu'il n'avait pas prévue, c'est l'intervention de Mrs Wallis, et vous admettrez que l'on ne s'attend guère à rencontrer un facteur de cette importance dans une foule ordinaire. Ce ne devait pas être un mauvais type, ce Sorrell. Jusqu'au dernier moment, il a joué la comédie du départ pour l'Amérique. Ses bagages étaient faits à la perfection. (Il est vrai que Lamont préparait les siens en même temps, et qu'il devait sans cesse le déranger par ses allées et venues.) Il ne possédait pas une seule lettre ou photo de Ray Marcable. Il avait dû faire table rase de tous ses souvenirs, lorsqu'il s'est décidé à mettre ses projets à exécution. Il n'a oublié que la broche : elle est tombée d'une poche, comme je vous l'ai dit.

— Croyez-vous que Ray Marcable ait soupçonné la vérité ?

— Non, je ne le pense pas.

— Pourquoi ?

— Parce que Ray Marcable est l'une des personnes les plus égoïstes que je connaisse. En tout cas, elle a reconnu le poignard d'après la description que je lui en ai faite, mais elle n'avait aucune raison pour penser que la victime pouvait être Sorrell, ni, par conséquent, pour songer que sa mère pourrait être liée au crime. Le Yard n'a découvert que le lundi l'identité de la victime, et elle doit toujours l'ignorer, puisque c'est ce jour-là qu'elle est partie pour New York. Je crois qu'elle ne lit guère, dans la presse, que la colonne des mondanités, et qui, en Amérique, s'intéresserait au crime du Woffington ?

— Dans ce cas, un choc l'attend à son retour ! dit Barker à regret.

— Sans doute, admit Grant, sévère, mais en revanche, une surprise agréable attend Lamont, et je m'en réjouis. J'ai été complètement idiot dans cette affaire, mais je suis plus heureux maintenant que lorsque je l'ai tiré de l'eau et hissé dans le bateau.

— Vous êtes extraordinaire, Grant. Avec un cas comme celui-là, j'aurais été transporté, heureux comme un roi. Ce n'est pas naturel ! Si jamais vous êtes renvoyé de la police, vous pourrez toujours vous établir voyant à cinq shillings la consultation !

— Non, il n'y a rien que de très naturel là-dedans ! Nous le faisons tous les jours envers nos semblables, c'est à chacun de découvrir tout seul, excepté lorsque nous avons des preuves, la valeur d'un homme. Et sans me l'avouer, je sentais bien que Lamont disait la vérité, le soir où il a fait sa déposition dans le train.

— Enfin, c'est une curieuse affaire, conclut Barker, la plus curieuse que j'aie vue depuis des années.

Il s'écarta du bureau contre lequel il s'appuyait.

— Faites-moi savoir lorsque Mullins sera de retour, voulez-vous ? S'il a le fourreau du poignard, nous déciderons d'accepter cette histoire. Lamont comparaît à nouveau demain, n'est-ce pas ? Nous pourrons amener Mrs Wallis au tribunal en même temps.

Et il laissa Grant seul.

Machinalement, ce dernier fit ce qu'il avait eu l'intention de faire quand l'arrivée de Barker l'avait interrompu. Il ouvrit le tiroir de son bureau, sortit le poignard et la broche. Rien qu'un petit décalage entre l'intention et l'acte, et quelle différence ! Il en était arrivé à les écarter comme les symboles de son désespoir – des mystères qui le rendaient fou. Et maintenant, il savait tout. Comme tout était simple, désormais ! Mais sans la loyauté de Mrs Wallis, il aurait fait taire ses convictions intimes et poursuivi l'affaire dans le sens qui convenait à un inspecteur estimé du CID, en accord avec les preuves. Cette terrible erreur lui avait été épargnée.

Elles avaient été si claires, les preuves, dans cette affaire : la querelle, le coup de poignard donné de la main gauche, l'écorchure de l'assassin. On avait retrouvé l'homme qui s'était disputé avec Sorrell, il était gaucher et portait une cicatrice sur le pouce. Tout concordait. Mais Mrs Wallis avait détruit ce bel édifice. L'assassin était une femme ambidextre, ayant l'index écorché. Le sort de Lamont avait tenu à un cheveu, et à la probité de cette femme.

Grant revivait en pensée le déroulement de l'enquête qui les avait menés si loin dans l'erreur : la recherche de l'identité de Sorrell, Nottingham, le jeune vendeur de Faith Brothers, Mr Yeudall, la serveuse de l'hôtel, chacun se remémorant la chose qui les intéressait le plus et la reliant à ce qui était arrivé. Raoul Legarde avec sa beauté, son intelligence vive et sa description précise de Lamont. Danny Miller. La dernière de *Didn't You Know?* La descente dans les bureaux de Sorrell. Lacey, le jockey, et ce jour humide à Lingfield. Mrs Everett. La ruée vers le Nord. Carninnish – le silencieux Drysdale et le thé au presbytère. Miss Dinmont avec sa logique et son indépendance. Le début de ses doutes, la lumière qui jaillit soudain avec la déposition de Lamont. La broche. Et maintenant…

Les deux objets brillants reposaient sur son bureau. Le poignard clignant de l'œil d'un air entendu dans la lumière du soir et les perles rayonnant d'un petit sourire tranquille semblable à celui qu'avait rendu célèbre Ray Marcable. Eh bien ! non, Messrs Gallio et Stein n'avaient pas très bien réussi ce monogramme. Même maintenant, sans y prêter attention, il le déchiffrait encore M. R., et il se rappelait que Mrs Ratcliffe comme Mrs Everett l'avaient également lu dans ce sens.

Sa pensée retourna vers Mrs Wallis. Était-elle pénalement responsable ? Il aurait cru le contraire, mais l'équilibre mental, médicalement parlant, dépend de si étranges caractéristiques ! Il était impossible de deviner ce qu'un spécialiste penserait d'elle. En tout cas, ce n'était pas l'affaire de Grant. Son travail à lui était terminé. La presse se déchaînerait contre la police, à cause de son arrestation hâtive de Lamont, mais Grant avait la conscience tranquille. Le Yard comprendrait, et sa réputation professionnelle n'en souffrirait pas. Maintenant, il allait pouvoir prendre des vacances. Il se rendrait à Stockbridge, pour pêcher… À moins qu'il ne retourne à Carninnish ? Drysdale l'avait chaleureusement invité, et les saumons devaient pulluler dans la Finley. Mais la pensée de cette eau sombre, rapide, et de ce pays lugubre lui semblait particulièrement déplaisante pour l'instant. Elle évoquait la fatigue, la tristesse, l'échec, et il n'en voulait pas. Il lui fallait une vie calme, simple, du confort et des cieux cléments. Il irait dans le Hampshire. Il y trouverait une campagne riante, et lorsqu'il serait las des eaux calmes du Test, il pourrait aller aux courses de Danebury.

Mullins frappa, entra et déposa le fourreau du poignard sur le bureau de Grant.

— Je l'ai trouvé à l'endroit qu'elle avait dit : voici la clé de la maison.

— Je vous remercie, Mullins, dit Grant.

Il enfonça le poignard dans sa gaine et se leva pour le porter à Barker. Oui, il irait dans le Hampshire. Mais de temps en temps, bien entendu, il reviendrait à Carninnish.

Les médecins jugèrent que Mrs Wallis était parfaitement responsable, et en état de comparaître.

Son procès se tiendra devant l'Old Bailey avant la fin du mois. Grant est convaincu qu'elle ne sera pas condamnée, et je suis disposée à faire confiance à son intuition. L'Angleterre, me dit Grant, ne reconnaît pas la validité des lois non écrites, mais les jurés britanniques sont aussi sentimentaux que les jurés français et, lorsqu'ils entendront l'histoire de Mrs Wallis, telle que son défenseur la présentera – c'est un des plus célèbres avocats criminels d'aujourd'hui –, ils pleureront à chaudes larmes et refuseront de la condamner !

— Eh bien ! lui dis-je, c'est un cas très curieux, mais ce qui me frappe le plus, c'est qu'il n'y ait pas un seul scélérat dans tout cela.

— Pas un seul, dit Grant avec un sourire ironique. Pas un seul ?

MIXTE
Papier issu de sources responsables
FSC® C003309
www.fsc.org

10/18, une marque d'Univers Poche,
est un éditeur qui s'engage pour
la préservation de son environnement
et qui utilise du papier fabriqué à partir
de bois provenant de forêts gérées
de manière responsable.

Impression réalisée par

CPI
BRODARD & TAUPIN

La Flèche (Sarthe), 3002471
Dépôt légal : novembre 2013
X06059/01

Imprimé en France